La otra orilla

LOS AMANTES DE ESTOCOLMO

ROBERTO AMPUERO

LOS AMANTES DE ESTOCOLMO

~ *La otra orilla*

www.librerianorma.com
Bogotá Barcelona Buenos Aires Caracas
Guatemala Lima México Panamá Quito San José
San Juan San Salvador Santiago de Chile Santo Domingo

Ampuero, Roberto, 1953-
Los amantes de Estocolmo / Roberto Ampuero. -- Bogotá :
Grupo Editorial Norma, 2010.
296 p. ; 23 cm. -- (La otra orilla)
ISBN 978-958-45-2581-9
1. Novela chilena 2. Novela de suspenso 3. Infidelidad –
Novela 4. Homicidio – Novela I. Tít. II. Serie.
Ch863.6 cd 21 ed.
A1247696

CEP-Banco de la República-Biblioteca Luis Ángel Arango

c/o Guilllermo Schavelzon & Asoc., Agencia Literaria
info@schavelzon.com

Febrero de 2010

Fotografía de Portada: Rodrigo Núñez
Diseño y diagramación: Sasha Laskowsky

ISBN: 978-958-45-2581-9
CC: 26000932

Impreso por Worldcolor
Impreso en Colombia - *Printed in Colombia*
Marzo de 2010

www.librerianorma.com

Vuelves a mí
porque el asesino
siempre vuelve
al lugar del crimen

"Lugar común"
Óscar Hahn

UNO

Hace una semana murió la mujer de mi vecino y recién ahora me entero de ello. Tanto me abruma esa noticia que no dispongo de la calma necesaria para continuar escribiendo este proyecto de novela. Es lamentable. Lamentable y a la vez asombroso, por cuanto a mí no suele conmoverme la muerte de nadie, menos la de desconocidos. Yo jamás tuve la oportunidad de ver a María Eliasson. Hoy, sin embargo, desde su ausencia implacable, se me torna lacerante y enigmática.

Nunca la vi, ya lo dije, y a su esposo apenas lo divisé en una sola ocasión. Fue hace días, cerca de las dos de la tarde, cuando tras almorzar y beber una taza de té de arroz, me puse a corregir el texto —como es mi costumbre— junto a la ventana del estudio de esta pequeña casa de madera que alquilo con mi mujer frente al Báltico ahora congelado. Mientras desde el primer piso llegaba tenue el *Valse triste*, de Jean Sibelius, y afuera el sol resbalaba por entre los abedules, Markus Eliasson y sus pequeños daban en su jardín los toques finales a un hombre de nieve: dos grandes botones por ojos, una zanahoria gruesa y algo curva por nariz, una larga bufanda negra atada al cuello. Más tarde, cuando Markus y los niños ingresaron a su casa, el monigote contemplaba ensimismado la estatua de Palas Atenea, que observa a su vez el frontis de la casa como a la espera de algo.

Fue Boryena, la polaca que dos veces por semana asea nuestra vivienda y plancha la ropa, quien me puso al tanto de lo ocurrido tras ingresar en silencio a mi estudio trayendo el pozuelo y el pote con el té que suelo comprar en una tienda vietnamita de Estocolmo.

—Ignoraba que estuviese enferma —dije y aparté la vista de la pantalla para posarla en la casa vecina, una construcción de madera roja, techo combado y marcos blancos, que parecía en extremo desolada.

—María Eliasson no murió, se suicidó —aclara Boryena en perfecto alemán, pues en la década de los ochenta, cuando los países socialistas del Este aún existían, estudió marxismo en la Universidad Karl Marx de Leipzig gracias a una beca que recibió en Cracovia por ser hija de campesinos de una cooperativa—. Una sobredosis. Dejó al marido y a los niños.

—¿Drogas?

—Somníferos. Al final no quería ver a nadie —explica con la autoridad que le confiere haber trabajado en esa casa que ahora me infunde el mismo sentimiento de soledad y abandono que los conciertos de Sibelius o los parajes de las películas de Bergman.

—Si sufría de depresiones, no debió haber tenido calmantes al alcance —apunto, como si un buen argumento fuese suficiente para revertir la muerte.

—Es lo que nadie se explica.

Le reprocho no haberme contado a tiempo lo del suicidio, pero recapacito y pienso en que me habría servido de poco, pues yo no hubiese sabido cómo reaccionar. Hay algo impreciso que me paraliza frente a la muerte de los demás, lo que probablemente pueda deberse a que la muerte no me impresiona. Por el contrario, la considero el fenómeno más previsible que existe en la vida. Tal vez al viudo le habría enviado una corona o una tarjeta de condolencias, o simplemente habría cruzado sobre la nieve de nuestros jardines para expresarle mi pésame. No sé. ¿Es legítimo que yo manifieste dolor por la muerte de una persona a la cual no conocí? ¿O quizás me hubiese correspondido actuar de modo más práctico, mostrarme, por ejemplo, dispuesto a atender a los niños en sus juegos y tareas escolares? Lo ignoro. En todo caso, ya es tarde para hacerlo.

—Sí, me lo debió haber comunicado a tiempo…

—Comunicar a tiempo... —barrunta Boryena con ese tono distante, desconfiado y burlón de quien sólo saborea la parte ingrata de la vida y ha perdido toda esperanza de paladear la otra—. ¿Qué es para usted comunicar a alguien a tiempo un suicidio, señor Pasos?

Finjo articular una respuesta y la polaca se marcha de mi estudio presumiendo, con razón, que me ha hecho naufragar en el desconcierto. Debe haber sido una alumna aventajada e impetuosa en Leipzig. Trabajó durante cinco años para los vecinos, pero dice que ya no quiere volver allá. Alguna razón de peso tendrá para renunciar, pues cada mes les gira dinero a sus padres, que llevan una vida modesta en Cracovia, donde pagan la hipoteca de su casita.

Abandono las primeras líneas de esta novela cuyo rumbo desconozco, y me abrigo y salgo a caminar por las calles adoquinadas del boscoso y tranquilo barrio de Djursholm, que habitan diplomáticos y altos ejecutivos de empresas transnacionales. Nadie imagina que en Suecia hay ricos. La gente suele pensar que aquí son todos iguales, pero no es verdad. Aquí tampoco la utopía se consumó. Yo puedo dar fe de ello y considerarme afortunado de vivir en este sitio tan exclusivo. Dos meses atrás alquilé con Marcela, y a un precio ventajoso, esta casa que parece haberse colado entre las mansiones de los alrededores y que de otra forma, con nuestros menguados recursos, no hubiésemos podido ocupar. Dicen que fue construida como albergue para los maestros que a comienzos de siglo levantaron las mansiones de Djursholm, por lo que, en rigor, es una vivienda proletaria enquistada en un barrio señorial.

Antes de vivir en esta calle, que mira al Báltico y lleva el extraño nombre de Rue de la Vieille Lanterne, ocupábamos un departamento estrecho, de puntal alto y lámparas de cristal, un sitio muy acogedor, en Gamla Stan. Sus ventanas daban a una de esas callejuelas medievales retorcidas, atestadas de tiendas, restaurantes y cafés que le otorgan el carácter a la ciudad vieja. Ahora, mientras mis botas se hunden en la nieve crujiente que cubre la capa de hielo del Báltico y cruzo sobre este mar aspirando el frío seco y amenazante, lamento de veras no haberme presentado a los vecinos a nuestro arribo. En Gamla Stan cometí un error parecido, aunque allí eso no se debió a desidia nuestra, como ha sido acá, sino a que jamás nos cruzamos con alguien que entrara o saliera del edificio. Por mucho tiempo supusimos que los suecos se ocultaban de nosotros, o que salían al pasillo o abordaban el ascensor de jaula sólo cuando no estábamos o dormíamos, o bien que éramos los únicos habitantes en esa construcción ocre y silenciosa como mausoleo.

Afirmar que uno carece de tiempo en Estocolmo para cumplir con formalidades como las mencionadas resulta inverosímil. Se trata de una ciudad provinciana, de vida tranquila y segura, ajena a las tensiones de las grandes metrópolis. Además, como llevo con Marcela un tren de vida disciplinado —quizás porque intuimos que sólo la disciplina consolidará nuestros oficios, ella el de anticuaria y actriz, yo el de novelista—, aún se me hace cuesta arriba entender por qué no nos presentamos a los vecinos el día en que llegamos. El gesto constituye una sabia e importante costumbre en Suecia, donde el rigor invernal obligó desde temprano a su gente a conocerse, organizarse y a prestarse ayuda. Raro no habernos presentado en Djursholm. Tal vez de forma inconscientemente nos traicionó el hecho de que dejamos nuestro país precisamente para escapar de nuestra identidad y fundar una liberada del lastre que implican los errores en que incurrieron nuestros padres y familiares, una que sólo se empine sobre aquello que nosotros hagamos o logremos.

Regreso a casa, donde me envuelve el ambiente temperado y seco de las habitaciones con piso de madera, y compruebo que Boryena ya se retiró. Ahora probablemente podré reanudar mi trabajo y superar esa sensación que se apodera de mí cada vez que escribo: la de que no estoy expresando lo que siento, la de que ciertos personajes se me diluyen, la de que quizás lo que hago es prescindible. Marcela asiste a esta hora a una subasta de antigüedades en la Arsenalsgatan, callejuela cercana al Palacio Real. Planeamos vivir un par de años más en Suecia, por lo menos hasta cuando Marcela consolide sus nexos con anticuarios que le permitan realizar operaciones de envergadura desde América Latina. A mi mujer le interesa exportar e importar arte, piensa que es un negocio rentable. Allá, ciertos muebles europeos antiguos alcanzan precios siderales y algo similar ocurre acá con las piezas coloniales del continente.

Hago una pausa en la escritura, o más bien retardo mi intento por reanudarla, y vuelvo a contemplar a través de la ventana la casa adyacente, que se yergue al otro lado de la verja de madera hundida en la nieve. Un cuervo irreverente se ha posado sobre la cabeza de Palas Atenea y grazna por unos instantes de forma obscena. Después calla. El silencio, la quietud y la soledad se apoderan una vez más del barrio, y la vista desde mi estudio se asemeja a una postal. Supongo que no hay nadie en la casa de al lado. El vecino ha de tener a los niños donde algún familiar, intentando acostumbrarlos a lo imposible, a la ausencia perpetua de la madre.

Dicen que los suecos prefieren disimular el dolor a expresarlo. Hace poco, en la barra del café Piccolino, ubicado en el exótico mercado subterráneo de Hötorget, Pepe Cristal, un exiliado chileno que se dedica con éxito a la compraventa de computadoras usadas, me dijo que le llevó un mes enterarse de la muerte de la madre de su compañera de trabajo. La mujer había conservado la desgracia para sí, en absoluto secreto, sin compartirla. Los suecos, a diferencia de lo que ocurre entre nosotros, detestan dar rienda suelta a sus sentimientos y despertar compasión. La compasión, me dijo Pepe Cristal, debilita y desvirtúa acá a quien la merece. Desconozco, en todo caso, si es cierto cuanto afirma él de los suecos. Como llevo poco tiempo en el país, mis fuentes son fundamentalmente extranjeras y, por ello, sesgadas y nada confiables. Hay miles de inmigrantes acá, en su mayoría turcos que escaparon decenios atrás de la dictadura militar, chilenos que huyeron del régimen de Pinochet y yugoslavos que abandonaron el socialismo de Tito. Casi todos viven en monótonos edificios prefabricados, verdaderos guetos, distantes de los barrios suecos, pero disfrutan de comodidades y ventajas que no están a su alcance en sus patrias.

Mientras observo la pantalla que espera mis correcciones, admito que no deja de azorarme lo fortuito e inesperado que es el arribo de la muerte. Me la imagino como una vagabunda vieja y desdentada, de rictus severo y carácter implacable, que intempestivamente decide buscar refugio en el hogar de cualquiera de nosotros. Hace una semana se sentó, quizás sin motivo suficiente, en los trizados peldaños que conducen a la casa vecina y proyectó su mortífera sombra sobre aquella mujer a la que nunca vi. Pero la desdentada bien pudo haberse sentado un poco más al norte, en los peldaños de mi puerta. Entonces me habría llevado a mí y no a María Eliasson.

En ese caso, los acontecimientos que me preocupan no se hubiesen suscitado o hubiesen acaecido de modo diferente, lo que en el fondo me habría beneficiado por cuanto yo jamás habría atravesado por la inefable experiencia que en estas páginas me propongo relatar.

DOS

Han pasado varios días desde que supe lo de María Eliasson, y la casa sigue desierta, inmersa en el silencio y en una suerte de marginación. Es cierto que hay casas alegres y otras desoladas, y algunas, como la de al lado, que parecen sumidas *per sécula* en el mutismo y la desesperación, que parecen desprovistas de alma y aliento. ¿Son ellas las que proyectan esa imagen o somos nosotros quienes se la adosamos? Sólo ayer, sobre las once de la mañana, cuando comenzaba a aclarar y, a lo lejos, por entre la apretada bruma costera, emergía diminuta una pareja de patinadores sobre el mar congelado, divisé un vehículo avanzando por la calle. Se detuvo en el jardín adyacente, frente al garaje. Desde mi estudio, turbado un tanto por la distancia y su vestimenta —gorra y buzo térmicos—, tardé en reconocer al vecino. Se marchó media hora más tarde, incapaz seguramente de permanecer más tiempo en una vivienda atestada de recuerdos tristes.

Boryena sostiene que María Eliasson era bella y mucho más joven que su marido, pero al rato, como si sufriera de alzhéimer, se contradice y aclara que en los últimos meses se veía desmejorada y avejentada. Era, al parecer —pues ahora pongo en tela de juicio muchas de las aseveraciones de la polaca—, de piel blanca, pelo castaño y ojos verdes, y tenía ese aspecto más bien extrañamente mediterráneo que lleva a que ciertos suecos pasen a veces por italianos o franceses. Pese a que sufría de una profunda depresión, María Eliasson murió en su casa y no en una clínica, pues el psiquiatra que la atendía opinaba —según Boryena— que sólo en la vivienda, rodeada de sus seres y objetos queridos, existía esperanza de que se recuperase y volviera a una vida normal.

—¿Estaba en tratamiento desde hace mucho? —pregunto con la certidumbre de que bajo las actuales circunstancias no avanzaré en esta novela, que aún no salva su segundo capítulo.

—No sé —dice Boryena con aire ausente.

Debo admitir a estas alturas que no es la repentina muerte de la vecina ni son las disquisiciones sobre la injusticia de la muerte lo que paraliza mi escritura. Tampoco el famoso bloqueo psicológico del novelista sobre lo cual se han escrito tantos volúmenes que llenan las bibliotecas universitarias, sino el descubrimiento que hice tiempo atrás al hurgar en el maletín de cuero que Marcela lleva consigo cuando visita exposiciones de pintura, tiendas de antigüedades o subastas de arte.

Aclaro desde un inicio que no pertenezco al grupo de maridos que acostumbran a examinar la cartera o la ropa de su mujer, o a controlar su correspondencia en busca de indicios que puedan delatar su infidelidad. Quienes caen en esto lo hacen movidos por los celos y tienen todas las de perder. No, yo no desconfío de mi mujer; por el contrario, creo en ella, y sólo en una oportunidad, al comienzo de nuestra relación, debido a razones que no son del caso mencionar aquí, me planteé la posibilidad de que pudiera estar engañándome. Confieso que en esa ocasión temí que me fuese infiel porque ya su madre, doña Sofía, parece haberlo sido con su esposo, el coronel retirado Montúfar.

Pero no quiero caer en disgresiones improductivas. El hallazgo que me inquietó tuvo lugar mientras ella se duchaba y yo buscaba el número telefónico de una periodista que me contactaría con un editor sueco de narrativa latinoamericana. Mis posiciones políticas, más bien indefinidas, donde se mezclan una especie de utopismo social con pragmatismo económico, algo que detestan tanto izquierdistas como derechistas, se han convertido en un obstáculo para ser publicado en Suecia, donde las casas editoriales son manejadas en su mayoría por gente de ideas románticas sobre América Latina, gente carcomida por la mala conciencia que les causa disfrutar las ventajas de la sociedad de la abundancia. Por todo esto, era importante que yo no perdiera el contacto con aquella periodista. Entonces, para no sacar a Marcela de la ducha, decidí extraer por mi cuenta la agenda telefónica de su maletín.

Pero mis manos tropezaron en su interior con una bolsa plástica que me despertó curiosidad. La examiné y, tras encontrar dentro de ella dos minúsculos triángulos negros unidos por cordeles, tardé sólo segundos en concluir que se trataba de un calzón semejante a una tanga. Luego encontré un sostén transparente, también negro, con una delicada ventanilla a la altura de los pezones, un par de medias caladas con portaligas, una minifalda stretch y una peluca rubia de pelo largo y liso. El corazón se me desbocó, la ira me encendió las mejillas y las manos me comenzaron a sudar. Yo no conocía esas prendas. Un vértigo y un temblor generalizado se apoderaron de mi cuerpo mientras la cabellera sintética se me enredaba entre los dedos. Del baño seguían llegando el rumor de la ducha y el despreocupado canturreo de Marcela.

Lo pensé durante unos instantes, indeciso, resentido. ¿Debía enfrentarla ahora mismo o hacer como que ignoraba el asunto hasta que contara con más elementos de prueba? En un inicio me dije que debía encararla y presentarle las prendas de la infidelidad, porque era evidente que estaban destinadas a deleitar a alguien que no era yo, a prodigar placeres que Marcela a mí me negaba. Me encaminé en silencio al baño, donde ella enjabonaba su piel tal vez para una nueva cita amorosa, confiando en que al mostrarle la ropa podría yo presenciar, con cierto gozo y crueldad, la estupefacción en su rostro adúltero, su esfuerzo inútil por explicar el contenido de aquella bolsa.

Sin embargo, en ese instante la ducha dejó de correr y, movido por el temor, como si hubiese sido yo el sorprendido en falta, me detuve en el pasillo y, en silencio, volví sobre mis pasos con la cola entre las piernas, devolviendo con nerviosismo las prendas a su sitio. Definitivamente no estaba preparado para declarar una guerra abierta. No, no es conveniente reaccionar a la loca, me dije tratando de convencerme, de olvidar que desaprovechaba la ocasión de sitiar a Marcela con las armas de la verdad, aterrado por la posibilidad de que ella confesase lo que yo no quería aceptar. En medio de la incertidumbre, más bien cobardía, desatada de golpe por los celos, me pregunté por qué era tan pusilánime y sepultaba las pruebas de la traición en lugar de enarbolarlas. Y, tal vez sólo en un intento por consolarme y justificarme, me dije que de mala forma jamás le arrancaría a Marcela las respuestas que yo, como todos los engañados a lo largo de la historia, necesitan obtener: ¿con quién, por qué y desde cuándo?

Percibí que Marcela descorría el picaporte de la puerta y volví de inmediato a mi estudio, me senté a la computadora y fingí que escribía. Sin embargo, desordenadas escenas de nuestro pasado común desembocaron en mi memoria mientras intentaba convencerme de que, aunque ya no vibrásemos con la pasión inicial, lo nuestro no marchaba del todo mal para los años que llevábamos como pareja. Se habían apagado, desde luego, la locura y el desenfreno de la primera hora, pero todavía nos deleitaba hacer de cuando en cuando, en especial durante las tardes de domingo, el amor con una tibia e hipnotizante parsimonia, o al menos me deleitaba a mí, a pesar de que no dejaba de añorar una Marcela más protagónica y desinhibida, características que ella había ido perdiendo con el tiempo. Debo confesar, no obstante, que a menudo me ha ocurrido algo similar en las lides amorosas. Las mujeres de las cuales me enamoré distan mucho, por decirlo de algún modo, de ser experimentadas en las artes amatorias y sólo me ofrecían —perdónese esta forma pasiva del verbo— *performances* más bien recatadas, exiguas, cuando no mezquinas, en la cama. Sin embargo, varias de las mujeres con las cuales he tropezado por azar —discúlpese ahora la fórmula algo despectiva— me han sorprendido gratamente con una lujuria desenfadada e inagotable, un asombroso despliegue de técnicas y trucos eróticos, y una portentosa capacidad para gozar y hacerme gozar. ¿Ha sido fruto de la casualidad que todo eso me ocurriera a mí o simplemente les acaece a todos los hombres? ¿O las mujeres a quienes he amado, Marcela incluida, son ardientes sólo con seres circunstanciales, en aventuras pasajeras, y luego, ante el hombre de su vida, las horrendas ideas tradicionales sobre el amor, el ángel del hogar y la vida en pareja terminan por tornarlas mujeres púdicas?

Si evoco con ecuanimidad los sabrosos relatos que me ha hecho sobre sus aventuras anteriores, constato que Marcela disfrutó las experiencias más intensas, placenteras y osadas con amantes pasajeros, mas no conmigo. Esos seres para mí distantes y desconocidos, para ella difuminados por el paso de los años, atesoran tal vez aun hoy imperecederos recuerdos suyos, de la misma forma en que mi memoria guarda y saborea los de mis mujeres fugaces más apasionadas. Bueno, especulaba yo sobre las asimetrías que reinan en las parejas, cuando Marcela emergió en el umbral del estudio envuelta en una toalla y con el cabello derramado sobre los hombros. Creí vislumbrar en sus ojos un resplandor culpable, como si intuyese que yo había descubierto su secreto, y cuando mi vista paseó por el arranque de sus senos firmes y la redondez de sus caderas esculpidas bajo el paño, el deseo me arrastró hacia ella y disipó mi rencor. Entonces la cogí de la mano y la conduje al dormitorio suponiendo que si planeaba acudir a una cita amorosa, de algún modo se las ingeniaría para rechazarme.

Se dejó tender en el lecho sin oponer resistencia y aguardó dócil, perfumada y con los párpados entornados a que yo desnudara y acariciara su magnífico cuerpo maduro. Tras besarla con avidez en la boca, la volví con delicadeza sobre la colcha tibia y, estimulados por su complicidad sin palabras, mis labios comenzaron a deslizarse por la sedosa textura de su espalda en busca de antiguos tesoros.

TRES

Boryena me enseña en mi estudio una fotografía borrosa y amarillenta, de bordes sepia, en que aparece junto a María Eliasson. Fue tomada hace cuatro años en la casa de al lado, durante una celebración, y parece haber sufrido bajo los efectos del sol o la humedad. Muestra a ambas mujeres de cuerpo entero: Boryena de delantal, María de elegante blusa negra y cuello ajustado, sonriendo junto a una mesa donde se apilan platos de loza. Y cuando la polaca cree advertir cierto escepticismo en mi mirada, extrae de su billetera un retrato de una mujer que, según ella, también es la vecina.

A juzgar por este documento, María Eliasson era una mujer preciosa, de mirada inteligente, facciones aguzadas, frente amplia y pelo retinto, parecida, en algunos rasgos, a Marcela. Con ella comparte las cejas finas y arqueadas, los pómulos algo protuberantes de las bailarinas de ballet, y la nariz larga y perfilada. Quizás sólo en materia de tamaño —a juzgar por la foto, María debe haber sido más alta—, vislumbro una diferencia. Es una similitud física tan completa que me consterna y que Boryena debe haber advertido, pues los parecidos entre seres lejanos siempre despiertan desasosiego.

—Era una mujer bonita y sufrida. Aún estaba sana en esa época, era igual a su esposa —comentó nostálgica, como aclarando mi duda, y luego agregó con picardía—. Creo que hasta tuvo amantes.

—¿Lo sabe o son sólo rumores? —pregunto molesto porque la polaca daña con esa suposición la imagen inmaculada que he logrado esbozar de la vecina, o quizás porque me obliga a recordar un episodio no confirmado en la vida de mi suegra, ya fallecida, el cual no quiero evocar en detalle, y a tener presentes las malditas prendas eróticas de Marcela.

—Una vez la vi subir a un vehículo en Estocolmo y besó al conductor en la boca. No era su marido —afirmó con frialdad.

No logro imaginar a la María Eliasson del retrato urdiendo mentiras, tratando de disipar sospechas, engañando al marido, encontrándose a escondidas con el amante, yaciendo con él, alcanzando orgasmos. Pienso que algo indefinido, que no es sólo temor o respeto, termina por convertir a casi todos los muertos en seres intocables, asexuados, angelicales, y nos lleva a mencionar sólo sus facetas positivas. La muerte blanquea las vidas. Tal vez allí radica la única esperanza para mi suegro, el coronel innombrable, quien tuvo un papel clave en la disolución violenta de grupos opositores durante el régimen militar. Debe ser su gran esperanza, como la ha de ser también la de Marcela, quien carga en nuestro país con el apellido Montúfar como si fuese una leprosa.

—Pobre vecino —comento decepcionado.

—Ojalá María le haya puesto los cuernos muchas veces, porque era él quien la engañaba. Fue un aprovechador, un degenerado y un cínico.

Intento no prestar oídos a esas afirmaciones. No estoy en condición de juzgar a nadie ni menos de creer en rumores mal intencionados de domésticas. Mi madre siempre me advirtió sobre las calumnias de las domésticas, desconfiaba de todas ellas y si hubiese tenido más energía a lo largo de su vida, hubiese, creo yo, prescindido de empleadas en el hogar. Hasta hace unas semanas, a Boryena los Eliasson le merecían sólo elogios y aplausos, trabajaba desde hacía cinco años para ellos y ahora, cuando sospecho que el vecino la despidió por alguna razón de peso, la polaca cambia abruptamente de opinión. Es probable que su repulsa por el vecino le alimente su moral conservadora, porque Markus es un hombre acaso excesivamente liberal, mientras Boryena es una católica observante.

La gente suele ser liberal aquí en todo orden de cosas, lo que al parecer Boryena, quien se crió al otro lado del Báltico, lejos de la tolerancia escandinava, no comprende. También debe resultarle exasperante la desprejuiciada actitud de los suecos ante los cuerpos desnudos, actitud exenta de hipocresía y pacatería que, por un artilugio que yo no domino, separa el desnudo del deseo sexual. Eso es algo difícil de entender desde una perspectiva católica. Recuerdo que en algún momento los cuerpos de los frescos de la Capilla Sixtina estuvieron completamente desnudos y fueron cubiertos después con velos por orden de un papa que los consideraba pecaminosos. Una reacción semejante ha tenido hace poco el fiscal norteamericano Ashcroft, quien ordenó cubrir con velos los senos de una estatua neoclásica que se halla a la entrada de la institución que encabeza. Los cuerpos humanos no pueden ser reducidos a su función sexual, piensan acá con sabiduría. Esa capacidad de separar el cuerpo desnudo del sexo y a ambos del pecado explica, quizás, la proliferación aquí de campos nudistas, saunas mixtos y de tanta gente que en los días de calor se desprende sin complejos de la vestimenta en parques y jardines públicos, y se tiende al sol como Dios los echó al mundo, costumbre que, en un comienzo, exacerbó en mí cierta morbosidad.

Hoy, tras escribir sólo dos o tres páginas de la novela y recorrer varias librerías de viejo del centro de Estocolmo en busca de textos antiguos sobre América Latina, ingresé a un pequeño café de la Birger Jarlsgatan, una calle de tiendas elegantes, que lleva el nombre del fundador de la ciudad y desemboca en la Strandvägen, la magnífica avenida arbolada que discurre a lo largo de la costa báltica, y ordené mi habitual *café-au-lait*. Mientras contemplaba a través de la ventana el paso rápido y algo marcial de las suecas, volví a preguntarme por la actitud que debo asumir ante Marcela tras el descubrimiento de sus prendas.

¿Debo mencionarle el asunto para que me dé las explicaciones del caso o seguir fingiendo ignorancia y esperar que las pruebas sean más contundentes? Porque es posible que Marcela aún no haya vestido esas prendas o incluso que no le pertenezcan. Ayer, por ejemplo, las trasladó por alguna razón que desconozco de su maletín a una gaveta del clóset. Huelen a nuevas, eso sí. He aproximado mi nariz a ellas y pude constatar que ningún cuerpo las ha impregnado todavía con la acidez de su transpiración o sus perfumes. No es descabellado imaginar, por lo tanto, que Marcela las haya comprado para sorprenderme una de estas noches. Sería en verdad algo estupendo y probaría cuán ruin soy en todo esto.

Días atrás hallé entre sus libros una revista italiana. Allí, un artículo enseña a las mujeres a seducir y a reencantar al marido después de años de matrimonio, asunto que, desde luego, me contagió de optimismo. Es por ello que pienso que esas prendas pueden estar destinadas a satisfacerme. Sin embargo, otro artículo en la misma revista considera que la infidelidad practicada con mesura y discreción puede ser un factor clave para conservar el matrimonio, cosa que me llenó de incertidumbre. No deseo ser explícito ahora, pero reconozco que durante un tiempo mis aventuras con una bailarina de ballet moderno contribuyeron a hacer más llevadera mi vida junto a Marcela.

Bueno, es posible que las prendas pertenezcan a una amiga suya, a una mujer decididamente adúltera, que cuenta con su colaboración para que el marido no la sorprenda. Es usual este tipo de práctica: la adúltera se marcha por unas horas con el amante, y la amiga se encarga de ofrecer la coartada al marido. Lo inquietante es que estos favores se hacen siempre con la intención de cobrarlos algún día en la misma moneda. Dos son aquí sus amigas del alma: Carola, arquitecta chilena casada con sueco, y Paloma, la pintora cubana que puede alcanzar éxito a mediano plazo si abandona al petulante y viejo ejecutivo de la Ericsson que tiene por compañero y se dedica en serio a su oficio. Ambas gozan de relaciones estables, frisan los treinta años y, al igual que mi mujer, no tienen hijos y pudieran estar propensas a iniciar nuevas aventuras. Una de ellas ha de ser la infiel.

Y mientras mato el tiempo contemplando a los transeúntes que cruzan la Jarlsgatan, pienso que no puedo descartar la posibilidad de que Boryena, quien es más astuta de lo que imagino, me haya mencionado el tema de la infidelidad de María Eliasson porque descubrió que mi mujer me engaña. De pronto me arranca rubores la suposición de que la polaca esté refiriéndose ambiguamente a la infidelidad de la muerta sólo para detectar si yo estoy al tanto del engaño del que soy víctima. Las domésticas de todo el mundo suelen trajinar en las gavetas de sus patrones, eso se sabe. Tal vez fue a Marcela, y no a la difunta, a quien divisó besándose con alguien en la ciudad y ahora pretende averiguar mi reacción construyendo un paralelismo artificial. Puede que planee extorsionar a mi mujer o bien ofrecerme información sobre ella a cambio de dinero. ¿Por qué no? Todo es posible con esta polaca que lo necesita urgentemente y que no trepida en hablar hoy mal de sus antiguos empleadores. Pero, si examino el asunto desde otro ángulo, también es probable que mi mujer haya notado que descubrí sus prendas y ahora esté simulando que lo ignora. Quizás está actuando con la misma sangre fría de los agentes secretos que, cuando sospechan que son observados, suspenden por un tiempo la rutina conspirativa para desorientar a sus perseguidores. En ese caso podría pasarme la vida entera esperando a que el uso de las prendas evidencie la infidelidad de Marcela, mientras ella, sobre aviso y premunida de ciertas precauciones, podría continuar reuniéndose *ad infinitum* con el amante sin hacer uso de esa ropa.

Para no ahogarme en una tormenta de especulaciones e incertidumbres, reviso, cada vez que vuelvo a casa, la gaveta de Marcela. Mis temores se disipan en el acto cuando compruebo que las prendas continúan en el mismo sitio, con los dobleces originales, olorosas aún a nuevo, aguardando quizás ceñir el cuerpo de Marcela exclusivamente para mi deleite o, ¿por qué no?, el cuerpo de una de sus amigas para el placer de algún amante.

CUATRO

Nevó durante toda la noche y ahora se instaló afuera un día diáfano y quieto, exento de perfumes y ruidos, ajeno a la víspera, que amenaza desde un comienzo con volver a extinguirse. En el invierno escandinavo, la claridad dura apenas unas horas, ya que pronto las sombras decapitan el sol, circunstancia que me abruma y empuja a deambular en pantuflas por casa. A través de la ventana del living veo el Báltico extendiéndose nevado e infinito como la estepa rusa. El paisaje, con excepción de la ardilla que olisquea nerviosa entre las ramas desnudas de un roble, se asemeja a una postal en colores.

Aprovecho que Marcela aún duerme para ir al jardín vecino. Mis botas se hunden en la nieve. A sabiendas de que la casa está deshabitada, doy vueltas alrededor suyo con el ánimo de echar una mirada hacia su interior, pero las cortinas, corridas por alguna mano severa, me lo impiden. Encuentro sólo huellas de venados y conejos, animales que en esta época se aproximan a las viviendas en busca de alimento, y vuelvo a casa en silencio. Mientras preparo el té preguntándome cómo ha de explicarles el vecino a sus hijos que su madre no regresará, emerge Marcela en el umbral de la cocina. Bosteza despreocupada. No escuché el crujir de los peldaños de madera mientras bajaba. Hoy lleva esa bata de seda holgada que compró a la rápida hace años en el aeropuerto Charles de Gaulle de París.

—¿No me prepararías un café? —pregunta risueña y estira remolona los brazos.

Entonces ella viajaba a Roma a casarse con un médico italiano. Qué cosa más extraña, ahora descubro que ella, al igual que su madre, doña Sofía, quiso casarse con un médico y terminó haciéndolo con una persona de otro oficio. Cuando la divisé en una cafetería cercana a la puerta de embarque, donde me proponía pedir una baguette *avec jambon et fromage* y un *café-au-lait*, intuí de inmediato que era latinoamericana. Algo en su atractivo perfil, en el brillo relampagueante de su cabellera larga y suelta, en su actitud de mundo, me indicó que era una latinoamericana de familia bien, y me acerqué con desparpajo. Se casaba en tres días. Experimentamos el flechazo en la barra y matamos el tiempo hablando de proyectos improbables, sin atrevernos a postergar nuestros vuelos. Fue uno de aquellos instantes en que uno presiente que la vida te está ofreciendo un asa para que te apoderes de ella y le des un vuelco. Sin embargo, no me atreví a invitarla a que se marchara conmigo a Madrid por miedo a que me tomara por loco. Un año después, cuando ya se había divorciado y nos instalábamos en un apartamento que daba al parque del Retiro, me dijo en tono de reproche:

—Nunca entenderé que me hayas dejado ir a Roma.

Ahora que la cafeterita italiana de aluminio ya está en la hornilla y Marcela continúa apoyada en el umbral, constato que no he hablado prácticamente de ella en estas páginas. Sólo mencioné que ama las tablas y las antigüedades, y que dejó el país porque desea que no la asocien más con su padre, quien tuvo un cargo importante en la policía política del régimen militar. Abandonar el país fue lo más sensato que podía hacer. ¿Cómo alguien con el apellido Montúfar, el del coronel en retiro Adonis Montúfar, puede aspirar allá a tener una vida pública sin que lo vinculen de inmediato con el militar? Marcela intentó construir una identidad independiente desde el momento en que intuyó que jamás prosperaría como artista o comerciante bajo el alero de su padre. Pero es imposible desembarazarse de la propia estirpe. Como bien dicen los alemanes, uno escoge a sus amigos, no a sus familiares. Y por eso terminó huyendo del país, no renegando de su padre, desde luego, pero sí tratando de apartarlo como quien aparta de su rostro una rama de espino, por eso está en Estocolmo. Nadie debería ser responsabilizado por lo que hagan sus padres, pero eso no se entiende al otro lado del charco, donde predomina una suerte de pensamiento tribal.

A mí me ocurrió algo similar. Mientras el coronel Montúfar desarticulaba a movimientos opositores, mi padre, el afamado microbiólogo Fernando Pasos, no sólo disponía en la universidad de cuantiosos recursos para investigar a sus anchas y de espaldas a cuanto hacía su futuro consuegro, sino que además recibía distinciones y homenajes y representaba al país en conferencias mundiales sin el más mínimo interés por conocer lo que ocurría en él. Con ese padre, mi pasado de izquierda, un pasado que navegó de lo radical a lo templado, no fructificó tras el retorno a la democracia. Quedé marginado de todo puesto público, es decir, del poder, y me convertí en una persona al menos sospechosa. En cierta forma, Marcela es hija de la maldad paternal, y yo hijo de la desidia paternal, y si su padre pecó por acción, el mío lo hizo por omisión. Nos unen, a ella y a mí, no sólo esta historia que comenzó en el aeropuerto parisino, sino también el anhelo de eludir nuestro propio pasado y de construir un presente sin memoria o un futuro con la historia que nosotros mismos relatemos. Y mientras el aroma a café comienza a inundar la cocina, Marcela anuncia de pronto que olvidó decirme algo importante el día anterior:

—Tengo que viajar hoy a Malmö a visitar anticuarios que ofrecen réplicas de muebles escandinavos a precios razonables.

—¿Cuándo vuelves?

—Mañana a primera hora.

Malmö queda en el sur de Suecia. Dicen que es la ciudad menos sueca de Suecia, es decir, la menos apagada y más cosmopolita. Nunca he estado allá, pero puedo imaginarme su ambiente de puerto, sus bares atestados de marineros y los ferries que navegan a diario hacia Alemania. Es su calidad de puerto lo que la ha convertido en cosmopolita. Debe poseer esa atmósfera brumosa, de ecos apagados y calles húmedas, que describe Georges Simenon en sus novelas de Maigret. Como autor de libros policiales, me gusta el estilo apaciguado y profundo, escrutador, de ese belga nacido en Lieja, pero no le perdono que haya escrito demasiados libros, aunque le envidio el desenfado con que lo hizo. Le sugiero a Marcela que antes de irse me apunte el número telefónico del hotel donde se alojará.

—Me hospedaré en un Scandic, cerca de la estación —dice cuando vierto café en su taza.

—Déjamelo por cualquier eventualidad.

Mientras endulza su bebida, me cuenta, quizás por tercera vez, aunque ahora con mayor entusiasmo y convicción, que tiene posibilidades de convertirse en representante exclusiva de dos anticuarios escandinavos en América Latina, de gente que incluso suministra piezas a la Casa Real y a los alicaídos nobles suecos, lo que puede resultar en extremo atractivo para los nuevos ricos, que abundan como la mala hierba en mi país. Se trata en su mayoría de políticos que han llegado al gobierno y convertido al Estado en un botín, que asumen el poder no para servir al país, sino para servirse de él. Estos delincuentes recién aparecidos necesitan urdir historias y abolengos, levantar fachadas y presentar como herencias familiares muebles antiguos y cuadros de valor que consiguen en prestigiosas galerías de anticuarios. El asunto, opina Marcela con brillo ambicioso en los ojos, puede tornarse lucrativo a mediano plazo.

—Así saldré al final del frío que no me asienta para nada —agrega al rato.

Desde hace semanas insiste en que el frío y la oscuridad del invierno local la deprimen, y que su organismo requiere una temperatura más cálida para funcionar. Me irrita que haya olvidado que fue ella quien me arrancó del ambiente contaminado y agresivo, aunque familiar, de Santiago, y me trajo a Suecia. Además, ese "así saldré" expresa un deseo personal, que me margina.

La miro sin replicar. El silencio se torna lacerante. En realidad, durante estos días, más que una relación, mantengo una tregua con ella. Una tregua sin dramatismos ni tensiones, una tregua sin palabras, o, mejor dicho, de escasas palabras, pues a veces me animo a invitarla a cenar a restaurantes de moda, como el sofisticado Alex o el tradicional Per Olsen, para degustar un plato junto a un cabernet y conversar en términos generales, no del todo comprometedores, más bien conciliadores, sobre cuanto nos ocurre. Pero hay instantes en la vida de una pareja al borde del naufragio en que se pierde hasta la voluntad de averiguar por dónde hace agua la embarcación. Dejamos de comunicarnos como solíamos hacerlo antes, con una intimidad y una magia que tornaban los diálogos en algo fresco, chispeante y revelador, como si nos conociéramos desde hace poco, como si las buenas sorpresas fuesen posibles a cada rato.

Con el tiempo, nuestras diferencias dejaron de estimularnos y entretenernos y se fueron convirtiendo en conflictos y rencillas. Para Marcela, por ejemplo, carece de importancia que no hayamos conocido a la vecina. Desde luego, lamenta su deceso, más aun por los niños, pero estima que nuestra presencia no hubiese cambiado un ápice el destino de esa familia y está convencida de que es poco conveniente acercarnos al viudo a expresarle nuestras condolencias. Lo mejor, agrega, es dejar transcurrir el tiempo y aguardar con discreción una nueva oportunidad para presentarnos. Entiendo que constituye un enfoque demasiado calculador y pragmático, trasplantado quizás de sus negocios a la vida cotidiana, algo que ahora, tras haber descubierto sus prendas, desata en mí suposiciones inquietantes y estremecedoras, que me hacen temer que mis sospechas en torno a su deslealtad sean fundadas. Porque creo que así como el hombre es impulsivo, instintivo e ingenuo cuando es infiel, la mujer, por el contrario, tiende a ser selectiva y racional. La infidelidad mía o de mis amigos es algo que se sitúa al comienzo de los acontecimientos, es la causa para algo que puede suscitarse o no más tarde; la de las casadas con quienes he hecho el amor, en cambio, la infidelidad se ubica al final de un largo proceso de reflexión, es la consecuencia última, el epílogo de la relación matrimonial. Me explico para evitar las malas interpretaciones, tan en boga por culpa del feminismo extremo: puede que el hombre carezca de un motivo claro para ser infiel y que sólo lo anime un apetito carnal momentáneo, la obsesión por unos labios frescos, unos senos generosos o un culo bien puesto, la ambición de no dejar escapar la oportunidad, un apetito que se esfuma con la misma conquista de la nueva presa, pero la mujer parece tener una razón poderosa, trascendente, no circunstancial para ser infiel. Y por ello su infidelidad es más decidida y definitiva. Son menos veleidosas que nosotros y no parecen moverse por impulsos momentáneos o lascivia pasajera, como suele ocurrirle al hombre, sino por consideraciones más profundas. Por todo eso me inquieta ese brillo que vislumbro en sus ojos y que me impide dilucidar lo que trama en el fondo de su alma.

Ni siquiera durante esas veladas en los restaurantes, que un espectador distante pudiera interpretar como románticas, me atrevo a consultarle sobre las prendas. Algo impreciso me impulsa a preferir el fingimiento, a simular una supuesta normalidad por sobre los hechos mismos, algo impreciso que puede estar siendo alimentado por mi esperanza de que ella almacene esa ropa, más bien disfraz, con el propósito de brindarme un día una sorpresa erótica o, algo menos apasionante, para ocultarlas del esposo de una de sus amigas. Pero también es posible que yo calle simplemente por temor a que se indigne, a que se destruya esta precaria armonía hogareña, a que nuestro buque se vaya a pique y Marcela se marche lejos de modo irremediable, sumiéndome en una soledad pasmosa, sólo jalonada por los personajes de ficción de mis escritos. Es cierto, más fuerte que el rechazo a Marcela, es mi temor a perder esta rutina diaria y a tener que vivir en soledad.

Después de vaciar la taza, mi mujer consulta su reloj y sube corriendo al segundo piso a ducharse. Quince minutos más tarde baja nuevamente, esta vez vestida, perfumada y acicalada, cargando el maletín de cuero. Se echa encima el abrigo y se calza la *shapka* de piel, y desde la puerta me envía por los aires un beso. Cuando sale presurosa tras el taxi que la espera en la calle, quedo nuevamente inmerso en el silencio y analizo en retrospectiva, como en el *flashback* de una película, sus gestos matinales. Supongo que si ella tuviese un amante no habría venido a desayunar conmigo ni me habría lanzado el alegre beso de despedida, y anoche tampoco hubiese respondido a mi apasionamiento de la forma conciliatoria en que lo hizo. Es curioso que algo que se manifiesta de modo tan carnal como la infidelidad no deje huellas en los cuerpos, ni siquiera en los gestos. Porque hicimos el amor de forma magnífica: en silencio, sin abrazarnos casi, cada uno intentando lograr su propia satisfacción, pero unidos más allá de la epidermis por algo ambiguo e indefinible, misterioso, como si esta relación tuviese el espacio ilimitado que las bandadas de patos salvajes creen tener cuando cruzan el cielo en su orden perfecto. No, la infidelidad no deja improntas en la piel ni en la conducta, navega simplemente en nuestro interior alentada por la brisa de los secretos. Y es por ello que aunque examine con atención su desnudez buscando indicios del engaño, no encontraré ninguno.

Abandono la cocina convenciéndome de que debo aprovechar la calma de este día para continuar la novela, que va convirtiéndose gradualmente en el relato —admito que escasamente original— de un novelista que posterga una y otra vez el asesinato de su mujer infiel porque no logra identificar al amante. ¿Qué será peor? ¿Conocer en detalle al amante de la mujer de uno o imaginarlo en forma vaga, como una pintura impresionista o puntillista? ¿Es mejor que ese amante sea retratado por John Singer Sargent? ¿O por Degas o Seurat? Me acomodo frente al ordenador sin apaciguar mis celos ni los de mi personaje principal y me dispongo a seguir tecleando, cuando me asalta una duda lacerante: ¿habrá llevado Marcela consigo las prendas eróticas? Impulsado por la curiosidad y el temor, corro al dormitorio, abro la gaveta y mis manos registran impacientes el espacio.

Al cabo de unos segundos, constato con impotencia que las prendas han desaparecido.

CINCO

Definitivamente no soy un hombre de acción, de lo contrario ya habría actuado de otra forma ante Marcela y la denuncia de la polaca en el sentido de que el vecino es el culpable de la muerte de su mujer. Sí, me falta una dosis de tropicalismo en el carácter, un detonante que me encienda la sangre y me arrastre a gritar con vehemencia las cosas por su nombre. Pero soy sólo un pálido literato del Cono Sur, alguien que, valiéndose de personajes y escenarios inventados, urde historias con la esperanza de que sus eventuales lectores las interpreten no como imposturas, sino como circunstancias tan ciertas como la realidad.

A pesar de que me inclino más hacia las letras que a la acción —de lo contrario me habría dedicado a los negocios o a la medicina, actividades que no me atraen debido a su carácter prosaico—, abandoné esta mañana la novela que escribo y también al escritor celoso que ella tiene por protagonista y decidí salir en pos de mi mujer para averiguar el verdadero motivo que la conduce a Malmö llevando las prendas íntimas que descubrí en su maletín. Ese viaje, que comprende una misteriosa noche en un hotel del sur, me huele tanto a simulacro como los conflictos que yo perfilo en mis novelas. Por ello prefiero incorporar a la trama esta discreta persecución que inicio y describo ahora, animado desde luego por cuanto ocurre fuera del relato, en esta bucólica realidad de Djursholm, y postergar el momento en que el escritor descubre la identidad del amante de su mujer. Tras grabar todo en el disquete y también en el disco duro de mi ordenador portátil —precaución que adopto desde que hace varios años el sol de la isla de Samos achicharró la memoria electrónica de una novela que escribía—, me vestí y dejé la casa sin ducharme ni afeitarme con destino a Central Stationen. Como el próximo tren a Malmö partía dentro de dos horas, salí a caminar bajo la nieve que caía tupida, convencido de que mataría el tiempo admirando las fachadas de los edificios cercanos.

Si se dejan de lado las construcciones modernas, la arquitectura céntrica de Estocolmo es de una belleza equilibrada, sencilla y armónica, similar a la de San Petersburgo. Sus edificios adosados tienen de cinco a siete pisos, verdes techumbres de cobre oxidado, ventanas con cortinas siempre descorridas y pequeños balcones de barandas de hierro forjado. Por el cielo, siempre cercano, se asoman con timidez campanarios de iglesias, cúpulas doradas y tejados a dos aguas que disimulan sus mansardas, elementos que le confieren a la ciudad un segundo escenario, esta vez aéreo, si se quiere. Pero en las calles laterales estrechas, en aquellas en las que durante el invierno rara vez se posan los rayos de sol, no crecen árboles ni transita gente, y reina allí una suerte de desamparo severo.

Marcela opina que los arquitectos desaparecieron aquí a mediados del siglo veinte. En realidad, los edificios funcionalistas de acero y cristal construidos en el centro de la ciudad durante los años sesenta del siglo pasado son tan detestables que terminaron por despertar el rechazo de la población, la que se opuso a que las autoridades continuaran derribando ruinosos edificios históricos para levantar aquellos modernos adefesios. Sin embargo, en las inmediaciones de la Central Stationen, esto es, en la gran plaza circular llamada Sergelstorg, una suerte de torta de concreto con una gigantesca vela de vidrio en su centro, que intenta simbolizar el hielo sempiterno de Escandinavia, y también en el primer tramo de la avenida Sveavägen, la resistencia popular arreció tarde. Los arquitectos ya habían derribado los edificios y alzaban cajones de acero y cristal, impersonales y sin carácter, que no guardan armonía con el aspecto de la ciudad y que tal vez sólo habrían satisfecho los sueños de grandeza de Nicolae Ceaucescu.

Aquello fue horrendo, pero pudo haber sido peor, porque hubo una época en que las autoridades de Estocolmo proyectaron demoler la totalidad de Gamla Stan —con sus bares y restaurantes populares, sus callejuelas empinadas, sus departamentos para obreros y sus imponentes fachadas, entonces grises y descascaradas— para levantar edificios modernos y mejorar supuestamente la calidad de vida de los trabajadores. Llegaron incluso a encargarle a Le Corbusier que rediseñara por completo el casco de la ciudad antigua y la atestara de rascacielos. En términos arquitectónicos habría sido un crimen tan imperdonable como el bombardeo de Dresden por la aviación aliada. Sólo gracias a la negativa de Le Corbusier, Estocolmo cuenta aún con su zona más bella y turística, el barrio de Gamla Stan, en el que hoy residen intelectuales, artistas y ejecutivos de éxito.

Tras deambular por los alrededores, volví a la Central Stationen y ordené en la cafetería un *café-au-lait*. Necesitaba un ambiente temperado y tranquilo para planear mis próximos pasos. Me senté junto al ventanal que da a las boleterías y tiendas con la ilusión de que mi mujer hubiese perdido el tren y vagase aún por allí. Era sólo una forma de no pensar en lo que nunca había imaginado: que un día pudiese yo seguir a Marcela, como lo hacía ahora, para tratar de sorprenderla con un amante. Algo indefinido, una mezcla de irritación y resentimiento, me arrastraría más tarde hacia el expreso a Malmö.

Bajo las arcadas del local, que devolvían el eco de pasos y de los anuncios de los altoparlantes, me preguntaba con zozobra por qué la infidelidad no genera enseguida desamor en la víctima, sino el anhelo de retener a quien le engaña y ofende, la esperanza de que todo pueda ser sólo una pesadilla, una sospecha sin fundamento, un relato desechable, un libro de final abierto, una circunstancia, en definitiva, a la cual se le puede torcer el pescuezo como al cisne modernista. ¿Y qué sentiría Marcela por mí, ahora que me engañaba? ¿Compasión, lástima, indiferencia o acaso repulsión? ¿Qué había surgido primero: su rechazo hacia mí o su intimidad con el otro? Llevábamos años juntos y recién ahora descubría yo que, aunque ella seguía siendo en el fondo la misma muchacha de perfil atractivo pero distante que avisté en el aeropuerto parisino, era un ser desconocido para mí. Traté de evocar los sentimientos que yo abrigaba hacia Marcela durante la época de Karla, la bailarina, pero me fue imposible porque las palabras, la memoria y la fantasía de entonces se me entreveran y termino ordenándolas de acuerdo a lo que anhelo, a lo que deseo hoy que Marcela piense y sienta por mí, y no a lo que realmente ocurrió. No hay forma, ya lo sé, de reconstruir con certeza lo pasado, porque todo recuerdo traiciona al mismo tiempo lo acaecido. Y lo deprimente estriba en que desde niños nos inducen a creer que la memoria reconstruye el pasado con la precisión con que se arma un rompecabezas, cuando en verdad la memoria nunca recupera el diseño original del rompecabezas, sino que construye uno diferente.

Mientras revolvía el *café-au-lait*, traté de consolarme diciéndome que cuando le fui infiel con Karla, Marcela no se percató de la existencia de la bailarina, la que si bien emergió como conquista casual y transitoria, con el correr de los meses, durante los febriles encuentros en restaurantes, pubs y hoteles costeros, terminó por convertirse en mi obsesión, en alguien por quien estuve dispuesto incluso a abandonar a Marcela y lanzarme a una vida incierta. El romance trascendió al mundillo literario y se convirtió en comentario obligado de muchos, pero yo afortunadamente había tenido el tacto y la virtud —vamos, qué palabra— de mantener a Marcela en la ignorancia total, al margen de los hechos, o al menos así lo imaginé. ¿O es que acaso Marcela se había enterado del engaño y optado por guardar silencio y simular cínicamente la normalidad, al igual que yo ahora? ¿Por qué no? Si la pasividad de la Marcela de entonces me sirvió hasta ahora como evidencia indudable de que ella lo ignoró todo, mi propio silencio y fingimiento demuestran hoy que mi conclusión bien puede haber sido errónea. El engaño descubierto bien puede castigarlo la víctima simulando desconocer la verdad.

¿Cómo reaccionaré yo en el momento en que me encuentre frente a frente con el amante de Marcela? A ratos pienso que sería preferible no enfrentarlo nunca. Supongo que el otro, el que se lleva a la mujer de uno, es a menudo quien uno quiso ser. Mientras sorbía el café me persiguió la imagen de mi mujer ingresando del brazo de otro hombre a un hotel. ¿Quién será? ¿Algún conocido mío o alguien con quien ella había intimado durante sus viajes de trabajo? ¿Desde cuándo se conocían y a qué se debía esa historia que yo ahora investigaba? ¿A alguna característica especial del amante, al aburrimiento de Marcela conmigo o a alguno de mis numerosos defectos? ¿Era yo culpable o víctima de lo que experimentaba? Supongo que en mi caso la culpable fue Karla, su forma desinhibida de ser, su gusto por esbozar planes tan irreales como convincentes, su destreza para crear una infinidad de mundos posibles, utópicos, en los cuales yo entraba por unos instantes y salía henchido de interrogantes, ideas y estímulos, sus ansias locas y alegres de vivir, de ser cada día una persona diferente en la mesa y la cama, de recrearse a diario como si fuese una mujer en perpetua metamorfosis o un simulacro cambiante de sí misma. Pero ahora me tortura algo menos especulativo, me aflige simplemente imaginar la sucesión de detalles que anteceden a la infidelidad: el arribo de los amantes a la recepción de un hotel, donde fingen ser marido y mujer, su nerviosismo al apuntar los datos personales bajo la mirada severa de un empleado inquisitorial, el temor a tropezarse con algún conocido, el viaje en un ascensor que les resulta demasiado lento y claustrofóbico, los pasos apresurados sobre la alfombra de un pasillo interminable, la puerta que se cierra por fin a sus espaldas, el abrazo afiebrado y la búsqueda a tientas del otro y del lecho.

Pero debo conservar la ecuanimidad. Los celos exacerbados pueden empujarme a cometer un acto irreflexivo del cual me arrepienta durante el resto de mi vida. En los diarios sensacionalistas abundan los crímenes pasionales cometidos por inmigrantes del Tercer Mundo y una acción violenta de mi parte sólo contribuiría a engrosar esos reportajes escandalosos, a exacerbar el prototipo del *latin lover* engañado y vengativo. No, yo debo emular más bien la calma de los escritos del novelista sueco Söderberg, el ritmo hipnotizador de su novela *El doctor Glas*, el estilo reposado de ese médico que recorre calles, cafés y residencias de la Estocolmo del siglo diecinueve sin perder la parsimonia ni el aplomo cuando descubre los vericuetos, las máscaras y las pasiones humanas.

Mi tren llegó a Malmö a media tarde, cuando la oscuridad descargaba un tufillo a carbón y se cernía implacable sobre Escandinavia. A primera vista no es la ciudad cosmopolita que supuse, pero da muestras de un ritmo de vida intenso y parece más dinámica y acogedora que otras ciudades suecas de su tamaño. Abordé un taxi que no tardó en llegar a las inmediaciones del hotel Scandic y, tras apearme, caminé con el sigilo de un espía sin desprenderme de la idea —muy torpe, por cierto— de que allí la gente conocía el motivo de mi visita y adivinaba mis intenciones.

Al hotel lo envuelve una atmósfera frágil e irreal, acentuada por la iluminación ambarina que proyectan unos faroles. Elevo la vista contra los copos de nieve que se arremolinan como pelusas en su caída y contemplo embelesado la fachada con las luces encendidas de los cuartos. En uno de ellos yace Marcela desnuda. Alguien la acompaña. Lo intuyo. Y me digo que es ahora, cuando ella consuma la traición, que debo subir corriendo aquellos pisos y golpear a las puertas hasta dar con los amantes. Pero luego recapacito, me sereno y pienso que quizás es cierto lo de su cita con los anticuarios y que todo esto —mi viaje en tren, este hotel que comienza a flamear por efecto de la nieve y la iluminación, e incluso las prendas de la bolsa de plástico— es sólo fruto de mi fantasía de escritor, meras palabras y tramas probables, y no algo que ocurre en esta vida, sino sólo en las páginas de la novela que escribo en Djursholm o de una novela que alguien escribe en otra parte. Sin embargo, al rato, mientras aspiro profundamente el aire frío y ácido de la noche, sospecho que todo cuanto acaece aquí, bajo la luz opalescente de los faroles decimonónicos y esta nieve que no cesa de humedecer mi rostro, es una realidad tan indubitable como la traición de mi mujer. Sí, aunque yo no pueda probar esa traición, su ropa erótica existe, aunque yo desconozca su propósito último, su viaje a Malmö ocurrió, y este hotel no es de cartón piedra ni de palabras, sino que se alza aquí perfecto y macizo contra la noche. Y si ella no se encuentra ahora entre los brazos del amante, se debe exclusivamente a que ella aún negocia con los anticuarios, mas no tardará en acudir a su cita amorosa. Cristóbal, me digo, nunca debes confiar en las actrices, porque ellas jamás dejan de actuar.

Impulsado por un sentimiento indescriptible, que me domina sin contrapeso, entro al hotel y me dirijo a la recepción, donde la única dependienta habla por teléfono. Temo que mi nerviosismo, o la sangre agolpada en mis mejillas, me delate e induzca a esa muchacha de cabellera rubia, que sigue hablando sin percatarse de mi presencia, a avisarle a la policía que algo horrendo está por ocurrir. Mientras espero, introduzco las manos en los bolsillos para disimular su temblor. Al fin la mujer cuelga y se aproxima esbozando una sonrisa que se torna más amable cuando le pregunto en inglés por el número de habitación de Marcela. Consulta un computador y me ruega que le repita el apellido.

—No, no aparece aquí —aclara pronta ya a retornar al teléfono, pero la detiene la turbación que me causa su respuesta.

Supongo que Marcela no ha reservado cuarto y ocupa el de su amante, pero lo descarto de inmediato, pues debe presumir que puedo intentar ubicarla y que despertaría sospechas si su nombre no apareciera en la lista de huéspedes.

Insisto en que busque una vez más en el registro y mi aire decidido alarma a la recepcionista, haciéndola perder el dominio sobre su sonrisa afable, recurso básico de todo escandinavo aun en las horas más difíciles, por lo que asume ahora un aire condescendiente, aunque distante, y va a la oficina situada detrás del mostrador y vuelve acompañada de un joven alto, igualmente rubio, de terno y corbata, con aspecto de farmacéutico recién titulado. Mientras consultan la pantalla e intercambian palabras en sueco, el joven me lanza una mirada desconfiada, y luego vuelve a teclear y al parecer el computador le brinda esta vez lo que busca, pues me escruta preocupado, como dudando entre brindarme o no la información. De pronto me regocija la monstruosa idea de que Marcela y su amante hayan sufrido un accidente mortal.

—¿Está usted emparentado con la pasajera? —me pregunta el muchacho.

—Soy su esposo.

Medita por unos instantes en silencio, dubitativo, acrecentando el suspenso y después dice lentamente:

—Lo siento, pero su señora canceló a mediodía telefónicamente la reserva. ¿Podemos ayudarle en algo?

Regresé a Estocolmo en el último tren de la noche y cogí un taxi en Central Stationen, a esa hora desierta y silenciosa como los grandes espacios en las películas de Hitchcock, y casi no pude dar crédito a mis ojos cuando divisé luz en casa. En la cocina hallé a Marcela. Extraía un pastel del horno. Tenía ojeras abultadas y cierto rubor en las mejillas.

—Opté por quedarme en Estocolmo —explicó mientras recubría el pastel con mermelada de una fresa ácida que crece en Laponia y fascina a los suecos—. ¿Y tú dónde estabas?

—Consultando textos en la biblioteca municipal. Después me eché unas copas en el centro con Facuse —le dije refiriéndome al embajador chileno, amigo mío, mientras contemplaba de reojo sus caderas, imaginando que tal vez hasta hace poco las yemas de los dedos del otro recorrían aquel arco suave al consumar la traición.

La infidelidad, constaté al rato, mientras ascendía por la escalera que conduce al segundo piso con el afán de examinar discretamente nuestro dormitorio, no apaga el deseo en la víctima, sino que lo acrecienta y desmelena. Estoy por convencerme de que no es cierto que la gente deje de amar por despecho. El desamor no genera desamor en quien ya no es amado, sino que alimenta —como me ocurre ahora— un lacerante deseo de seguir poseyendo a quien ya no te ama ni apetece estar a tu lado. En este terreno no existen simetrías ni equilibrios, sólo crueldad. Entré al dormitorio en penumbras, donde mis pies le arrancaron un quejido al piso de tablas, me acerqué al ropero, abrí la gaveta e introduje las manos en ella conteniendo la respiración.

Al fondo, entre medias y *bloomers*, estaba la bolsa.

SEIS

Esa noche no me atreví a preguntarle a Marcela en forma detallada por sus actividades del día. Durante los instantes en que permanecí en el cuarto, desde cuya ventana, como ya he dicho, se divisa el Báltico por entre los abedules, pensé en la posibilidad de su muerte, subrayo, de su muerte, no de matarla. Acaricié esa idea inmerso en la semipenumbra, sin poder reconocerme a cabalidad mientras me contemplaba en el espejo de la cómoda y recordaba a un personaje de Beckett, que dice: "Yo no existo. El hecho es evidente". Porque a veces tiendo a pensar en cosas semejantes, como que no existo en el sentido en que lo he pensado y creído. Sí, uno tiende a pensar en que existe de la forma en que se percibe, pero lo más probable es que no exista de la misma forma para los demás, ni siquiera a través de las palabras que digo o escribo. En fin, es cierto que así, a secas, la apresurada asociación de Marcela con la muerte huele mal, pero subrayo una vez más que imaginé que ella moría, aunque no por mi mano, sino por mano ajena.

Todo esto lo pensé, especulé y tramé, es decir, lo instalé en esta realidad de ficción que habito y me envuelve y separa de la realidad última, la material, del mismo modo en que nuestro rostro y nuestras palabras protegen y ocultan nuestras verdaderas intenciones ante los demás. Y mientras me vislumbraba en el espejo sentí que lo hacía con ojos que no eran los míos, como cuando te levantas aletargado y te descubres de pronto en el fondo de un espejo sin reconocerte y tienes que aceptar resignado que has envejecido y perdido atractivo y que tu cara comienza a divorciarse de la imagen que tienes de ti mismo. Y al ver mi silueta y no poder reconocerme en ella, pensé que Marcela me habría visto así en la época de Karla, cuando tal vez estaba al tanto de mi infidelidad y yo creía que la engañaba, época en que quizás había comenzado a mirarme con el anhelo de deshacerse de mí, de ese ser extraño, veleidoso y traicionero, que ahora se desdibuja en este espejo. Fue Marcela, sin embargo, quien, tal vez con el ánimo de sofocar de raíz toda especulación de mi parte, asumió la iniciativa cuando regresé a la cocina:

—Al final me quedé en Estocolmo —dijo terminando de emparejar el pastel. Siempre he admirado su capacidad para hablar de sucesos importantes mientras realiza a la vez cosas prosaicas, como planchar sábanas o pelar papas. Dispone de una habilidad especial para habitar en forma simultánea los dos mundos, el material y el teórico, un *spagat* imposible para mí, acostumbrado sólo a deambular por el mundo de las letras—. Me quedé porque uno de los anticuarios se enfermó.

—¿Y cuándo te enteraste de eso?

—En la Central Stationen. Cuando llamé a Per Larssen para confirmarle mi arribo, me anunció que prefería posponer el encuentro, porque estaba resfriado —dijo cubriendo el pastel con una película de aluminio.

Aunque parezca inverosímil, era probable que Larssen hubiese cancelado efectivamente la cita a última hora. En lo referente a asuntos laborales, los suecos ya no son de fiar como en el pasado.

La seguridad social y los elevados impuestos han minado su moral de trabajo. Del living, y mientras Marcela coloca los utensilios en la lavadora de platos, llegan esta noche los compases de una pieza de Satie. Nos gusta Satie, nos atrae su deliberada sencillez pianística y su consecuente dedicación a obras que son miniaturas de perfección asombrosa, como si en su vida se hubiese empecinado en derrotar todo barroquismo y toda grandilocuencia.

—Y como tampoco tenía muchas ganas de viajar, cancelé el asunto y regresé. Lástima que no estuvieras acá —dijo Marcela con tranquilidad, sin demasiado entusiasmo, pero tampoco empleando un tono de reproche—. Pudimos haber salido a cenar.

Lo que más admiro en ella es su voluntad indoblegable. Eso explica, en cierta forma, que estemos acá, a miles de kilómetros del país. Ella sueña con llegar a ser una gran actriz e intuyó a tiempo que en Chile jamás lo lograría siendo la hija del coronel innombrable. Cuando actuaba en sus debuts en el pequeño teatro capitalino de Bellavista, nunca faltaban el crítico profesional que recordaba en su columna del día siguiente la función del militar en épocas pasadas, ni el espectador que arrojaba una bolsa con tinta roja al escenario o insultaba a Marcela en medio del espectáculo, pruebas evidentes de que en su país jamás podría liberarse de la sombra paterna, porque en casos como estos la memoria se nutre no sólo de nuestro pasado, sino también de lo que los demás recuerdan de él. Sólo quizás cuando hubiesen pasado muchos años, ella podría actuar nuevamente sin que el peso de la memoria ajena la aplastase. La noche en que se convenció de que allá, en la ciudad del esmog y del teatro junto al cerro, carecía de perspectivas artísticas, fraguamos el plan para marcharnos al exilio voluntario, a uno que le permitiera regenerarse, porque estaba harta de cargar con la responsabilidad del padre. Haber crecido bajo el alero de uno de los pilares de una dictadura, de un hombre temido e intocable en aquella época, había marcado a Marcela, convirtiéndola en blanco de antiguos opositores y persona de temple admirable. Sospecho que fue su convicción de que debía crecer lejos del padre para alcanzar su independencia lo que esculpió su carácter férreo, virtud que le envidio.

Quizás era cierto lo de la enfermedad del anticuario, me digo mientras la veo colocar de nuevo el pastel en el horno y colgar el paño de cocina del gancho de la puerta, pero tampoco puedo descartar la posibilidad de que su amante le haya avisado a última hora al celular que no podrían reunirse. Tal vez ese llamado, y no la enfermedad de Larssen, modificó sus planes. O probablemente ella misma ha resuelto cancelar todo porque intuye que yo ahora sospecho algo, o se dio cuenta de que yo ya descubrí sus prendas eróticas.

—Volveré a Malmö en los próximos días —anuncia y examina el cactus que tiene sobre el radiador junto a la ventana—. A menos que Larssen venga a Estocolmo.

No sé quién es Larssen. En realidad, nunca me he preocupado por averiguar en detalle con quién ella se reúne y hace negocios. De pronto ahora yo debería comenzar a escrutar con desconfianza a cuantos se le acercan. Y las cosas no han cambiado mucho, ya que en los días siguientes a mi descubrimiento Marcela acudió a varias subastas y reuniones con anticuarios, aunque la bolsa permanecía en la gaveta. No viajó, sin embargo, después de todo a Malmö, lo que no significa nada, puesto que el hombre de Malmö bien pudo haberse trasladado a Estocolmo para verla. Marcela parecía más bien concentrada en hallar óleos decimonónicos de pintores bálticos para un acaudalado coleccionista brasileño, y vitrinas y aparadores de estilo para un ex ministro centroamericano de origen escandinavo, rico de la noche a la mañana gracias a las privatizaciones que dirigía con singular destreza en su patria de adopción, y quien ahora, en la elegante residencia que construía en la reverberación y humedad del trópico, adulteraba la historia de sus antepasados, los cuales, en lugar de emerger como los modestos campesinos europeos que habían sido, figuraban como nobles de abolengo inmemorial. Aquel político, en el fondo, me estaba otorgando la razón: no somos lo que somos, sino lo que contamos que somos y cuanto los demás aceptan de ese relato. Pero Marcela valora los simulacros porque está convencida de que la ostentación y el arribismo social constituyen sus mejores aliados y los principales instigadores del alza de precios en el mercado del arte y las antigüedades.

Hoy acaeció algo que me inundó de tristeza, al igual que suelen hacerlo los conciertos de Sibelius. Yo había ido a confirmar al banco la remesa mensual que mi suegro gira desde Santiago para las operaciones de mi mujer, y me encontraba de vuelta escribiendo ya un nuevo capítulo de la novela, en la cual incluyo en forma creciente mi realidad cotidiana —en especial la paciente e infructuosa reflexión del escritor engañado—, y el sol de mediodía, ya pronto a sumergirse en el horizonte, entibiaba mi espalda, cuando escuché en lontananza un llanto lastimero. Me sorprendió escuchar algo, pues en Djursholm, este bello y tranquilo barrio entre bosques a orillas del Báltico, impera un silencio perenne. No hay radio ni bocinazo que se perciba a la distancia, como suele ocurrir hasta en los barrios más exclusivos de América Latina, ni carro que rechine, ni perro que ladre, ni niño que llore, todo lo cual me lleva a suponer a veces que me he vuelto sordo entre la costa y los abedules, o, lo que es peor, que he muerto sin darme cuenta, y por eso el llanto me sorprendió en extremo. Dejé de teclear y me aproximé a la ventana que da hacia la casa del vecino. Pero no vi nada. Observé después a través de la ventana que mira al Báltico y divisé un bulto tirado sobre la nieve en medio de la calle.

Bajé rápido las escaleras, me abrigué y salí corriendo. Se trataba de lo que supuse: un niño.

—¿Qué ocurre? —le pregunté. Envuelto en traje térmico, y protegido por guantes y un gorro, parecía de lejos un saco marinero.

Lloraba con desesperanza, el rostro en la nieve, como un animal que hoza, y cada cierto tiempo, entre sollozos, repetía unas palabras que no logré descifrar.

—¿Dónde vives? —insistí tratando de incorporarlo.

—Está llamando a mamá —dijo alguien de pronto a mis espaldas.

Me viré y hallé a otro niño, mayor que él, de unos doce años, también vestido con buzo térmico, gorro y guantes, y de grandes ojos azules, cabellera rubia y labios amoratados por el frío.

—Está llamando a mamá —repitió.

—¿Dónde está la mamá? —pregunté en inglés.

—No sé.

—¿Cómo que no sabes?

El otro no dejaba de sollozar.

—Es que se murió —explicó el mayor.

—¿Están solos?

—No, con papá.

Entonces caí en la cuenta de que eran los hijos del vecino.

Levanté al pequeño y lo conduje de la mano con ternura hacia la casa que yo imaginaba desierta. Cruzamos entre el hombre de nieve y la estatua de Palas Atenea. El niño no cejaba de llorar, y su hermano nos seguía en silencio, con la actitud madura y distante de quien conoce un rito doloroso que hay que soportar con estoicismo. Encontré al vecino en el garaje, el portón abierto de par en par. Reparaba el motor del Volvo. A su lado otro niño, más chico, montaba un triciclo al que le faltaba una rueda.

—Soy Cristóbal Pasos, su vecino. Mucho gusto —le dije desde el portón, sin atreverme a presentarle las condolencias—. Al parecer su hijo se siente mal.

Se acercó al niño, se arrodilló ante él diciéndole palabras en sueco y luego, tras acariciar sus mejillas, le prestó un destornillador para que jugara.

—Me llamó Markus Eliasson —repuso afable y estrechó mi mano tras limpiarse las palmas en las asentaderas—. Gracias por su ayuda.

Era un hombre joven, de rostro alargado, ojos verde claro y piel atacada por el acné. No pude evitar pensar de inmediato en Boryena y sus especulaciones, pero ciertos rasgos de su rostro que hablaban de preocupación y a la vez de ingenuidad, que delataban al niño travieso que debe haber sido, lo hacían verse como una persona de confiar. Era demasiado joven, desde luego, para ser viudo.

—Llora por su mamá —aclaró—. Ella murió hace poco. Tiene que acostumbrarse a que no vendrá. Va a ser duro para todos.

Creí percibir que Markus intentaba describir los hechos desde la distancia, como si deseara que sus hijos entendiesen que la muerte era algo normal, siempre posible, la simple compañera de la vida, como yo pienso, y que por ello no había motivo para llorar, pero en su voz pude advertir una emoción indisimulable.

—Lo siento —dije y me sentí estúpido e inútil por no poder expresar algo inteligente, auténtico y reconfortante en medio del frío y el desamparo que se respiraba.

—Mi mujer sufría depresiones profundas. Un descuido, unos calmantes a la mano, usted entiende...

Entendía. Boryena me lo había explicado y volví a preguntarme por qué esas tabletas se hallaban tan cerca de una mujer enferma. Pero no dije nada, desde luego, menos que la polaca sospechaba que él había asesinado a su mujer, ni que yo había alimentado también esa sospecha sin conocerlo. Pero ahora que lo veía allí, tratando de consolar a los niños, inmerso en su papel de padre y mecánico en medio del invierno escandinavo, con su rostro de niño, me arrepentí de haber pensado mal de él. Yo era el menos indicado para juzgar a alguien, porque hacía poco yo había anhelado la muerte de mi mujer. Y tal vez si Markus me miraba con los ojos con que yo me había observado la noche anterior en el espejo del ropero del dormitorio, podría descubrir mis verdaderas intenciones y sospechas. Permanecimos mudos por un rato en el frío del garaje, escuchando sólo el viento que silvaba desde el Báltico, frente al orden meticuloso de los estantes con herramientas, latas y palas para barrer la nieve, haciendo más evidente el desamparo.

—Lo siento —atiné a tartamudear antes de salir de ahí. Sobre la inmensa superficie del mar, empequeñecidos por el cielo y los bosques de abedules, se desplazaban lejanos, etéreos y silenciosos, dos patinadores vestidos de rojo—. En todo caso, a mi mujer y a mí nos gustaría que nos visitara un día de éstos.

Siempre me da escalofríos ver a los patinadores avanzando sobre el Báltico, lejos de la costa. Temo que el hielo se quiebre y la gente caiga al mar y muera sin que nadie se percate del accidente. Pese a las precauciones que adoptan, la muerte es siempre su compañera, una compañera que los persigue como una sombra silente por la textura lisa del hielo.

—Está bien —dijo Markus Eliasson—. Un día de estos podré ir. Pero ahora me resulta difícil —añadió indicando hacia el niño que jugaba con el destornillador.

—No se preocupe, puede ir con ellos.

—¿Está seguro? ¿Y Marcela qué dirá?

—Ella se alegrará —repuse, pero mentía, pues a ella le incomodan los niños. Estima que el mundo es un lugar demasiado hostil como para seguir poblándolo. Además, cree que, en nuestro caso, un hijo constituiría un obstáculo para su carrera profesional, ya que al final de cuentas quedaría ella, y no yo, como responsable de su cuidado y educación.

Cuando regresé a casa, sonaba el celular de Marcela. Yacía olvidado sobre el sofá del estar. Contesté. Tuve la impresión de que al otro lado colgaban de inmediato al escucharme. Aguardé unos instantes, sofocado, dubitativo, y después vi que en el buzón de voz ingresaba un mensaje. Oprimí la clave, que no eran otra cosa que el día y el mes de nacimiento de mi mujer, y escuché.

—Te espero el próximo jueves a las cinco, en el mismo hotel de la última vez —dijo una voz masculina en inglés y colgó.

SIETE

No me quedó más alternativa que simular ante Marcela que yo ignoraba todo cuanto ocurría a mis espaldas y armarme de paciencia para sorprenderla *in fragranti*. Tal vez ahora se instalaba un diálogo sin palabras entre su traición y mi fingimiento, uno que bien podía ser la prolongación de otro más antiguo que se inició en la época de Karla, cuando era yo quien engañaba y Marcela quien fingía no estar al tanto de cuanto ocurría. Si eso era cierto, bien valía la pena preguntarse por qué mi mujer me era ahora infiel, si por una debilidad repentina, un flechazo apasionado o simplemente porque esas cosas ocurren o, más inquietante, porque obedecía al anhelo suyo de venganza. ¿Se puede engañar sólo por venganza, como ejercicio consciente para recobrar la dignidad?

Recordé enseguida a Astrid, la alemana de Leipzig de cuarenta años, cuando yo apenas tenía veinte. Su marido era un funcionario del gobierno, viajaba mucho y solía serle infiel. Nos hicimos amantes en la oscuridad de un cine y me enseñó a hacer el amor en la estrechez de la litera de mi internado con una maestría que se basaba sobre todo en la represión de mi juvenil tendencia a dirimir los lances entre las sábanas mediante ataques fugaces, casi preventivos, y en seguir sus deseos con parsimonia y pulcritud. Descubrí que su orgasmo comenzaba con las primeras palabras, miradas y gestos, con atenciones o comentarios especiales, con deferencias y delicadezas que tenían lugar en un escenario alejado del lecho, y que lo antecedían, como el espionaje a la guerra misma. Allí comprendí que su órgano sexual se prolongaba hacia sus oídos y sus ojos. En mi modesto cuarto tapizado con afiches del Che Guevara, Karl Marx y Cuba, Astrid me enseñó sus refinadas técnicas amatorias por mera venganza, por el hecho de que su marido, al que había amado con lealtad y entrega, tenía amantes en otras ciudades de Alemania del Este y del extranjero. Como pensaba que la simetría era clave tanto en el amor como en el desamor, me utilizaba con la misma frecuencia con la que sospechaba que su marido la engañaba. Hasta antes de conocerla, estaba convencido de que lo único importante para mí era saber qué buscaba yo en el sexo, pero con ella supe que el disfrute pleno dependía en verdad de averiguar primero qué esperaba ella de él. Con Astrid descubrí también que se puede ser infiel por simple venganza, idea que puede estar rondando hoy por la cabeza de Marcela. Y por eso, basado en esta experiencia, a la hora de la verdad evitaré aquí las escenas dramáticas y actuaré con la flema de un británico victoriano, o como un escritor de novelas de suspenso que conserva la cabeza fría hasta la última página de su relato.

Quizás el hombre que escuché en el buzón de voz me indujo a pensar que ya no amo a Marcela como antes, que la creciente monotonía que corroe nuestra relación ya es el desamor en ciernes que a menudo demuele a las parejas, y que mi afán por mantener a mi mujer a mi lado lo alimenta la incertidumbre que genera todo ocaso de la rutina a la que siempre estamos sometidos. De ser así, sólo me queda admitir este desenlace y tratar de establecer, por una cuestión de orgullo, en qué momento sucumbió esta relación, porque la gente confunde el fin de un vínculo amoroso con la separación cuando en verdad esta última sólo verifica de forma tardía e irreparable la muerte del amor. En la medida en que me convenzo de que estoy siendo engañado, mi estupor inicial se va tornando una especie de incipiente admiración, mezclada con curiosidad, por la habilidad que demuestra Marcela para desdoblarse en dos mujeres opuestas. En la vida cotidiana es ella y su máscara. Si antes actuaba para mí a rostro descubierto y enmascarada ante los demás, ahora lo hace a la inversa, y es a mí a quien exhibe su bella máscara y a los otros a quienes reserva su piel pálida, su boca fresca y su mirada transparente. Quizás me conviene contemplar todo esto desde la distancia, asumiendo la actitud impasible con que los etnólogos suelen estudiar las costumbres de los pueblos exóticos, con la relativa indiferencia con que observo la casa de mi vecino, al otro lado del jardín, cada vez que me atasco en la escritura de esta novela.

Días más tarde —ya no recuerdo cuántos—, por la noche, llegó sorpresivamente el vecino a casa. Eran las nueve, el cielo estaba estrellado, la luna arrancaba resplandores de plata al Báltico, y yo escuchaba el *Valse triste*, de Sibelius. Al abrir la puerta, me encontré a Markus Eliasson con un ramo de rosas y una botella de Bordeaux en las manos. Pero Marcela había ido al cine con la arquitecta chilena, o algo así al menos me había contado. Se suponía que verían una película de Almodóvar, creo que *Todo sobre mi madre*, y cenarían en el restaurante La Habana, un local céntrico, con atmósfera de bodegón español, que ofrece música tropical y una comida cubana detestable.

Invité a Markus a pasar al living después de que se hubo despojado de las botas y el abrigo, y nos sentamos bajo los cuadros latinoamericanos que cuelgan allí. Despertaron, desde luego, su admiración, lo que habría impulsado de inmediato a Marcela a ofrecerle alguno. Si bien ella piensa que a la larga este negocio es una forma de desprenderse de la sombra de su padre, yo creo más bien que es un modo cínico de beneficiarnos de Montúfar, porque son esos cuadros, conseguidos por el coronel, los que financian nuestro tren de vida desde hace años. Pero no quiero ahora, ahora que estoy a punto de describir la visita de Eliasson, hablar de mí y de las razones por las cuales resido acá. En cierta forma, ya lo dije, se asemejan a las de Marcela, si bien reitero que mi padre no fue un militar defenestrado, sino un científico de renombre, quizás el único de prestigio, que guardó siempre fidelidad al régimen.

—¡Que yo no hablara de política permitió que tu hermano mayor se convirtiese en empresario de éxito! —me gritó una tarde en que discutimos sobre su discreto papel bajo la dictadura, y luego, tras toser y llevarse una mano al pecho, como si estuviese a punto de sufrir un paro cardiaco, añadió—: Sólo tú has sido mi vergüenza: escritor, activista político y traidor a tu clase.

No es el momento de recordar ese episodio, ni mi primer exilio voluntario en Europa del Este, ni la militancia comunista de entonces, aun cuando veo a mi padre, ya muerto, reposando en el sillón de cuero y contemplando a través de los ventanales el césped, la piscina y sus viejos dóberman que dormitan bajo un quitasol. Ahora todo eso son meras palabras, recuerdos imprecisos que se transforman y adecuan a cada momento; ahora lo único cierto es la figura de Markus Eliasson, que sigue admirando nuestros cuadros.

—De todo cuanto veo —me dice—, lo que más me gusta es el óleo de René Portocarrero.

No me sorprende. Ese cuadro, junto a uno del ruso Arosenius, es uno de los más logrados y cotizados de cuantos tenemos en casa. Lo compró Marcela a un exiliado cubano que lo trajo a Suecia de forma *non sancta* y no está a la venta. Markus me dice que tuvo la fortuna de conocer decenios atrás a Portocarrero en su apartamento del edificio Foxa en La Habana, que ocupaba con su amante, y elogia a Cuba y España. Comenzó a aprender español en Salamanca, y lo perfeccionó en La Habana, por eso habla con acento caribeño. Quiere dominar el idioma para ampliar hacia España y América Latina las operaciones de su empresa especializada en la difusión de imagen corporativa. Sonriendo regocijado, imita a la perfección el habla habanera, y comenta que de la isla le fascinan la música, la pintura y su gente.

—¿Y las mujeres? —le pregunto.

—A ellas me refería.

Destapé el vino, llené las copas y serví aceitunas. Al menos ahora no me siento tan incómodo por cuanto Markus, como si hubiese aprendido a dominar el dolor por la muerte de su esposa, a quien, paradójicamente, conoció en La Habana, parece distendido. Afirma que cuando la conoció estaba enamorado de una estudiante cubana de filosofía, quien lo rechazó por su tardanza en formalizar el compromiso.

—¿Se imagina cómo habría cambiado mi vida? —pregunta y yo sólo sonrío y apruebo incómodo, pues a todos nos gusta pensar que nuestra vida pudo haber sido distinta y tendemos, por lo mismo, a escribir nuestras propias novelas, alternativas idealizadas frente a la única y limitada existencia a que estamos condenados en la realidad.

No sin cierta tristeza confiesa que le mortifica no haber actuado de forma resuelta entonces. Si se hubiese casado con Rosario, en la isla su vida habría transcurrido bajo el cielo azul y húmedo, entre las palmeras y los bananos, a la sombra de portales costeros acariciados por la brisa del Caribe, opina melancólico.

—En cambio, vivo acá, en este invierno interminable —concluye molesto.

—Al menos no está en Laponia.

Guarda silencio por unos instantes como si mis palabras no lo convenciesen del todo y después habla sobre la depresión que aquejaba a su mujer, enfermedad que por períodos le impedía incluso emprender cosas tan simples como asearse o atender a los pequeños. Extenuada y silenciosa, se había ido hundiendo en el pozo del cual nadie pudo rescatarla.

—Por lo que me describe, estaba ya muerta en vida —mascullo sin saber si estoy siendo demasiado severo con Eliasson o bien interpretando adecuadamente sus palabras.

—Creí que las curas de sueño la recuperarían —continúa apesadumbrado—, pero su decisión final me sorprendió. Nunca debió haberlo hecho, en fin —dijo con un encogimiento de hombros—. Tendremos ahora que aprender a planear el futuro sin ella.

Estimulado por una nueva botella de vino, un cabernet sauvignon mendocino de mi bodega, que supo mejor que el Bordeaux, tal vez porque lo probamos acompañado de *roquefort* y un *stilton blue* auténtico, Markus me habló de su mujer como si aún viviese. En un acto inusual para el alma escandinava, el vecino abría su corazón a un desconocido, y me confesaba que los últimos años de María habían devenido en una tortura, pues ella permanecía encerrada en su cuarto, afectada por una fobia social que la hacía rechazar visitas y conversaciones con familiares y amigos. Atravesaba a veces días terribles, precisó el viudo, en que ordenaba que le corrieran las cortinas para evitar la entrada de los rayos de sol, días en que no deseaba ver a nadie y en que las personas a las que consideraba extrañas —al final el propio Markus y sus hijos cayeron en esa categoría— le infundían pavor, como si pretendiesen hacerle daño.

Supongo que en estos capítulos que bregan por convertirse en una novela no he enfatizado lo suficiente mi convicción de que todo cuanto ocurre en nuestra vida ya está integrado a la trama de alguna novela, cuento, poema, obra de teatro o película, y que las experiencias —y a veces hasta escenas de nuestra vida misma—

nos resultan novedosas y originales sólo porque no hemos leído el texto o visto la película en que esos episodios aparecen. Puede que mi teoría resulte descabellada o que yo parezca un demente, pero creo a pie juntillas en ella porque los hechos me dan la razón. Y cada vez que consulto libros en los cuales los artistas se explayan sobre su actividad creadora no veo más que confirmadas mis suposiciones, pese a que ellos, los artistas y escritores, usando un lenguaje ajeno a lo que ocurre, se vanaglorian y esfuerzan por situar en primer plano su supuesta genialidad.

—Usted no se imagina lo que es vivir con una mujer así —dijo Markus mientras se servía una nueva copa y saboreaba el *stilton* con fruición—. Y lo peor... ¿Sabe usted qué es lo peor de vivir con una mujer así?

—No —repuse con frialdad, algo desconcertado porque mi teoría de la creación artística seguía rondándome.

—Que sea bella y deseable, y que uno comparta cada noche la cama con un cuerpo desnudo y apetecible bajo las sábanas, pero completamente indiferente al deseo. Porque mi mujer comenzó a apagarse por dentro, aunque en su aspecto físico siguió siendo la misma a quien yo deseaba como en el primer día.

—Entiendo —dije y tuve que pensar en la estatua de Palas Atenea y en que las esculturas de cuerpos deseables son inconmovibles como lo fue tal vez mi vecina.

—No puede entender —alegó y se puso de pie y se detuvo pensativo con la copa entre las manos ante la ventana que mira hacia su casa. El piano de Satie había terminado relegando a Djursholm a su acostumbrado silencio sepulcral—. Usted no imagina lo que es compartir el lecho con una muñeca inanimada mientras uno languidece por ella a su lado.

Recordé un cuento de Rosario Ferré, en que un médico inescrupuloso se casa por interés con una muchacha de la oligarquía a la que conquista sólo para exhibirla en sociedad. Ella termina convertida en una muñeca de trapo. Me pregunto de pronto si Eliasson no me estará probando. ¿No será que sabe de la infidelidad de Marcela y quiere averiguar qué asociaciones despiertan en mí sus palabras? ¿O es que he enloquecido? ¿O es que el alcohol ha terminado por desinhibir a este viudo sueco? ¿O sólo me cuenta su drama porque soy un extranjero y un desconocido y no corre riesgo de que yo pueda extraer ventajas de ello? Nieva afuera de nuevo, y el Báltico se desdibuja entre los copos y la oscuridad. Siento la repentina tentación de confesarle que mi mujer también me atormenta, aunque por otras razones; sin embargo, mi orgullo me impide hacerlo. Si su mujer despilfarró sus mejores años por causa de una enfermedad terrible, la mía los aprovecha para engañarme o para vengarse, como la Astrid de Leipzig, quien ha de ser una anciana encorvada y desmemoriada, si es que vive. En un afán por desviar el curso de su conversación, le hablo del cuento de Ferré y le digo lo que sospecho desde hace mucho y ya expliqué, que toda existencia está incluida previamente en la literatura.

—Interesante teoría —responde tranquilo.

—Yo pondría a los psicólogos a estudiar arte y literatura en lugar de las sandeces que estudian.

El rostro del sueco cambió de expresión. Se tornó sarcástico. Dijo:

—Tal vez mi mujer se convirtió en la muñeca de ese cuento, pero si no me falla la memoria, usted y su mujer están también retratados, aunque en otra obra…

—¿A qué se refiere?

—Al *Don Quijote de la Mancha.*

—No entiendo.

—Me sorprende que no lo sepa, pero en esa obra hay una historia intercalada en que se habla de Cristóbal y de Marcela. ¿No la conoce?

—Él se llama Crisóstomo, no Cristóbal —corregí.

—Crisóstomo o Cristóbal, daba lo mismo en esa época —repuso Markus—. En algún lado leí que eran lo mismo.

—Puede ser, si usted lo dice...

—Marcela es una muchacha culta, de origen noble, que ha optado por convertirse en pastora y vive en la naturaleza, una antecesora de los hippies de hoy —continuó Markus—. Y Cristóbal se enamora y se suicida porque ella no le corresponde. Era una mujer hastiada de la vida urbana y de la normativa amorosa de la época, no está interesada en casarse ni en tener hijos. Debiera releer esos capítulos de Cervantes.

—Lo haré —dije ruborizado por el hecho de que él, un escandinavo, supiese más que yo de ese libro. En verdad con aquel bochorno yo di virtualmente por terminada la conversación esa noche.

—¿Y Marcela aún no llega? —preguntó al rato consultando su reloj con las cejas enarcadas como si él fuese el marido agobiado.

—Cuando sale con amigas, vuelve tarde.

—Tenga cuidado —advirtió de forma tan sorpresiva como impertinente, lo que me dejó anonadado, pues los suecos suelen ser discretos—. La mujer engaña más a menudo de lo que uno se imagina. A la mujer hay que cuidarla.

El comentario me arrancó una sonrisa incómoda, porque olía más a afirmación de mexicano machista que de escandinavo moderno, pero opté por pasarlo por alto. Eliasson no podía imaginar que su advertencia, que se ajustaba de modo preciso, demasiado preciso, a mi situación, me resultaba hiriente. O tal vez lanzaba esa advertencia porque estaba al tanto de los hechos. No debo olvidar lo que Pepe Cristal me advirtió en Gamla Stan: "Ten cuidado, que Estocolmo es una ciudad pequeña y aquí todo termina por saberse. Todo".

—Sí, sí —insistió Eliasson—. Las mujeres engañan más de lo que los maridos imaginan. Al menos en Estocolmo. ¿Y qué hace un latinoamericano cuando descubre que su mujer le pone los cuernos?

Su pregunta, mefistofélica, tuvo la facultad de perturbarme.

—Depende de su nivel y temperamento —repliqué.

—¿Qué significa eso?

—Si es un bruto, quizás le entre a golpes, pero si es un intelectual, una persona culta y moderada, puede que la abandone sencillamente o intente componer las cosas de otro modo.

Me miró defraudado.

—¿De qué modo? —preguntó.

—Difícil pronosticarlo.

—¿Pero, vamos, cómo reaccionaría usted, por ejemplo?

—Lo ignoro. En todo caso, de forma pacífica.

—Pues yo creo que un latinoamericano mata a la mujer si la sorprende con otro —afirmó a la vez que anclaba sus ojos en los míos con el indudable interés de indagar mis pensamientos—. Un latinoamericano mata a la infiel o mata al amante, pero de que corre sangre, corre. ¿O me equivoco?

OCHO

Cuando descubrí el mensaje en la memoria del celular, comencé a seguir secretamente a Marcela hasta por los más enrevesados vericuetos y pasajes de la ciudad.

Escolté sus pasos dominado por la ira, la discreción y la curiosidad, pero también por el temor a descubrir la verdad y ser descubierto. Mas nada inquietante o conmovedor pude constatar en las reuniones que mi mujer celebraba en tiendas, galerías de arte o cafés enrarecidos por el humo del cigarrillo. En Estocolmo es fácil ser espía, especialmente durante los días de invierno, cuando los transeúntes usan abrigo y gorro y llevan lentes calobares para amortiguar el resplandor de la nieve, y se funden así en una masa homogénea sin sexo, rostro ni edad, entre la cual perseguido y perseguidor terminan mimetizándose con los transeúntes. Mi labor se ve beneficiada por el acompasado tráfico callejero, por la tendencia de los estocolminos a cubrir largas distancias a pie y por la circunstancia de que Marcela, cuando se desplaza con premura, lo hace en metro, puesto que aquí, como en toda ciudad moderna, encontrar estacionamiento es una verdadera odisea. Pero a pesar de las ventajas que brinda Estocolmo a un espía bisoño, no he podido dar con la prueba que busco con tanto afán. Un llamado telefónico, una voz masculina y la referencia vaga a un día y lugar que sólo dos conocen no bastan para orientar adecuadamente a un tercero que está al margen del juego.

A veces me he pasado horas en un café cercano al sitio donde Marcela negocia las condiciones para la compraventa de cuadros o muebles. Yo, sin olvidar mi condición de espía, empleo el tiempo en garabatear apuntes para esta novela y articular de forma plástica a su narrador y protagonista, el autor de novelas policiales al que ya he mencionado —y que además se me asemeja—, pero él aún carece de perfil, alma y convicciones, resulta demasiado pasivo, un mero espectador y descriptor de cuanto ocurre. A propósito de esto, en días recientes me llegó el mensaje electrónico de una lectora que criticaba al personaje central de una de mis novelas anteriores por su incapacidad para coger el destino entre sus propias manos y modificarlo, opinión que, en la soledad y el silencio de mi estudio, me arrancó una sonrisa displicente, primero porque estimo que la lectora se toma demasiado en serio la ficción y después porque soy un convencido de que los seres humanos no suelen rebelarse contra la adversidad, sino resignarse a ella, prefiriendo a menudo padecer su propia historia en lugar de transformarla.

Pero me conviene apartar las especulaciones, porque me sumergen en nuevas dudas y ponen de relieve mis inconsistencias. Lo cierto es que la circunstancia de que Marcela no se percate todavía de mi seguimiento y de que yo no logre sorprenderla en el acto mismo de la infidelidad me concede un respiro momentáneo, una especie de tregua en medio de la batalla, la esperanza algo decrépita de que todo no es más que una afiebrada especulación mía, y que las cosas pueden remediarse de otro modo y la relación volver a prosperar. Constituye, lo reconozco, sólo una esperanza, es decir, algo que bien puede fructificar o no, aunque pende sobre ella la porfiada existencia de esas prendas eróticas, que aunque aparecen y desaparecen de las gavetas de mi mujer, existen.

No obstante, en otras ocasiones, mientras la espero camuflado entre los transeúntes, ya sea dentro de una parada de buses o bajo el alero de algún edificio, llego a convencerme de que Marcela está al tanto de que la sigo y que sus encuentros con galeristas, anticuarios y amigas del alma, o bien sus intentos —hasta ahora vanos— por conseguir una plaza como actriz en compañías de teatro que representen obras en castellano, constituyen sólo simulacros para despistarme. Va a ser difícil, y de esto quiero dejar constancia al paso, que Marcela logre aquí ser actriz, primero porque no existen teatros propiamente en español y luego porque su trayectoria es más bien modesta si descontamos de ella la obra de Francis Doreau, basada en la novela *El retrato de Dorian Gray*, en que tuvo el papel de Sibila Vane. En fin, tal vez sus desplazamientos sean sólo eso, una astucia para postergar la cita amorosa e impedir que yo pueda corroborar mis sospechas. En este juego de sutiles intenciones gracianescas, ella descubrió quizás las mías y por eso anhela que se materialicen las suyas, aquellas que buscan engañarme nutriéndose de mi propia rendición.

Tras una tarde de infructuosas y discretas persecuciones, en la que durante la espera frente al Grand Hotel jugué con la idea de asesinar a Marcela y a su amante en caso de sorprenderlos *in fragranti*, y ya volvía a casa porque las cosas habían tomado, por fortuna, un cariz distinto, tranquilizador, divisé al vecino a través de los cristales de un café céntrico. Lo acompañaba una muchacha de larga cabellera rubia y tez pálida, casi translúcida, que debía ser escandinava. El local queda en las inmediaciones del Ostermalmstorg, un mercado de quioscos elegantes, precios elevados y clientela exquisita, el antónimo del Hötorgethallen, que se halla en un subterráneo formando un abigarrado crisol de razas y culturas, una alegre y bulliciosa atmósfera de *kashba*, perfumada por especias y el aroma de platos exóticos, y que suelen frecuentar los inmigrantes. El Hötorgethallen es uno de los escasos lugares en que se da cita esa masa invisible de extranjeros pobres y discriminados que vive en los márgenes de la ciudad. Pero yo hablaba de la turbación que me causó descubrir a Markus Eliasson acompañado de la joven en aquel sitio estrecho y acogedor.

Ingresé al local simulando no haberlos visto y me situé en la cola de la barra para ordenar un *café-au-lait*. Me irritaban en un comienzo estos cafés suecos donde uno debe hacer cola para ordenar y pagar su pedido, y luego sentarse a esperar el aviso de que está preparado. Es un procedimiento engorroso para quien, como uno, pertenece a la cultura mediterránea y está acostumbrado a que lo sirvan con prontitud y eficiencia, pero es usual entre los suecos, tan dados a armar sus muebles Ikea, a hacer cola ante los cajeros automáticos, a conseguir un número de atención en las farmacias y los *systembolaget*, donde compran sus bebidas alcohólicas. Al pagar mi consumo advertí que la muchacha, tal vez alertada por Markus, abandonaba subrepticiamente el local mientras él cogía el *Dagens Nyheter* de su mesa y fingía leerlo. Me acerqué.

—¿Puedo hacerle compañía?

—Cómo no, Cristóbal, un placer —sonrió amable y plegó el diario sobre la mesa—. Estoy terminando mi taza, pero dispongo aún de algunos minutos.

Después de explicarme detalles sobre el funcionamiento de su empresa, Markus mostró interés por saber qué escribía yo en casa. Lo cierto es que no recuerdo haberle dicho algo sobre esta novela ni en el garaje, ni cuando me visitó, y me sorprendió que supiese que yo era novelista, pero le resté importancia al asunto por cuanto mi memoria tampoco es de mucho fiar. Al responder, evité los detalles y desde luego no le conté que estaba por incorporar sucesos de mi vida cotidiana a lo que escribía —como la muerte de su esposa y los rumores que difundía Boryena—, y tampoco le dije que me entusiasmaba la mezcla deliberada de ficción y realidad, ni que pretendía establecer en qué medida la realidad simple y desnuda puede capturar la atención del lector de novelas. Pero abordé el manido tópico de si la existencia cotidiana tiene sentido claro y dirección evidentes, como lo sugieren las novelas y las películas, o si el sentido y la lógica constituyen el condimento que agregan autores y cineastas para empaquetar el producto que ofrecen y tornarlo más convincente. No me pareció aquello un exceso teórico, toda vez que días atrás él había asociado mi vida con un relato dentro del Quijote.

—Siempre soñé con ser escritor —me confesó. Ahora raleaba la clientela del local y eso acrecentó mis esperanzas de que terminasen de preparar mi café—. Un día debiéramos reunirnos para conversar, le daría un montón de ideas para futuros libros.

No me sorprendieron sus palabras. En verdad, los novelistas solemos tropezar —en especial entre quienes anhelan convertirse en escritores— con individuos convencidos de que atesoran historias portentosas para futuras novelas. Por lo general, pretenden causar la impresión de que no han escrito obras sólo por falta de tiempo, e ignoran, desde luego, que los argumentos son lo que más abunda y lacera la cabeza del escritor. Como ser escritor pareciese más bien depender de la voluntad individual y no de realidades exteriores, hacen nata los escritores. No ocurre lo mismo con los médicos, ingenieros o abogados, sin embargo.

—No es, obviamente, el oficio que volvería a escoger —comenté al volver de la barra trayendo mi vaso con una larga cuchara asomando por sobre su borde. El cristal caliente hirió mis dedos—. Más que un oficio, es una especie de sacerdocio mal pagado y sin dios cierto.

—Pues yo ambiciono escribir aunque sea para Anika —dijo el viudo y sentí que se sonrojaba, como si se arrepintiese de haber pronunciado ese nombre.

Supuse que Anika era la muchacha que acababa de separarse discretamente de él y simulé estar empeñado en abrir el sobre de azúcar turbia mientras me preguntaba con curiosidad desde cuándo la conocería. Ahora me pareció evidente que desde antes del suicidio. ¿Habría sido ella el detonante de la muerte de María Eliasson? ¿A ella se refería Boryena cuando hablaba de la infidelidad de mi vecino?

Por unos instantes cruzó por mi mente la idea de que a Markus pudiera regocijarlo la desaparición de María, de que tal vez había deseado o precipitado su muerte sólo con el ánimo de quedarse con Anika, pero luego sentí un estremecimiento no por esta especulación perversa, sino por cuanto aportaba un argumento radicalmente distinto a la novela. Sí, me dije entusiasmado, yo podría liberar al narrador de su intención de asesinar a su mujer, y convertir a su vecino en la persona que planea eliminar a su esposa enferma, la que, al igual que mi antigua vecina, podría llamarse María Eliasson y asemejarse a ella. Además, podría incorporar a la obra a la preciosa Anika y convertirla en un personaje intrigante, en la vampiresa que ambiciona la fortuna que hereda el viudo homicida. De ese modo daría un salto en mi anhelo por inyectar suspenso a la monótona realidad cotidiana que describo, es decir, la dotaría de peripecias capaces de cautivar a los lectores, muchos de los cuales escapan hoy en tropel hacia los cines, fuga de la cual no los responsabilizo a ellos, sino a mis aburridos colegas.

Si yo lograra introducir esa especulación dentro de lo que estoy narrando con la acribia de un cronista meticuloso, tal vez no sólo pueda configurar una obra más atractiva, lo que redundaría en nuevos lectores, sino también internarme por los meandros de la novela policial, pero rechazando las esclavizantes exigencias que el género impone, como, por ejemplo, contar de antemano con un itinerario detallado de los acontecimientos y un detective —oficial o privado— que esclarece los hechos.

—¿Y está trabajando duro? —insistió Markus rescatándome de estas disquisiciones literarias, de las cuales él formaba parte.

—Avanzando poco, como suele ocurrir —dije y escruté sus ojos con la esperanza de hallar vestigios de alivio por la muerte de su mujer que yo pudiese después describir en la soledad de mi cuarto—. Pero terminaré la novela antes de irme de Suecia.

—Es lo mejor que puede hacer, irse de este país. Es una tumba para los latinoamericanos, aquí palidecen, pierden la gesticulación y hasta el humor, y terminan siendo unos escandinavos color café con leche.

—¿Y qué proyectos tiene usted para el futuro? —pregunté sorprendido por su indiferencia frente a mi anuncio de dejar Suecia, proyecto vago, impreciso.

—Retirarme y pronto —aclaró mientras lanzaba una mirada hacia afuera, escamoteando la mía—. Irme con los niños a vivir a España o Florida.

—¿Retirarse tan joven?

—Así es.

No era mala idea. ¿Qué mejor opción para un sueco, que cada año soporta un invierno oscuro, frío y cruel, que trasladarse a un lugar cálido, de gente extrovertida y frutas exóticas? ¡Adiós al maldito arenque con papas, al *gloeg* y las *delicias de Jansson*! ¡Buenos días al vino, la sidra, la paella o al puerco asado con *moros y cristianos*, la guayaba con queso y al ron! Markus debía haber amasado una pequeña fortuna para permitirse soñar con un cambio de vida tan portentoso. ¿Y lo acompañaría también la joven que había abandonado de modo subrepticio el café? Sentí que mi elucubración, nutrida por las insinuaciones de Boryena, se veía confirmada de pronto con el anuncio del giro en su vida. Mientras pensaba eso, creí advertir que la muchacha, sí, la misma Anika, cruzaba frente al ventanal envuelta en un abrigo de piel y tocada por un sombrero, y le dirigía una mirada fugaz a Markus.

—Bueno, Cristóbal —dijo entonces el vecino poniéndose de pie con su vaso vacío en la mano. Ignoro si se percató de que yo había captado lo ocurrido—. Es hora de que regrese a mi rutina. Un día de estos lo visitaré para que conversemos tomándonos un buen vino francés. Tengo ganas de conocer su casa, desde lejos me parece que almacena una gran colección de cuadros.

No quise recordarle que ya me había visitado y atribuí su olvido al nerviosismo que le había causado la reaparición de Anika.

—Venga a verme cuando quiera —dije—. Y en cuanto yo tenga algo de tiempo, voy a ponerme a buscar el texto del cual me habló el otro día.

—¿A qué se refiere? —preguntó extrañado, ya pronto a irse.

—A esa historia que supuestamente relata mi destino —dije tratando de ayudarlo a recordar—. ¿No se acuerda?

—No se preocupe —afirmó sonriendo—. Tengo una memoria espantosa.

—Es el pasaje de Marcela y Cristóbal que aparece en el *Don Quijote*. Usted me lo dijo…

—Es cierto —respondió, pero sus palabras me olieron sólo a subterfugio para salir airosamente del paso—. Sí, sí, claro, cómo no. En fin, ya lo visitaré, Cristóbal, estoy ansioso por ver esos cuadros que se divisan desde mi jardín.

NUEVE

Acabo de estar por la mañana en el subterráneo de casa y encontré allí la botella del cabernet que Eliasson trajo, lo que constituye una prueba indesmentible de su visita y de todo cuanto evoco de ella. El asunto me recuerda una novela de Carmen Martín Gaite, *El cuarto de atrás*, donde la protagonista y narradora, una novelista de prestigio, recibe una noche a un misterioso hombre vestido de negro, que la interroga durante horas sobre su vida y obra mientras beben café. Ni para el lector ni para la narradora queda claro si se trató de algo real o de un sueño, pero uno tiende más bien a sospechar que fue lo último. Sin embargo, cuando la protagonista despierta, halla sobre una mesita las dos tazas de café y un pequeño cofrecito dejado por el visitante. Aquí, con respecto a lo que describo, no hay duda: la botella de vino descansa en el sótano, y Markus debe estar perdiendo la memoria a raíz de la muerte de su mujer o de su responsabilidad en ello.

He revisado además *El ingenioso hidalgo don Quijote de la Mancha* y efectivamente hay en esa obra dos capítulos intercalados en los cuales se relata la vida de la pastora Marcela y el entierro de

Crisóstomo, quien se suicida cuando ella lo rechaza. Me refiero a los capítulos trece y catorce de la primera parte. Lo llamativo —y quizás hasta cierto punto inquietante— es que la historia, de final trágico, coincide en varios aspectos, aunque no en mi nombre, con mi caso, y pudiera constituir precisamente mi destino ya escrito. Los paralelismos son evidentes desde un comienzo. Marcela es una muchacha bella, lista y de buena familia, que ha huido de la vida urbana para convertirse en pastora. Son muchos los que la desean como mujer, pero ella opta por la soledad con un fin que desconocemos, y ante don Quijote pronuncia un magnífico discurso en favor de los derechos de la mujer: "Yo conozco, con el natural entendimiento que Dios me ha dado, que todo lo hermoso es amable, mas no alcanzo que, por razón de ser amado, esté obligado lo que es amado por hermoso a amar a quien le ama". Quizás debiera tomarme en serio estas simetrías, pero no debo pasar por alto que es demasiado presuntuoso imaginar que justo mi vida se haya formateado ya en *Don Quijote*...

Tras cerciorarme por completo de que Markus estuvo efectivamente acá, cogí el teléfono y, aprovechando que Marcela participa en una subasta de pintura en la tienda Bukowskis, llamé a mi suegro. Lo encuentro en casa, acaba de volver de una once en el Club Militar.

—Qué sorpresa, Cristóbal. ¿Cómo están?

—Bien. No se preocupe, y el negocio funcionando —repuse sin querer alarmarlo.

Cuando hablábamos, siempre solíamos remitirnos a cuestiones concretas, a la salud, el tiempo o los negocios. Nunca habíamos congeniado mucho y yo sabía que él hubiera preferido que Marcela se hubiese casado con otro tipo de hombre, quizás alguien como el mismo italiano del cual se divorció, o bien con un militar. Pero creo que el tiempo limó sus ilusiones y las asperezas entre nosotros, y cada uno se resignó a lo que tenía enfrente: él a un novelista, yo a un oficial acusado de violaciones a los derechos humanos.

—¿Y cuál es el motivo de esta llamada?

—Preguntarle si piensa venir próximamente por aquí.

—No lo he pensado, pero tengo que hacer un viaje a España, al cumpleaños de un amigo que fue agregado militar en Santiago hace años, y no es mala idea que pase también por Estocolmo.

Hubo sí una época en que me llevé bien con Montúfar. Eso terminó justo con la muerte de mi padre. Ahora nos toleramos simplemente. En todo caso, nuestras relaciones son más cordiales que las que mantuve —o no mantuve— con mi suegra, de quien prefiero ni hablar.

—¿Cuándo es eso?

—En dos semanas debo estar en Barcelona, pero podría pasar antes por Suecia. ¿Ocurre algo?

—No, no —dije tentado de revelarle todo. ¿Cómo iba a contarle lo de la ropa interior?—. Sólo que tal vez Marcela lo está extrañando bastante, aunque ella no lo diga. El invierno escandinavo, las noches eternas, el frío, usted sabe…

—Entiendo.

—No le diga que yo le conté esto, por favor. Ni se lo mencione.

—Despreocúpate. La llamaré simplemente para anunciarle que pasaré por allá.

—Se lo agradezco.

—Dime otra cosa…

—¿Sí?

—¿No hay novedades?

Yo sabía a qué se refería. Siempre andaba interesado en el tema, anhelando saber cuándo lo íbamos a hacer abuelo. Por mí, ahora mismo, porque creo que aún —pese a todo— sigo amando a Marcela.

—No, aún no, coronel.

—Bueno, llamaré a Marcela y prepararé la visita para los próximos días. Y ojalá le pongan empeño, que tú ya no eres el más joven…

Después de la conversación y de avanzar unos capítulos de la novela, miré al mediodía, como suelo hacerlo a diario, el canal chileno de televisión que transmite desde Santiago. No sé todavía si me atreveré a contarle a mi suegro lo que ocurre, ni si él me ayudaría a restablecer la cordura o si animará a su hija a que se separe de mí. Prefiero esperar a que él arribe. En fin, mirar el canal chileno es un vicio mío, una adicción incontrolable, que me arrastra a despilfarrar horas y horas delante de la pantalla para saber qué ocurre allá, para definir si debo volver o no, para cultivar un contacto con ese mundo que, desde la distancia, se me torna añorable y prescindible a la vez. Deseo volver, es el mundo donde se habla mi idioma y cuyas claves conozco, pero es al mismo tiempo el mundo al cual me desacostumbré, un país encallado en su propio pasado, incapaz de impulsarse hacia el futuro y apearse del carrusel en el cual viaja desde hace treinta años. Observo con tanta frecuencia esa programación chilena, que a veces llego a imaginar que cuando apague el aparato saldré a las calurosas y agitadas calles santiaguinas en lugar de hacerlo a este paisaje cubierto de nieve frente al Báltico congelado. A veces creo que efectivamente vivo en Chile, que lo que ocurre en la pantalla es la vida real, y que esta existencia aislada y solitaria que llevo en Estocolmo pertenece a una película que pronto terminará o será interrumpida por comerciales. Y no son sólo esas imágenes las que me alimentan esta sensación, sino también los diarios que leo y las radios que escucho a través de internet, y mis conversaciones con Marcela y uno que otro exiliado chileno. Es una experiencia enajenante, que no anula mi soledad, aislamiento ni desarraigo, pero que me permite soportar la estada escandinava y convertirla en algo onírico.

Y cuando apago el televisor o cierro los diarios electrónicos chilenos, vuelvo a sumergirme en este mundo sueco, en donde reinan el orden, la exactitud y el silencio. Porque la abundancia pareciera no existir en Estocolmo como existe en Hamburgo o Nueva York. Todo está aquí dosificado de manera precisa y pareciera que la gente se ha acostumbrado a ello. En las tiendas, Marcela no encuentra a menudo la blusa o los zapatos que busca, en el supermercado se agota la leche fresca al anochecer y cuando requerimos en casa los servicios urgentes de un eléctrico o plomero, tarda semanas en llegar. En los restaurantes escasean los mozos y en las cafeterías uno no sólo lleva su taza a la mesa, sino que además debe colocarla en una repisa antes de salir. Hoy, pese a la relativa bonanza en que viven, los suecos padecen una mentalidad de guerra en lo relativo al consumo. Cuando invitan a sus hogares ofrecen raciones modestas en comparación con los abundantes platos que brindamos en América Latina, y durante ciertas fiestas sirven con ceremonia minúsculas copitas de vino dulce y caliente, y cuando la gente acude al supermercado compra lo mínimo necesario, como si el dinero no les alcanzase o temieran a la abundancia. Habitamos una cultura minimalista, pero lo que más escasea aquí es, desde luego, el sol.

Boryena opina que los suecos viven en la abundancia, trabajan poco y ganan demasiado, pero imagino que su visión de las cosas está marcada por su experiencia en el socialismo. Ella disfruta su estancia aquí, con lo que gana en un mes puede sobrevivir un año en Polonia. Afirma que los comunistas arruinaron su patria y que los políticos actuales son corruptos. Ha sepultado en el olvido más profundo su antigua militancia comunista en un intento evidente por conferirle nuevo sentido a su existencia después de la caída del Muro de Berlín. Si la historia no hubiese cambiado tan drásticamente, esta mujer sería hoy maestra de marxismo en Cracovia y no fregona de pisos en Escandinavia. Supongo que de

Suecia sólo le interesan los pisos manchados, los baños sucios y la ropa arrugada, los medios que le permitirán ahorrar, adquirir la casa en Cracovia y vivir dignamente. Nada más le atrae a sus cincuenta años, ni el invierno perpetuo, ni el supuesto modelo sueco, ni los museos ni las bibliotecas públicas gratuitas, ni tampoco, imagino, el amor o el sexo.

Yo viví hace treinta años en Berlín Este. Era la época del comunismo, y me tocó ver a los miles de polacos que llegaban a diario a las tiendas, mucho mejor surtidas que las de Polonia. Los alemanes orientales envidiaban a esos eslavos que podían franquear la frontera socialista y viajar a Occidente, algo imposible para ellos. Desde entonces mi imagen de los polacos está asociada a esos hombres de *shapkas* de cuero sintético y parkas opacas, y a esas mujeres con abrigo y pañuelo a la cabeza, que cruzaban como ejército desvalido por la superficie yerma del Alexanderplatz en dirección al Centrum, la tienda más grande y mejor surtida de la Alemania comunista, que parecían querer vaciar para siempre.

—Nuestros políticos son tan despreciables como los suyos —afirmó un día Boryena con amargura, mientras estábamos en la cocina—. En Chile, muchos perseguidos de ayer se arreglaron con los militares, y en Polonia muchos dirigentes comunistas y de Solidarnosc se embolsicaron las empresas estatales. Y una sigue sacrificándose para no morir de hambre.

No dejaba de tener razón. Por debajo de su condición de doméstica solía aflorar una y otra vez la licenciada en marxismo-leninismo. En Chile, muchos de los antiguos políticos opositores a la dictadura pactaron con Pinochet y morigeraron sus críticas del pasado para instalarse en el gobierno, y ahora, como parecen más preocupados por preservar el cargo, sus prebendas y enriquecerse, realizan sentidos llamados a la estabilidad y la reconciliación, olvidando sus demandas radicales de antes, haciendo hincapié en que su renovación se justifica porque supuestamente favorece a los reprimidos de ayer.

—Pero al menos nuestros países viven hoy en libertad —le dije a Boryena sin ánimo de entrar a discutir de política, ejercicio que ha terminado por extenuarme.

—Si usted le llama a esto libertad, así será —repuso ella desde el piso, donde se afanaba por despegar con un cuchillo las migajas que se adherían a las tablas con singular porfía.

A veces suele atemorizarme que la vida me haya deparado una buena estrella. Conozco a compatriotas que hace treinta años eran, al igual que yo, estudiantes universitarios en Berlín Oriental y que hoy venden artesanía andina en las calles de la ciudad reunificada. En cuanto se aproxima la policía, recogen sus cacharros de greda, los arrojan en una mochila de telar guatemalteco y echan a correr hacia la estación del metro más cercana. Son antiguos estudiantes de marxismo, historia, literatura o sociología, proyectos frustrados de los ideólogos tercermundistas de un sistema que desapareció. Otros, en las inmediaciones del Brandenburger Tor, ofrecen a los turistas uniformes, cascos y condecoraciones del antiguo Ejército soviético y de la Nationale Volksarmee de la extinta RDA. A menudo se trata de la misma gente que en algún momento soñó con incorporarse a la lucha armada en sus países. A semejanza de la polaca, apenas subsisten en el mundo del desarrollo, pero optan por no volver a América Latina, donde los aguarda una pobreza aciaga.

Me abruma imaginar que pude haber corrido la misma suerte que mis antiguos camaradas y que hoy pudiera deambular por las calles de Berlín vendiendo las prendas de ejércitos que admiré y las condecoraciones por las cuales en el pasado hubiese sacrificado hasta mi vida, mientras los dirigentes políticos en quienes creí están en la patria más viejos, más zorros, cautos y ricos, instalados en el gobierno, el Parlamento o los ministerios como si la dictadura hubiese sido un paréntesis fugaz y no les cupiese responsabilidad alguna por ella. Sin embargo, yo habito una casa cerca de Estocolmo, escribo esta novela y hasta me permito ir a patinar de vez en cuando a la pista de hielo de la plaza de Kungstradgatan. Es evidente que a cada uno el destino le reserva un papelillo diferente, como lo muestra el hecho de que un día la desdentada se sentó simplemente a descansar en la puerta de los Eliasson y no en la mía. Creo que esa incertidumbre perenne, esa sensación de que las cosas que nos afectan pudieron haber ocurrido de otro modo y sin que el trazo grueso de la historia universal hubiese cambiado, me induce a menudo a simpatizar con los derrotados por la ruleta de la vida.

—Tómese un café conmigo —le dije a Boryena viendo en ella no a la doméstica, sino a la doctora en marxismo-leninismo que habría llegado a ser si el Muro no hubiese sucumbido.

Me miró incrédula. Lleva demasiado tiempo sufriendo la indiferencia de los dueños de las casas que limpia como para aceptar sin más una invitación así. Nos sentamos y tomamos el té de arroz en silencio. Supongo que detesta el té de arroz, pero no comentó nada. Parece un animal cercado, no se atreve a mirarme de frente. Tiene unos ojos azules y vivaces nada feos, una boca algo vulgar y, lo que constituye un desacierto total, el pelo teñido de rojo. Su cuerpo es macizo, grueso, de senos abultados, que en una época deben haber sido deseables. ¿Cómo habrá actuado esta mujer, cuya ropa está impregnada de olor a tabaco y sudor, durante la época comunista? ¿Fue una dogmática de esas que perseguían a los que pensaban diferente o una mujer flexible y comprensiva? En todo caso, no me corresponde juzgarla, ella jugó su papel estudiando materialismo histórico y dialéctico bajo Gierek y Jaruzelski, y ahora paga los platos rotos con cierta dignidad.

—¿Sabe por qué me fui de esa casa? —me pregunta tras levantarse del piso y agregarle azúcar al té. Ha apuntado con la quijada hacia la casa de Markus Eliasson.

—Lo ignoro.

—Porque Markus me trataba mal.

—¿En qué sentido?

—Me gritaba cuando encontraba algo sucio o me acusaba de rayar los muebles o de trizar los platos.

—¿Y la muerta?

—Era un pan de Dios, pero pasaba durmiendo, deprimida, como se lo dije. ¿Y cómo no iba a estarlo si el marido la engañaba?

Me contó que Markus mantenía una relación con una muchacha desde hacía años y que su esposa fracasó en el intento por poner las cosas en regla, por lo que el sueco continuaba esa aventura, y María, por alguna razón inexplicable, quizás por el pánico que le causaba la perspectiva de la soledad, aceptó aquello con resignación y estoicismo. Esa muchacha debe ser Anika, la del café del Ostermalmstorg, me dije suponiendo que Boryena sabía más de lo que yo imaginaba sobre la vida de los vecinos.

Aquello podía atribuirse a que María, en medio de la desesperación, le confió facetas íntimas y comprometedoras y a que la infidelidad de Markus, pese a la indiferencia simulada, la amargaba. Tal vez sólo soportó el calvario porque la alternativa de vivir sin Markus le parecía peor.

—Discutían a menudo, es decir, cuando ella despertaba —dijo Boryena—. Él es un tipo arrogante. Un día incluso le gritó que estaba harto y exigiría de inmediato el divorcio.

—Si lo haces —dijo María—, te quedarás sin empresa.

—¡Es de ambos!

—Sí, pero en noventa por ciento mía.

—De algún modo me libraré de ti —gritó él exasperado.

—Y te marcharás con esa aventurera.

—Sí, para ser feliz.

—Pues sólo podrás serlo sobre mi cadáver.

—Entonces será sobre él...

La escena la relató la polaca con lujo de detalles e impostaciones de voz en esa mañana asoleada en que compartíamos el té. Mientras mantenía sus ojos fijos en los míos para medir mi asombro, por sobre la mesa me alcanzaba su perfume barato mezclado con olor a cigarro. Era una fumadora empedernida, que solía interrumpir por unos minutos la limpieza sólo para disfrutar un cigarrillo frente a la puerta de la vivienda, sumergida tal vez en la nostalgia por sus padres y su terruño.

—¿Y esa disputa tuvo lugar mucho antes de que María se suicidara? —pregunté tras finalizar mi taza, ahora sí ya cansado de sus versiones irresponsables sobre la muerte de mi vecina, las que comprometían a un pobre hombre desesperado, deseoso de recomenzar su existencia, y que a duras penas recordaba lo que hacía.

Boryena llevó las tazas al lavaplatos, donde echó a correr el chorro de agua caliente y, buscando palabras adecuadas, miró hacia el jardín cubierto de nieve, cuyo deslinde final marcan unos abedules en línea. Al cabo de unos instantes, cuando me disponía ya a subir al estudio, agregó:

—Todo eso ocurrió apenas dos días antes de que María Eliasson muriera, señor Pasos.

DIEZ

Es probable que el suicidio de María Eliasson no haya sido tal. Quizás mi vecino le brindó un exceso de calmantes para que muriera. Es, al menos, lo que Boryena insinúa, que Markus asesinó a su mujer con el propósito de apoderarse de la empresa y casarse de nuevo. Si admito que hace unos días yo deseé la muerte de Marcela y su amante, a quien ni siquiera conozco, la teoría de la polaca no es en absoluto descabellada. Ahora no me cabe duda de que la casa que se alza al otro lado de la verja oculta un misterio de envergadura.

Porque la otra posibilidad consiste en que el vecino ayudara a su mujer, en una suerte de suicidio asistido, a quitarse la vida. De acuerdo con Boryena, la dueña de casa permanecía a veces postrada en cama durante semanas y con las cortinas corridas, ajena a los acontecimientos, sin interés en los libros o los diarios, ni tampoco en la televisión ni los niños, como si hubiese renunciado definitivamente a la vida. ¿Qué habrá ocurrido primero? ¿Su depresión o el descubrimiento de que su esposo le era infiel? Estas preguntas se mezclan ahora en la quieta atmósfera de mi casa, mientras una delicada guirnalda de notas de Eric Satie asciende las escaleras e invade los cuartos. Vaya uno a saber qué fue primero. En todo caso, Markus pudo haberla ayudado a un buen morir, porque si hay un buen amor, también debe existir un buen morir, circunstancia por cierto difícil de imaginar para la fregona de pisos.

Admito que es injusto internarme por las frondosas tierras de la disquisición ahora que contemplo la solitaria casa de mi vecino, la desolada Rue de la Vieille Lanterne con las huellas de neumáticos sobre la nieve y el Báltico congelado, el que, envuelto en silencio y quietud, se extiende hasta el horizonte bajo el cielo grisáceo. Mis conjeturas se basan sólo en simples insinuaciones, quizás hasta mal intencionadas, de Boryena, quien, movida tal vez por resentimientos y rencores, pretende desprestigiar ante mis ojos a su antiguo empleador. Si he de especular, debería al menos someterme a los hechos, y los únicos hechos indesmentibles son aquellos que indican que los médicos establecieron el suicidio como causa de la muerte y que mi vecino goza de plena libertad para llevar la vida que se le antoje.

Ayer, tras desayunar solo en la cocina, subí, como es mi costumbre, a mi estudio —Marcela dormía aún porque la noche anterior había salido a cenar con Paloma—, y me instalé ante la pantalla del ordenador para continuar la novela. Al hacerlo, pude constatar que mi mujer no había cerrado su correo electrónico. Un escalofrío se deslizó de inmediato por mi espalda, ya que Marcela guarda con celo su código secreto. Dominado por la curiosidad e incredulidad, fui en puntillas hasta el umbral del dormitorio, me cercioré de que mi mujer durmiese, volví al estudio y cerré con sigilo la puerta para darme a la tarea —abyecta, lo reconozco— de examinar su correspondencia. No es mi costumbre, subrayo una vez más, dedicarme a estos quehaceres nada dignos, pero así como dicen que la ocasión hace al ladrón, este desliz de Marcela me convirtió en espía. Sin embargo, las expectativas de una solución pronta del enigma comenzaron a derrumbarse cuando comprobé que eran decenas los mensajes que allí se almacenaban y que muchos de ellos ni siquiera habían sido abiertos.

Pero no cejé. Abundaban, eso sí, mensajes de amigas, confirmaciones de reuniones en cafés o restaurantes, opiniones sobre asuntos políticos internacionales, sugerencias sobre libros y películas, y también los titulares de *The New York Times*, *El País* y *Le Figaro*, y ofertas de empresas y consultas de galerías de arte. No me desanimé, pues estaba convencido de que el hombre que había dejado su saludo en el buzón de voz de Marcela también tenía que haberle enviado en algún momento un mensaje electrónico. Era una corazonada que no me podía fallar. Busqué con paciencia, aunque sin abrir los mensajes que ella aún no había abierto, y tropecé con tres enviados durante las últimas semanas por alguien cuyo seudónimo me resultó sospechoso: Antares. Los dos primeros mensajes se reducían a un par de líneas confirmando lugares de encuentro: en uno, el Café de la Ópera; en otro, el Paul & Norbert, ambos excelentes locales para gourmets, instalados en el centro más exclusivo y caro de Estocolmo. Los finalizaba escuetamente una "a" minúscula. Eran de tono frío y pragmático, y quizás fue eso lo que me llamó la atención, porque me dije que un mensaje comercial siempre encierra ciertas fórmulas de cortesía mínima que permiten augurar un buen negocio. Pero aquí la aridez del estilo, que fingía, sin resultar convincente, distancia entre el destinatario y el remitente, me sugirió precisamente lo contrario, una suerte de simulacro posibilitado por una complicidad ya afincada en códigos y claves compartidos en secreto. Cuando abrí el tercer mensaje, vi que mis sospechas se consolidaban, pues había allí una invitación para que Marcela asistiera el jueves siguiente "al mismo hotel de la última vez". El mensaje me hizo estremecer de ira, sufrimiento y rencor. La única ventaja de todo esto, me dije sacando fuerzas de flaqueza, aguzando el oído por si mi mujer se despertaba, consiste en que la reunión está aún por realizarse, pues constituye parte de la agenda futura de dos amantes, lo que me da tiempo al menos para planear el seguimiento de Marcela.

Imprimí ciertos mensajes que ahora adquirían un matiz sospechoso y que estudiaría más tarde con detención, guardé silencio sobre el descubrimiento y el jueves me sorprendió en medio de estas disquisiciones y la escritura de nuevos capítulos de la novela, capítulos bastante ágiles, por cierto, pero que todavía no logran convencerme del todo. En realidad, lo que hice fue modificar en el texto la identidad y los móviles de mi personaje central, el escritor, y suplantarlo por Markus, que ha devenido en un retrato bastante fidedigno del vecino. Reconozco que el procedimiento se asemeja al del realismo decimonónico, que muchos rechazan hoy por mimético, y que, en caso de que se publique esta novela, por darle algún nombre, despertará críticas inmediatas de los denominados expertos literarios que escriben por doquier columnas y peroratas sobre libros. Sintomático es, en todo caso, el origen de ese ejercicio crítico, ese gusto redomado por autoerigirse en juez de los escritores sin que nadie les haya conferido tal cargo nunca. A menudo me pregunto si los niños sueñan con ser críticos literarios como sueñan con ser médicos, ingenieros, espías, futbolistas, magos o escritores, y apuesto mi cabeza a que ninguno anhela ser algo así, y que el resultado final es, más que de una elección meditada, fruto de varios fracasos literarios, los que explicarían el indisimulable odio de algunos críticos por ciertos autores.

En fin, es mejor que retorne a esta novela que estoy escribiendo y me olvide de las demás reflexiones. La especulación es el recurso que me suministra la idea motriz para este relato: el sueco, enamorado de su amante, llamada Anika, debe asesinar a su mujer enferma haciéndola ingerir, mediante un ardid, una sobredosis de somníferos. De ese modo no despierta sospechas en la policía, la que de buena fe —virtud tan abundante entre los escandinavos como la envidia entre los latinoamericanos y españoles— supone que enfrenta un nuevo caso de suicidio, recurso frecuente entre numerosos escandinavos durante el prolongado y oscuro invierno de este rincón del mundo.

El jueves, como digo, cumplí por la mañana mi rutina usual en medio de un desánimo completo. En el fondo sólo anhelaba iniciar la persecución de Marcela para conocer la verdad, la que suele ser menos dolorosa y enigmática que el engaño no descubierto. Los seres engañados no sufren tanto con el descubrimiento de la infidelidad como con la imagen del tiempo que vivieron ignorándola. Me preguntaba una y otra vez si aquel olvido de Marcela de cerrar el correo electrónico se debía a un simple desliz o un acto intencional, preconcebido con el ánimo de permitir que yo me enterara de su infidelidad, tomara cartas en el asunto y terminara la relación. Uno nunca logra predecir los derroteros que puede escoger la infidelidad, que comienza con la atracción por la voz, los pensamientos y la carne del otro, pasa por el deleite desbocado e irresponsable, y concluye acarreando desgarramiento e irreprimibles ansias de venganza. Aunque también a ratos me inclino a pensar lo contrario: que Marcela me está ofreciendo, de este modo sutil y cruel, la oportunidad de que yo la espíe durante un encuentro para mí sospechoso, pero que en verdad constituye sólo una cita netamente profesional. Quizás se trata de una treta que en un inicio busca confundirme y atorarme de celos, y que termina mostrándome lo abyectas que son mis dudas y cuán recto el proceder de Marcela. Es espantoso pensar que su desliz pueda haber sido intencional.

—¿Adónde vas? —le pregunté cuando pasó a mi estudio a despedirse. Iba vestida con un traje dos piezas, que le sentaba y rejuvenecía, llevaba el cabello suelto y olía a su perfume predilecto.

—A un almuerzo en el Alex —aseguró rascándose con la punta del meñique una ceja, gesto que me pareció defensivo.

Ese restaurante es un local exquisito, un dato que sólo manejan quienes saben aquí de la buena comida y los buenos vinos. Lo del almuerzo me resultó novedoso, puesto que para ese día yo pronosticaba que Marcela saldría sólo por la tarde a cumplir la cita propuesta en el mensaje electrónico. Tal vez a esta hora sólo se proponía encontrarse con alguna amiga, una que, supongo, debe protegerle la espalda durante sus correrías.

—¿Y qué harás después? —pregunté.

Hizo una mueca vaga, de despreocupación, y añadió:

—Vitrinearé un rato en el centro, tomaré un café y hurgaré en alguna librería de viejo, pero estaré temprano en casa. Ah, se me olvidaba.

—¿Sí…?

—Me llamó mi padre y dice que se propone pasar a vernos en el próximo viaje que haga a Barcelona.

—¿Para cuándo es eso?

—Viene pronto.

Marcela ama a su padre a su manera, de una forma profunda y crítica a la vez, profunda en términos públicos, crítica en su fuero interno, sentimientos opuestos que crecieron desde la muerte de su madre, ocurrida hace años a causa de un cáncer. Pero a pesar del amor que profesa por él, le incomodan sus visitas. Su presencia la desequilibra y saca de las casillas, prefiere al padre a distancia prudente, porque de ese modo siguen primando en su alma no sólo la nostalgia que emana de la infancia feliz de que gozó, sino también el cariño que suele surgir cuando escasean los conflictos cotidianos.

—¿Viene a quedarse por cuánto tiempo?

—Tú sabes, siempre se queda por más días de los que anuncia. Pero ahora tiene un acto conmemorativo en España, así que no estará mucho acá.

Nunca entenderé la relación de Marcela con el coronel Montúfar, y tampoco —lo agrego ahora, a la carrera— la que yo mismo he establecido o he aceptado establecer con él. Pero en el caso de mi mujer la situación es más drástica, por cuanto Montúfar es el culpable de que un antiguo amigo de doña Sofía, mi suegra, haya desaparecido durante el régimen militar. Según lo que averiguamos, a comienzos de la dictadura ese amigo, a la sazón un médico pediatra, cayó detenido por actividades izquierdistas, y doña Sofía, ante las peticiones de la familia del prisionero, le rogó a su esposo que hiciera valer sus influencias en el ejército para que lo liberaran. Montúfar no movió un dedo y el médico pasó con el tiempo a engrosar la lista de detenidos desaparecidos. Nunca pude entender cómo doña Sofía continuó viviendo junto a Montúfar.

Sólo años más tarde, cuando mi suegra ya había fallecido, nos enteramos a través de una compañera de colegio suya de algo que tal vez podía explicar la inflexibilidad del coronel: el médico había sido el primer novio de doña Sofía y con quien había estado a punto de casarse, pero los abuelos de mi mujer se habían opuesto a él porque aún era estudiante, pertenecía a una familia masónica y habían insistido en que su hija se casara con otro pretendiente, un oficial del ejército. Movida por una suerte de respeto y veneración ante la voluntad de sus padres, doña Sofía renunció al amor de su vida y se casó con Montúfar.

—Pero yo sé que siguieron siendo amantes —nos contó una amiga de doña Sofía en una noche de Año Nuevo en Valparaíso. Todos habían bebido más de la cuenta—. Se siguieron viendo después del casamiento. Tu padre intervino violentamente en el asunto para alejar al médico...

Marcela se echó a sollozar y los asistentes a la fiesta pensaron, menos mal, que lo hacía de emoción por el año que terminaba. Pero yo ignoro si lo hizo por la forma en que su madre renunció a su único amor o porque imaginó que su padre era una víctima.

Días después, cuando yo había olvidado aquella conversación o, más bien, cuando la confundía con las escenas borrosas propias de una noche etílica, Marcela me dijo:

—Ya lo sé todo. La mujer que se presentó como compañera de colegio de mi madre era la hermana del médico. Es una izquierdista sin arreglo, resentida, y nos mintió para vengarse y hacernos daño.

—La verdad no hace daño nunca.

—¿No vas a creer ahora que mi madre le fue infiel a mi padre...?.

—¿Por qué no?

Brillaba una suerte de fuego en sus ojos.

—Porque es una injuria —repuso insolente, aunque no convencida.

—Nunca sabremos lo que efectivamente ocurrió porque los amantes, digo, los supuestos amantes, ya están muertos. La verdad será ahora lo que nosotros creamos que ocurrió, y a mí me parece noble que tu madre haya buscado el verdadero amor, y que tu padre la haya perdonado.

A las once de la mañana, Marcela subió al taxi que la aguardaba afuera, en medio de la nieve sucia de la calle. Corrí hacia su dormitorio, donde la cama ya estaba en orden, y examiné a la rápida sus gavetas para comprobar que una vez más la bolsa con las prendas eróticas había desaparecido. Bajé como un loco la escalera, me subí al viejo Volvo, y conduje a toda velocidad en dirección a la ciudad, pero no logré divisar el taxi. Traté de convencerme de que debía calmarme, por una razón muy sencilla: Marcela no se me escaparía, yo conocía de antemano el punto de la cita.

Y los hechos me dieron la razón. Encontré un estacionamiento cercano al Alex y me alejé media cuadra con el fin de no llamar la atención. Marcela estaba sentada en una de las mesas que miran hacia la calle a través de un ventanal, acompañada por dos jóvenes, bien parecidos y elegantes. Estudié los alrededores en busca de un sitio desde el cual pudiese espiar con tranquilidad. Hallé, por fin, refugio en un Seven-Eleven cercano, donde hojeé a ratos un *Newsweek* atrasado, bebí café y comí una de esas detestables salchichas con pan seco que sólo cuestan diez coronas. No tenía más alternativa, era el único espacio calefaccionado que podía servirme de observatorio.

¿Cuál de los jóvenes sería su amante y cuál el celestino que les deparaba la coartada? Mientras engullía a modo de postre un pastel de manzana, comencé a imaginarme algo afiebrado, mas no descabellado: que ambos eran sus amantes y que después de aquel almuerzo, regado con buen vino y bajativos, irían a un hotel o departamento. ¿Por qué no? Un *ménage à trois* es algo usual actualmente, algo que quizás sus amigas del alma incluso le sugieren. Un sudor frío me humedeció la frente y por unos instantes sentí un cosquilleo en el estómago, pero luego recuperé la calma y me dije que aquello era un cuadro imposible, que quizás después del almuerzo Marcela volvería a casa y se tendería a dormir simplemente la siesta y todo lo demás era sólo fruto de mi torva y deleznable imaginación. Sí, era probable que ella regresara a Djursholm después de almuerzo, tal como me lo había dejado entrever, aunque ahora, por lo que compruebo desde la distancia, Marcela disfruta la entrevista y coquetea con los jóvenes mientras comen y beben como si la degustación del postre los estuviese aguardando en otro ambiente.

Repentinamente la sentí una mujer ajena, desconocida, enigmática, y hasta me excitó la idea de que ella pudiese explorar otros ámbitos del placer. Fue como si los cielos se hubiesen abierto y sobre mí cayese un aguacero con truenos y relámpagos, y la gente y los problemas cambiasen de aspecto. No acierto a explicarme este cambio de sensibilidad, sólo sé que ahora, mientras espío desde el Seven-Eleven, constato que nuestro amor se ha convertido en mera compañía, en tedio insoportable, en algo que apenas contribuye a paliar el hastío, aunque dota de frágil sentido a nuestras existencias. Sí, lo nuestro es ya un naufragio anunciado y previsible, y para Marcela esos muchachones constituyen quizás una tabla de salvación, al igual que Karla lo fue para mí años atrás. Tal vez es cierto que el amor surge y desaparece de golpe y que es sólo la gente la que tarda en comprenderlo y aceptarlo, o a lo mejor es cierto lo que indica un artículo reciente de *Le Monde* de que el proyecto de la pareja moderna no apunta necesariamente a los hijos y la monogamia, sino a la conquista de un espacio exclusivo —un departamento con las comodidades de la vida, por ejemplo—, una cuenta bancaria holgada, viajes turísticos y el disfrute de momentos gratos, todo lo cual no excluye la infidelidad ocasional. Sin embargo, supongo asimismo que continúo amándola como si yo obedeciese un guión ya editado, algo tan ajeno a mi voluntad como el hecho de que en esta vida no me tocó ser un watusi o un bereber, o el príncipe de Mónaco. No hay forma de escapar de este amor, que en cierta forma es un destino.

Sé que nada de esto es nuevo y no pretendo filosofar al respecto. En la Alemania Oriental de los años setenta, los matrimonios eran completamente liberales. Recuerdo que en mi época de estudiante en Leipzig una atractiva mujer ya madura me invitó durante una fiesta a pernoctar con ella. Acepté y llegamos a su departamento, donde nos amamos en su cama matrimonial con desenfreno. Fue ella, en realidad, la que me deslumbró con un caudal de posturas y técnicas amatorias que yo anhelo fuesen del dominio de Marcela. Después nos dormimos.

A la mañana siguiente me despertó el chirrido agudo de la puerta del dormitorio. Un hombre entró en puntillas y me hizo temer lo peor. Sin embargo, se limitó a abrir el armario y a extraer algo para luego marcharse. Respiré con alivio cuando el cuarto volvió a sumergirse en penumbras.

—¿Quién era? —susurré posando una mano sobre la cintura de mi compañera.

—Mi marido —repuso ella y arrimó su cuerpo tibio contra el mío entre las sábanas—. Buscaba ropa interior limpia.

Durante mucho tiempo me vanaglorié relatando entre mis amigos latinoamericanos aquella historia de Leipzig. Mi triunfo sobre otro macho en la lucha por la consecución de una hembra me empujó a emprender nuevas conquistas. Pero ahora me pregunto si realmente privé de algo a esa mujer o a su matrimonio. ¿Me apoderé de alguna intimidad esencial de ellos, de algo sin lo cual no pudiesen vivir, y que me confiriese un poder, una clave esencial que les minara la posibilidad de restablecer la dicha que, supongo, deben haber conocido al menos en la etapa inicial de su relación? ¿O había sido yo un simple instrumento para que el matrimonio pudiese perdurar? En América Latina, los hombres están convencidos, y la religión se encarga de refrendarlo, de que le sustraen algo a la mujer cuando le hacen el amor. Pareciera que nos apoderamos de su mayor tesoro, de su intimidad y secretos, de algo irrecuperable. Pareciera que el acto sexual dejara huellas indelebles, perpetuas, en el cuerpo de la mujer, y sólo recuerdos gratificantes, de los cuales se puede presumir, en la memoria de los hombres. ¡Una patraña en el caso de esa pareja a la cual aún no logro olvidar! Sólo me hubiese apropiado de algo suyo si la mujer hubiera mantenido en reserva mi existencia, pero al convertirse el esposo también en parte del juego, me redujo a un peón, a un tonto útil, a un instrumento para consolidar su matrimonio.

En fin, puede ser que todo esto yo lo sostenga ahora con el propósito de tranquilizarme, de enfrentar las difíciles horas que se aproximan, o para cuando constate efectivamente que mi mujer se marcha a un hotel con dos amantes. Y súbitamente, como si hubiesen reparado de pronto que se les hacía tarde, los tres dejan la mesa y salen del Alex y abordan un BMW estacionado cerca de mi vitrina. Es tal el estupor que me causa verlos, sonrientes y despreocupados, que mis músculos se agarrotan y no alcanzo a ocultarme y durante unos segundos temo que Marcela reconozca mi rostro a través del cristal y yo quede al descubierto, cosa que por fortuna no ocurre, pues ella sigue charlando mientras uno de sus amigos le abre la puerta posterior del vehículo. Y cuando al fin alcanzo la calle y busco un taxi para perseguirlos, el BMW desaparece con un destello de su techo, destello que tiene mucho de guiño malicioso, en dirección a Gamla Stan.

ONCE

Volví a mi automóvil y no pude sacarlo de entre dos vehículos que, conjeturo, deben haber sido colocados ex profeso allí por alguien para imposibilitar mi partida. Ya lo dije, no soy un hombre de acción, sino de palabras, de palabras escritas, no orales, de lo contrario sería político. Y hay pocas profesiones que desprecie más que la política, a decir verdad, porque ella es simulación y simulacro, algo así como la infidelidad permanente.

En fin, ya lo sé, eso es harina de otro costal, que no viene al caso abordar aquí, en el Seven-Eleven, al que he vuelto caminando bajo la nieve que cae acompasada mientras en la cabeza se me repite una y otra vez, como un *leitmotiv*, la forma precipitada en que se marchó Marcela de este lugar. Viajaba sola en el asiento trasero del BMW, un vehículo caro y moderno, con asientos de cuero, que se desplaza en estos instantes hacia un punto que desconozco, pero que de alguna forma imagino como cuarto de un hotel o apartamento, circunstancia desesperada e inmanejable que me coloca en un estado de ira e impotencia y, por qué no decirlo, de excitación morbosa y sobrecogedora. ¿Qué se hace en momentos así?

Son las tres y media de la tarde y ya no hay nada que hacer. La voz del desconocido citaba a Marcela para que se presentase a una hora indefinida de esta tarde en un hotel sin nombre. El turco que atiende este negocio me dirige miradas sospechosas desde hace rato, como temiendo que yo trame un asalto, y probablemente lo mejor es que me marche cuanto antes. También es probable que a esta hora Marcela se halle en algún café matando el tiempo con los jóvenes, o vitrineando en una galería del centro. Esa dimensión secreta y paralela de su existencia me margina de parte importante de su vida, escamoteándomela, pero no sólo en lo relativo a su vínculo amoroso, sino a todo su ser, y me torna un simple testigo que la contempla impávido a través de una puerta entornada, como ese hombre de traje y cilindro, que vemos de espaldas en el óleo de Gustave Caillebotte mientras, apoyado en una baranda de hierro forjado, observa algo impreciso bajo la sombra de los árboles frondosos del Boulevard Haussmann. Antes de que ocurriera todo esto yo estaba —o al menos creía estarlo— al otro lado de esa puerta o bien en el balcón parisino, ignorándolo todo, exudando confianza, estado que me parecía normal y lógico, el único posible, de modo que ni siquiera supe apreciarlo en su justo término. Pero es bueno que recapacite y deje de lado actitudes melodramáticas propias de telenovela mexicana, y organice mis próximos pasos y piense en qué voy a hacer cuando identifique a ese amante aún anónimo, que apenas vislumbro vagamente a través de la neblina de mis celos.

Salgo a la calle con un sabor amargo en la boca y con la convicción de que me equivoco cuando creo que me corresponde racionalizarlo todo de forma fría y objetiva. Es cierto que uno puede ceñir a ciertos personajes literarios —aunque sólo hasta cierto punto— a un cronograma preciso y severo en novelas o cuentos, y que en la pintura y la escultura el artista puede corregir rasgos, pero en la vida real, esta, que se halla más allá de la novela y más acá de la puerta entornada de Marcela, los hechos se rebelan con porfía contra cualquier manipulación, pues ocurren simplemente como cumplimiento de un destino fatal, como una partitura ya escrita, que me condena a convertirme en marioneta. No sé, tal vez estoy demasiado confundido como para diseñar un plan y actuar de acuerdo con él. Ahora, que salgo del Seven-Eleven y camino sobre el mullido colchón blanco que cubre las veredas infundiéndome esa quietud que trasciende hasta mis huesos, empiezo a vagar por calles restauradas de modo tan perfecto y admirable que parecen ancladas en el pasado. Sólo los transeúntes en su llamativa vestimenta térmica y los escasos automóviles estacionados y cubiertos de nieve me recuerdan que se trata de un simulacro, que no estamos en el siglo diecinueve, sino a comienzos del veintiuno. Sí, los suecos restauran cada vez con más arte y técnica esta parte de Estocolmo, la misma que se salvó de la demolición gracias a la negativa de Le Corbusier y que se transforma, sin lugar a dudas, en una de las zonas más bellas de la ciudad. Sólo me queda seguir caminando y confiar en que en algún momento podré rescatar mi viejo Volvo. De todos modos, si dispusiera ya del coche, las cosas no cambiarían mucho, pues manejaría hasta casa para sentarme a esperar pacientemente el retorno de mi mujer.

En una esquina diviso una cabina telefónica. Decido llamarla al celular. Me interpondré en el momento mismo de su infidelidad, si es que existe algo así como un instante preciso o un epicentro de ello, y le arruinaré la jornada anunciándole que iré a buscarla esté dónde esté para que volvamos juntos a casa, echando por tierra el programa con su amante o esos amigos jóvenes, que quizás la observan mientras ella baila y se desprende gradualmente de sus ropas en el cuarto de un hotel.

Es una fantasía autodestructiva la que cruza por mi cabeza, pero tiene pleno sentido y ya lo explicaré. También me atrevería a ofrecerle a Marcela la indigna opción de que vivamos todos

—ella, sus amantes y yo— bajo el mismo techo. Es algo que me consume de celos e irritación, pero que demuestra, irrefutablemente, cuánto la amo y en qué medida estoy dispuesto a hacer concesiones esenciales para recuperarla. Pero ahora, en este momento lo que corresponde es que me inmiscuya entre ellos, es la ocasión más oportuna y excitante. Me convertiré en un aguafiestas al avisarle que la espero en medio de la nevazón de esta tarde oscura para contarle algo trascendental. Ella, movida por la curiosidad, el miedo o la imposibilidad de concentrarse en lo que hace, interrumpirá su cita para salir a encontrarse conmigo. Pero de pronto, tras imaginarme en detalle el episodio, recapacito y me digo que sólo despertaré en mi mujer compasión, un sentimiento perjudicial que termina convirtiéndose en un bumerán, porque nutre precisamente las mentiras en el amor. Yo prefiero el odio, el rechazo y el rencor, porque obligan al menos a admitir la verdad.

Miro el reloj. Apenas son las cuatro. He caminado a ciegas por Estocolmo cerca de dos horas y arribo ahora al barrio de la Central Stationen. Me parece que esto ya me ha ocurrido antes, que he recorrido este mismo lugar atribulado con sentimientos semejantes, y me azora comprobar que la reiteración de los hechos sea capaz de disolver en irrealidad, en una neblina lechosa, los recuerdos. ¿He estado antes aquí y por ello tengo memoria de eso, o esa memoria es sólo fruto de mi imaginación que urde y proyecta un pasado que no existió? Ya el frío comienza a aguijonearme a través de los guantes y los pantalones, y barre de golpe mis reflexiones. Me refugio en el café de la estación, el mismo que visité días atrás antes de viajar a Malmö. Desde aquí, y haciendo uso del metro o de un taxi, puedo alcanzar en un dos por tres el lugar donde Marcela se halle, si es que se halla, como lo supongo, en el centro de la ciudad.

Ordeno un oporto y un pastel de almendras bajo la misma arcada de la última vez, y me siento a una de las mesas metálicas sin mantel, cerca de los ventanales. Mientras los pasajeros pasan presurosos cargando diarios, bolsas o maletines, yo imagino lo que Marcela puede estar haciendo o tramando en estos instantes. No descarto la idea de que esté refocilándose en un hotel con esos jóvenes. Es lo más probable. Mientras almorzaban me pareció haber percibido desde la distancia que mantenían un contacto demasiado familiar, de mucha sonrisa y excesivo afecto, algo inusual entre gente que hace negocios y que, paradójicamente, me evocó en forma vaga nuestros primeros meses de vida como pareja en Europa y Estados Unidos.

Yo en más de una ocasión alimenté sus instintos exhibicionistas. En realidad, cuando volvimos a encontrarnos después de su divorcio, época en que ella atravesaba una depresión profunda, de psicóloga, pastillas y todo eso, me confesó que antes de empezar con el italiano había atravesado por su peor momento cuando su novio de toda la vida la dejó para casarse con su mejor amiga. Aquello la impulsó, como me lo confesaría más tarde mientras hacíamos el amor en un hotelito cercano al Washington Square, en el Village de Manhattan, a intentar desempeñarse, al menos temporalmente, como *call girl*. Su motivación, me lo aclaró seria, como si ella hiciera menos deplorable su alternativa, no radicaba en el dinero, sino en el deseo de convertirse en una Madame Bovary, en una *call girl* de nivel, en una de aquellas mujeres que acompañan a altos ejecutivos en sus viajes a países exóticos, cenas en restaurantes exclusivos o funciones de gala. Quería saber cómo era eso de la prostitución, pero no la sombría de los puertos, de mujeres ajadas, enfermas y vulgares, que aceptan en la calle por unos pesos a cualquiera, sino aquella rutilante que practican muchachas refinadas y atractivas, de buen cuerpo y educación, carentes de escrúpulos, que anhelan conocer, aunque sea a través de una ventanilla ocasional, el gran mundo, los hoteles de lujo, los viajes en yates y la primera clase en los vuelos internacionales.

—Nadie lo habría sabido nunca —me dijo entonces, rebosante de vitalidad y fantasías, y creo que en el tono de su voz percibí una nostalgia infinita por una opción que no había aprovechado—. Así habría recuperado al menos lo que desperdicié por confiar en el amor de juventud.

En realidad, el proyecto parecía factible para una muchacha como ella, que dominaba cuatro idiomas, era bella, agradable y soltera. Como en los días del desengaño amoroso había caído en sus manos el número telefónico de una francesa que reclutaba modelos como damas de compañía, acudió a ofrecerle sus servicios. La francesa la recibió en un departamento amplio y oscuro que daba al Central Park y, encantada, la incorporó de inmediato a su exclusivo catálogo, donde escaseaban mujeres de corte latino, aunque, para satisfacer adecuadamente el gusto imperante, le sugirió agrandarse los senos.

—Lo que inviertas en la operación lo recuperarás en cinco entrevistas —le aseguró madame Prevost—. Un poco de silicona te cambiará la vida, *mon amour*.

Entusiasmada por la perspectiva de una aventura rentable y discreta, Marcela —sin saber que estaba cerca de reeditar numerosos capítulos de novelas rosa y telenovelas— fijó una cita con un cirujano plástico con el propósito de convertirse de la noche a la mañana en la mujer más solicitada del plantel de la francesa. Sin embargo, un artículo periodístico denunciando los riesgos de ese tipo de operaciones, mensaje que ella interpretó como una campanada de alerta de alguien desconocido y superior, la llevó a última hora a cancelar el plan y a ignorar las insistentes llamadas de madame Prevost.

—A mí desde niña mi madre me dijo que debía preservarme virgen para el marido —me explicó un día Marcela, en un café del Boulevard Haussmann, adonde yo había acudido a participar en una conferencia sobre licencias comerciales—. Lo que fue una estafa, porque a los hombres sus padres los estimulan desde muy temprano a acostarse con cuanta mujer puedan.

—Es que tu madre creía entonces en eso —comenté conciliador, tratando de calmarla y de paliar su argumentación feminista.

Comíamos crêpes con Grand Marnier y yo no podía desprenderme de la idea de que el hombre de Caillebotte podía estar observándonos desde uno de los balcones de la avenida.

—Tal vez ella sólo simulaba creer —dijo Marcela.

—¿Para qué?

—Para que a su vez mi padre creyera en ella.

—¿Y por eso recurriste a madame Prevost?

En aquellos días todo me confundía: su edad —es mucho menor que yo—, su matrimonio frustrado que la incitaba a vengarse de lo que le habían enseñado con respecto a su cuerpo y los placeres, y su historia personal, el hecho de que fuese la hija del coronel Montúfar.

Era el cuadro perfecto de una hija de la pequeña burguesía, educada en colegio religioso, que anhelaba su revancha en el ámbito sexual.

—Recurrí a madame Prevost porque quería recuperar lo que no disfruté esperando a que Carlos se titulara y casara conmigo. Al final se marchó con otra…

—Los placeres que se desperdician no se recuperan.

—Por favor, déjate de frases para el bronce. No te van, y no estoy para eso.

—Es evidente que aún te falta mucho para lograr tu objetivo.

—¿A qué te refieres?

—Ya lo sabes, a todo eso que se domina o no se domina en el ring de las cuatro perillas.

—Eres más vulgar que buen amante —dijo, despechada, y saboreó un trozo de crêpe y miró hacia los balcones de los edificios de enfrente, desde donde, estoy por jurarlo, nos observaba un hombre.

Hasta ese momento yo suponía que el famoso Carlos y el italiano sólo hacían el amor en la posición del misionero, a la carrera, como los conejos y sin preludios ni el prolongado epílogo aderezado de palabras que tanto fascinaba a Marcela. Me miró con ojos de niña mientras de alguna parte llegaba música de acordeón —sí, de un acordeón parisino, por lo que todo parecía una postal bastante turística—, y repuso:

—Pero ahora, contigo, es diferente. Aquí no hay compromiso alguno. Quiero disfrutar la vida, probarlo todo, recuperar lo que desperdicié, y sólo más tarde, cuando la conozca a fondo, podremos tal vez pensar en casarnos y tener hijos.

DOCE

Descubrí el exhibicionismo de Marcela al año de conocerla, cuando —durante un viaje a Miami— entramos a un salón de *striptease*. Era una nave amplia y fresca, y en su centro se levantaba un escenario bien iluminado, donde muchachas ligeras de ropa bailaban salsa. A su alrededor, en semipenumbras, flotaban mesas atestadas de gente. Reinaba una atmósfera alegre, nada sórdida, y la gente aplaudía y animaba a las chicas que se desnudaban con desigual talento sobre las tablas.

Ya no recuerdo la razón por la cual entramos allí, tal vez sólo porque su aire acondicionado ofrecía un refugio espléndido frente al calor del mediodía o por simple curiosidad, pero lo cierto es que ocupamos una mesa y ordenamos mojitos y, contagiados por la música, comenzamos a gozar del espectáculo. Al parecer, las muchachas que ofrecían el espectáculo eran estudiantes, las que se desnudaban por unos dólares con evidente inexperiencia. Las más osadas se aventuraban hasta el borde del escenario cuando algún espectador daba muestras de querer calzarle un billete en las ligas de las medias. Entonces caímos en la cuenta de que por un modesto cobro adicional, las modelos también se desnudaban junto a alguna mesa, muy cerca de uno, lo que convertía su *striptease* en un acto más privado y, al parecer, más excitante.

—¿Quieres que alguna baile para ti? —me preguntó Marcela. Estaba en la denominada primera etapa de conocer la vida real, *the real thing*, o al menos así lo insinuaba, y supongo que a esas alturas, como nos ocurriría muchas veces, habíamos bebido más de la cuenta—. Yo pago.

Rechacé su invitación más por rubor que por falta de interés. ¿Qué iba a sacar yo con que una muchacha me dedicara una sonrisa ficticiamente erótica mientras quedaba en cueros ante mis ojos y se sentara sobre mis rodillas si la presencia de Marcela me inhibiría?

—Entonces bailaré yo —dijo y se alejó decidida.

Poco después, el animador anunció un cambio en el espectáculo: subiría al escenario una latinoamericana, que jamás había hecho desnudo en público. El aplauso estremeció la sala y al rato irrumpieron los acordes inconfundibles de un antiguo éxito de Boney M, y Marcela apareció sobre las tablas seguida por reflectores de colores, que le confirieron una textura sólida y lisa a sus carnes. Sentí que era ella y que no lo era, y me sonrojé tontamente en medio de la ruidosa aprobación de los espectadores. Aún recuerdo los movimientos felinos y sensuales que le imprimió a su cuerpo, la agilidad con que flexionaba las rodillas, cimbreaba las caderas o batía el trasero, la osadía con que sonrió a quienes bebían en las mesas, la gracia de bailarina tailandesa con que desplegaba los brazos y la incitante precisión con que sus dedos comenzaron a desabotonar su blusa. No tardó mucho la gente en marcar el ritmo con las palmas y un hombre de vaqueros y sombrero texano, con un vago parecido a Bruce Springsteen, se aproximó al escenario e intentó, en vano, encaramarse a él, pero fue controlado a tiempo por un guardia del local. Marcela se desprendió entonces de la blusa dejando al aire sus magníficos senos, que bajo el tamiz de la luz me parecieron más turgentes que cuando hacemos el amor o ella se pasea desnuda por nuestro cuarto. Me ruboricé imaginando que la gente pensaría tal vez que yo era un chulo en busca de clientes para mi mujer, pero al mismo tiempo admití que Marcela bailaba de forma estupenda, mucho mejor que las bailarinas de buen cuerpo, aunque poca gracia, de aquel sitio.

Después tiró del cierre de la falda, la dejó resbalar hasta el piso y se irguió apenas protegida por sus calzones minúsculos, de los cuales también, unos instantes y varios pasos más tarde, se deshizo con ademán gracioso y despreocupado, casi juvenil. ¿Dónde había aprendido todo aquello?, me pregunté porque no parecía, desde luego, una novata como muchas de las chicas que actuaban allí, ni tampoco la hija del militar innombrable que estudió en el exclusivo colegio de monjas y ahora intentaba huir de su identidad heredada. El público estalló en aplausos y gritos eufóricos cuando Marcela alzó los brazos y quedó completamente desnuda, manifestación que se tornó ensordecedora cuando ella inició, sin dejar de sonreír y con los párpados entornados, una danza etérea al ritmo de una descarga de Cachao. Concluyó su baile con los movimientos frágiles y elásticos de una gacela. Luego se sentó al revés en una silla, apoyando la barbilla y los brazos sobre el respaldo, de frente al público, con sus piernas blancas y recias extendidas, mostrando su secreto húmedo, sombrío. Entonces la oscuridad empezó a devorar gradualmente su cuerpo bien proporcionado, y los aplausos aumentaron mientras dentro de mí bregaban dos sentimientos opuestos: el de la vergüenza ajena y el de la necesidad de acariciar ese cuerpo que ahora tantos deseaban. ¿Dónde diablos había aprendido todo aquello? Minutos después, cuando Marcela volvió a mi mesa y las miradas del público —curiosas algunas, risueñas otras, lascivas las más— nos acorralaron, decidimos dejar el local y regresar al hotel, donde hicimos el amor con fruición mientras me hablaba de otras fantasías que no la dejaban tranquila.

Todo esto suena extraño y hasta perverso aquí, a estas alturas del relato, y puede parecer fruto de mi imaginación enloquecida, un intento por crear una imagen distorsionada de Marcela con el propósito de no lamentar después su eventual partida. Por desgracia, carezco de pruebas fehacientes de todo cuanto describo, y sólo me baso en los recuerdos que se desperfilan con el paso de las horas. Sé también que todo cuanto Marcela hizo para vengarse del tiempo perdido lo hizo con mi anuencia y apoyo, y por ello no la reprocho, sino que me limito a alisar los pliegues de la memoria sobre esa época tan distinta a la actual, en que ella, ahora a mis espaldas, investiga los secretos de la vida verdadera.

Un año más tarde tuvimos otra experiencia excepcional. Fue una noche en que también estábamos en Miami, esta vez de vacaciones, y Marcela me pidió que la filmara mientras bailaba al ritmo de una canción de Miami Sound Machine. A los pocos minutos sólo quedó vestida con un antifaz de terciopelo negro y una peluca plateada que había comprado en el South Beach, cerca de una cafetería dominicana, y que, además de asentarle a las mil maravillas, me hizo recordar la película *Eyes Wide Shut*, de Kubrick. Admito que disfruté con la filmación de ese espectáculo que me ofrecía una mujer que era mía y ajena a la vez, una mujer que gozaba del extraño talento de disfrazarse desnudándose, de metamorfosearse retornando a su imagen más esencial, una mujer que no sólo deseaba conocerse a sí misma y desprenderse de sus máscaras, sino que anhelaba también explorar la vida.

Recuerdo que bailó largo rato, sin perder en ningún instante el ritmo, la gracia o la sensualidad, y que luego se desplomó extenuada sobre el lecho, donde posó para mi cámara enseñando sus intimidades más codiciadas.

Al día siguiente, cuando recorríamos el aeropuerto para abordar nuestra nave con destino a la capital, y sin mediar explicación alguna, ingresó a una cafetería, se acercó a un cincuentón apuesto y elegante que leía *The Wall Street Journal* ante una taza de café, intercambió un par de palabras con él y le entregó algo antes de volver al stand de los periódicos, donde yo la esperaba.

—Le regalé el video —me dijo y apuró gozosa el paso en dirección a nuestra puerta de embarque—. Nunca más me verá y nunca sabrá quién soy. Siempre quise hacer algo así.

Todo esto ocurre sólo cuando Marcela se halla fuera del país, lejos de la sombra que proyecta su padre y de las noticias que le llegan de vez en cuando sobre quién fue su novio casi perpetuo, que encabeza hoy una familia tradicional, acude cada domingo a misa y es protagonista frecuente de las páginas de la vida social junto a su esposa. Sí, la distancia estimula en mi mujer su fantasía erótica y alimenta su audacia. La entiendo, justo es reconocerlo, somos una nación que frente a lo auténtico preferimos la uniformidad, lo previsible y disciplinado, como si dispusiésemos de muchas vidas por delante y esta sólo fuese un ensayo.

En otra oportunidad, y con esto dejaré de relatar episodios tan íntimos como embarazosos, nos instalamos en un cuarto de un antiguo hotel de Chicago que daba a una calle trasera, angosta y tétrica. Ocupábamos el último piso y a la hora de acostarnos, con dos botellas de un magnífico syrah californiano en el cuerpo, constatamos que desde nuestra ventana, a consecuencia de la escasa distancia que mediaba entre los edificios, distinguíamos hasta detalles de las oficinas y los pasillos de enfrente, donde trabajaba a esa hora una brigada de aseo.

Marcela encendió la radio, sintonizó una emisora que transmitía jazz, dejó el cuarto apenas iluminado con la lamparita del velador y comenzó a menearse lánguidamente junto a la ventana.

Los tipos suspendieron de inmediato las labores para aprovechar el inesperado espectáculo que les ofrecían.

—¿Estás loca? —le grité, porque algo así sólo puede ser fruto de la locura o de un impulso exhibicionista incontrolable, para mi gusto demasiado truculento—. ¡Te están viendo!

—¿Y? Déjalos. Jamás sabrán quién soy.

De pronto, próxima ya a la ventana, y ahora ocurre algo notable, pero absurdo, Marcela comenzó a desnudarse. Sorprendido y a la vez incómodo, me oculté detrás de un pilar para evitar que me vieran del otro edificio. Ejecutaba de modo magistral su *striptease* aquella noche saturada de alcohol. Y en cuanto quedó desnuda, con su larga cabellera negra desparramada sobre los hombros, me tomó de la mano y me condujo hasta el lecho, donde se tendió de espaldas y desplegó las piernas ante los espectadores anónimos, que ahora parecían peces detrás del cristal de las oficinas. Me rogó luego que la besara, aunque sin interponerme entre ella y la ventana y después, con el rostro vuelto hacia la calle, me brindó, alzándola, su magnífica grupa con forma de luna. Sólo tras mi prolongado espasmo, apagó la luz.

Fue recién entonces que me atreví a lanzar una mirada furtiva hacia el edificio de enfrente. Allá los hombres continuaban, atónitos, aferrados a sus aspiradoras y plumeros.

TRECE

Trastornado por los celos decidí volver a casa después de vagar por las calles de Estocolmo. Jamás podría averiguar a ciencia cierta si Marcela me engañaba o no con esos jóvenes de rostro lampiño y trajes finos, o bien con otro hombre. No iba a atreverme a confrontarla sin pruebas contundentes en la mano, esgrimiendo sólo suspicacias y la ridícula referencia a unas prendas de corte erótico, que ya habían desaparecido, por lo demás, para lograr su confesión.

Antes de volver a mi vehículo, la llamé desde una cabina del Fältoversten, un sombrío centro comercial construido en los setenta en las inmediaciones de la plaza de Karlaplan, en el mismo sitio donde antes, según constaté en antiguos archivos de la ciudad, se alzaban edificios decimonónicos de fachadas señoriales. Había desembocado allí sin reparar en lo que hacía. Marcela tardó en responder. Cuando lo hizo, advertí en ella un tono ansioso, dubitativo, excitado, como si alguien la acariciase mientras hablaba. Recordé de inmediato nuestra época inicial, cuando nos encerrábamos en mi apartamento a hacer el amor y ella solía deslizar sus labios húmedos y carnosos sobre mis muslos o tetillas en los instantes en que yo atendía alguna llamada impertinente. Me esforzaba por fingir naturalidad ante el interlocutor, aunque sospecho que algo, seguro mis pausas excesivamente largas o mi respiración entrecortada, terminaba por delatarme al igual que ahora delatan a Marcela.

—¿Estás bien? —le pregunto imaginándola en una cama mientras una lengua exploradora y dúctil le humedece el ombligo o pinta el arco de sus caderas y baja lentamente por su vientre, erizándola. Son las seis de la tarde, la hora que tal vez sugería el mensaje electrónico de Antares.

—Estoy bien. ¿Por qué? —pregunta y me hace sentir ridículo en la plazoleta del Fältoversten. Frente a mí, en la vitrina de una tienda de mascotas, un conejo negro, solitario y triste, parece contemplarme y reflexionar sobre mi condición.

No hay nada más descorazonador que una tienda de mascotas en Europa, llenas de reptiles, pájaros, peces e insectos de países pobres y calurosos. Los europeos los instalan en jaulas, terrarios o acuarios sofisticados creyendo que aquello basta para hacerlos felices. No se imaginan que el simple hecho de ver caer la nieve a través de la vitrina puede matar de nostalgia a un papagayo amazónico, a un pez costarricense o a una tarántula chilena. Los europeos confunden el terruño con el confort y piensan que éste puede sustituirlo.

—Sólo deseo saber dónde te encuentras y si podemos vernos. Estoy en casa ahora —le miento.

Guarda silencio. Me parece que se comunica con alguien mediante gestos. Imagino que el desconocido lame ahora sus pezones mientras sus dedos recorren sus profundidades húmedas como si fuese la carne de un mango jugoso y maduro. Me pregunto qué haría yo si ella me pidiera que hablemos más tarde, porque tiene un compromiso ineludible.

—Ahora, en verdad, no puedo —dice Marcela.

—¿Y dónde estás?

En ese momento la comunicación se cae. Algo usual en este país de telecomunicaciones supuestamente avanzadas. Busco más monedas en mis bolsillos. Las hallo. Las introduzco en el aparato negro y maltratado. Marco con desesperación. Esto me pasa por no tener yo mismo celular. Tarda de nuevo en responder. Supongo que ella ha cortado al ser incapaz de dar respuesta a mi consulta.

—¿Dónde estás? —insisto.

Una cafetería al lado mío se ha vaciado de improviso, como si una alarma hubiese dispersado a la clientela. Hay algo en los suecos, algún ancestral sistema de comunicación gregaria que los convoca o aleja sin palabras y de modo masivo de los sitios. En invierno, por ejemplo, miles acuden a la misma hora al Báltico y a los lagos congelados, donde patinan y pescan, pero en cierto momento, como obedeciendo una ley no escrita pero temida, tal vez un mensaje en clave, se marchan todos al mismo tiempo, dejando atrás sólo la inmensa superficie blanca y desolada. Ahora, el último dependiente se calza su parka y apaga las luces del local, alejándose, sumiendo al Fältoversten en la translúcida soledad que irradian los tubos de neón.

—No sé qué pasó, querido —dice Marcela, y el desacostumbrado "querido" que brota de sus labios me indica que algo anormal ocurre y me pone sobre aviso—. Espero que no se corte otra vez. Estoy en el gimnasio, corrí sobre la cinta sin fin y ahora voy a entrar al sauna.

Ella tiene una suscripción en el gimnasio del Sture, el famoso Sturebadet, donde se mantiene en forma lo más granado de Estocolmo, por lo general los mismos acomodados individuos que residen en Djursholm. Después del ejercicio, hay quienes suelen ordenar langosta, caviar o salmón, con champán o vino blanco, en el restaurante de los bajos mientras se conversa y contempla la agitada vida de los que circulan apresurados por la plaza del Stureplan.

—¿Podemos vernos después del sauna? —le pregunto.

—Me temo que no, pues saldré con Paloma a cenar. Volveré cerca de las nueve a casa. No te preocupes, estoy bien, y ahora discúlpame. Me enfrío.

Cuelga y yo me siento angustiosamente solo en el maldito Fältoversten. Echo de menos, cosa extraña, a mi suegro. Si Montúfar estuviese aquí, podría ayudarme tal vez a espiar con éxito a Marcela. Debe tener experiencia en esa materia, total se pasó varios años siguiendo en secreto a opositores. ¿Cómo reaccionará cuando le detalle mis sospechas, enseñe las prendas y lo invite a seguir a su hija para que sea testigo de la infidelidad? En fin, todo esto no son más que especulaciones. Montúfar no espiaría a su hija. O tal vez sí. ¿Quién sabe? Ahora no me queda más que ir a recoger mi carro y volver a Djursholm. Cuando llego a casa, decido visitar al vecino, aunque no me haya anunciado, algo inusual en Suecia, pero es lo que Markus Eliasson hizo recientemente conmigo.

—Aquí estoy, espero no importunar —le digo cuando abre la puerta—. ¿Tiene tiempo para seguir hablando?

Me invita a pasar y me aclara que sus hijos se hallan donde la abuela por esta semana. Resuena una música extraña en su casa. Un ruido como de piano mal afinado que pretende imitar la música china. Markus me dice que está planeando un viaje a Miami para estudiar la posibilidad de trasladarse a vivir con los niños a Boca Ratón. Supongo que Anika, su amante, se encuentra también en casa, aunque él quiera darme la impresión de que está solo. Luego trae de la cocina un burdeos y un trozo de roquefort, que nos servimos sin hablar mucho en el estar, una sala amplia, de ventanales y muebles de ratán. En un rincón, arrimada contra una ventana, hay una mesa con planos, pinceles, una acuarela y guantes de cirujano. Dice de pronto que está entusiasmado, porque ya se siente capaz de trazar planes para el futuro y los engorrosos asuntos legales relativos a la muerte de su mujer están por arreglarse, con lo que no sólo podrá cobrar sin contratiempo el seguro de vida, sino también vender sus propiedades para instalarse en Boca Ratón. Será lo mejor para todos, Djursholm y el clima triste de Suecia sólo ahondarán la pena de los niños, señala. Es más llevadera la vida en Florida que en Escandinavia, donde existir es más bien un acto de fe y disciplina, una espera incierta por el verano, por esa minúscula y veleidosa tregua que a veces brinda el frío. Quizás todo vuelva a recomenzar allá y él y sus hijos puedan ser felices nuevamente, agrega.

—Es una lástima que Dios se la llevara —comento en un arranque filosófico bastante *kitsch*. Nos sentamos. El ratán cruje como si se quejara. La extraña música me inquieta e incomoda, quizás tanto como el sillón que ocupo.

—Espero que usted no sea religioso, aunque viniendo de América Latina…

—Bueno, no lo soy, o al menos no en el sentido tradicional.

—Me alivia saberlo —sonríe—, porque me cuesta conversar con gente religiosa, especialmente con aquellos que creen que Dios está pendiente de nuestros actos y que castiga a la larga a quien actúa mal.

—Lo entiendo —digo en tono conciliador.

—Esa gente degrada a Dios al convertirlo en un voyerista, en un conventillero interesado en las conversaciones de lavanderas, las trampas del tendero, la virginidad de las solteras y las mentiras de los borrachos. De tanto espiar las acciones de millones, Dios sería el mayor bochinchero del universo.

—En materia de gustos y religión es mejor no discutir —digo, empleando una de las frases favoritas de mi padre para justificar su dedicación total a las cuestiones de índole científica durante el régimen militar.

—Acabo de ver una exposición sobre dioses y comprobé que hay mil dioses registrados. ¿Quién tiene la razón? Para mí, la religión es interesante sólo si la veo como una dimensión más de la cultura humana.

Va de nuevo a la cocina y regresa, menos mal, con un descorchador y se da a la tarea de destapar la botella de vino afirmando que no le cabe duda de que Dios existió en un comienzo, pero que fue derrotado por el diablo. Todo lo que ocurre en el mundo demuestra que el diablo detenta el poder. Es la única interpretación que puede aceptar desde su postura racionalista, enfatiza. Es una interpretación interesante, pienso, pero ya la lanzó al mundo hace más de un siglo el sifilítico de Nietzsche.

—Me basta con ver tres minutos de la CNN informando sobre las hambrunas, las guerras civiles de África, el terrorismo de los palestinos contra los israelíes y los abusos de los israelíes contra los palestinos para saber que Dios ha muerto —dice mirándome serio, como si yo, por ser de América Latina, pudiese contribuir a apaciguar el fervor religioso en la región—. Y si existe, se muestra, al menos, indiferente con respecto a la miseria de los niños africanos.

—Tal vez tenga usted razón —balbuceo incómodo mientras Markus vierte vino en mi copa con pulso tembloroso.

Estoy a punto de preguntarle si recuerda que me visitó en casa, porque constato que me está sirviendo del mismo burdeos que me llevó de regalo, pero Markus no está dispuesto a escucharme esta noche.

—Le rogué a Dios que salvara a mi mujer, no por mí, sino por los niños —afirma tras llenar las copas y colocar la botella sobre la mesa de centro—. Y sólo coseché su total indiferencia. Se lo aseguro, si existe, es el ser más indiferente del universo.

Esta noche en que los celos me corroen no estoy de ánimo para iniciar una discusión teológica, sino para matar simplemente el tiempo bebiendo unas copas a la espera de Marcela. No me interesa su estilo de reprender e insultar a Dios, algo que, por el contrario, me fascina verlo entre los mayas de Guatemala, que van a las iglesias a despotricar y a injuriar a los dioses que no les cumplen sus peticiones. Eso suena bien en la selva centroamericana, pero no aquí, en esta tierra atea escandinava. Al menos sus comentarios me sirven para olvidarme de Marcela y describir de forma más verídica y convincente al personaje llamado Markus, que actúa en mi novela y que, no me cabe duda alguna, será reflejo de mi vecino. Con estas opiniones tan radicales que acaba de manifestar, opiniones para muchos abyectas, desde luego, puedo concebir al personaje que se deshace inescrupulosamente de su mujer por medio de calmantes. Trato, por lo tanto, de desentenderme de su perorata contra las religiones y de concentrarme en el orden de esta sala de ventanas que miran en la misma dirección que mi estudio, en este cubrepiso desgastado, en estos muebles de ratán importados tal vez de Filipinas, en esta acuarela, en los guantes de cirujano, algunos de los cuales asoman por la boca de una cajita, y en ese anaquel atestado de libros de arte.

—Anoche no pude dormir —dice al rato.

—¿Le asustan las tormentas?

—Me intranquilizan, pero lo peor fue un cuervo, grande, obsceno en su conducta, que en medio de la ventolera revoloteó frente a mi ventana como si quisiese entrar.

—¿Por la noche?

—Cuando oscurecía. Va a creer que estoy loco, pero tuve la ridícula impresión de que el cuervo quería hablarme. ¿Usted cree en los malos presagios?

Bebimos en silencio. Era un mosto impecable, como dicen mis compatriotas con ínfulas de catadores de vino, la expresión máxima hoy del nuevo rico. En todo caso, preferí no comentarle que un cuervo que habla y quiere ingresar a una casa nada bueno presagia para sus moradores. Aunque, ¿qué otra desgracia peor puede ocurrirle a estas alturas?

—No me diga que anda asustado por un simple pájaro —comento.

—No, no, en verdad no.

—Su historia me recuerda, por lo demás, a *Los pájaros*, la película de Hitchcock.

—Prefiero en verdad a Ingmar Bergman, como podrá suponer. A ratos se me parecen en el uso de los espacios amplios, desolados y silenciosos, aunque Bergman jamás habría representado a los pájaros de forma tan discriminatoria y antropocéntrica. Eso no va con el alma sueca, apegada a la naturaleza.

Creo que ya he insistido varias veces en que no estoy en condiciones de internarme en el terreno de las disquisiciones filosóficas, y por ello decido cambiar de tema y abordar uno que, transitoriamente, me concierne más en estos momentos:

—¿Y esa música?

—Sabía que iba a preguntarme —dice satisfecho—. Usted prefiere la melodía romántica, la música tradicional. En su casa abundan los discos de Satie, Beethoven, Sibelius y Stenhammer. Menos mal que no es fanático de la música barroca, siempre abierta a los espíritus ignorantes...

—¿Pero quién es?

—John Cage, mi amigo. Y usted debiera conocerlo, porque si bien una parte de su música proviene del Asia, otra parte le llega de los tambores afrolatinos. Eso que escucha son sólo piezas para un piano arreglado, un piano al que le instalaron tornillos y tuercas en la cola, bajo las cuerdas. ¿Sabía usted que Cage fue budista?

A veces el vecino me irrita. No sé si esto se debe a su superioridad en ciertos aspectos prácticos o culturales, como en este caso, o bien a su estilo intelectual en el fondo ostentoso, ajeno al espíritu tradicional escandinavo. Finjo no oírlo, finjo escuchar con atención aquel piano arreglado.

—¿Sabe? —pregunta al rato, harto tal vez de que tanto su especulación ornitológica como musical hayan caído en saco roto—. Yo sé que la polaca habla boberías sobre mí. Lo sé perfectamente, pues la conozco. Pero le advierto una cosa: no le crea ni un ápice. Lo hace sólo porque la despedí.

—¿A qué se refiere? —pregunto decepcionado por el rumbo prosaico que toma ahora nuestra conversación.

—A todo cuanto ella pueda decirle sobre mí. No le crea nada. Yo era inmensamente feliz con María. El suicidio fue un accidente en medio de su depresión, algo repentino e irracional.

—¿Y por qué supone usted que Boryena me habla de usted?

—Sólo lo intuyo —dice serio y alza enfático la copa en la diestra—. Pero no se fíe de ella. A estas alturas seguro que ya anda contando chismes sobre su vida y la de Marcela en las demás casas del barrio. No lo olvide: yo en su caso la despediría antes de que la situación se le torne intolerable.

CATORCE

Cuando Marcela volvió a casa, me abstuve de mencionarle mis sospechas sobre su aún no comprobada infidelidad. Admito que intenté hacerlo, pero en cuanto me referí a su encuentro con los jóvenes, lo que expliqué diciendo que me parecía haberla visto pasar en el asiento trasero de un BMW, repuso que era el de una pareja *gay* de anticuarios, con quienes había celebrado un almuerzo en un restaurante de la Vegagatan y que ellos la habían llevado hasta el centro, donde recorrió librerías y acudió al gimnasio.

—¿Es por eso que me llamaste al celular? —preguntó con cierta ambigüedad, dispuesta a asumir un papel dramático si la conversación lo ameritaba.

—Me intrigó saber adónde ibas —comenté tranquilo. Estábamos sentados en la cocina y los vidrios de las ventanas nos devolvían un reflejo pálido, como de figuras de cera. Del living llegaba la melodía suave de una sonata para chelo—. Nunca me habías hablado de esos comerciantes…

—No creo que lleguemos a nada concreto. Blufean, y no se mueven bien en el mercado del arte latinoamericano. A mí lo que me interesa es encontrar galeristas que ordenen obras en forma constante. No volveré a perder el tiempo con esos farsantes.

Si me engañaba con alguien, era la forma perfecta de hacerlo, pues silenciaba sólo una estación de su itinerario, la comprometedora, echando por tierra así cualquier sospecha mía. La estrategia mostraba un grado de astucia admirable: todo lo demás —el almuerzo en el Alex, el viaje en automóvil, la visita a las librerías y la asistencia al gimnasio del Stureplan y su retorno a casa— calzaba a la perfección con lo que efectivamente había ocurrido. Sólo el acto del engaño se esfumaba mimetizándose con el recorrido por la ciudad. Así me era imposible expresar mis sospechas sin caer en el ridículo. Vamos, querido, me hubiese dicho en tono sarcástico, ¿qué te ocurre a estas alturas de la vida?, sugiriendo que la traición se prueba con datos contundentes y no con suposiciones.

Días después logré detectar por fortuna un nuevo llamado en el buzón de voz de su celular. Marcela había ido al supermercado dejando el aparato en casa, sobre el sofá del living. Se trataba de una voz masculina, tal vez la misma del mensaje anterior, que le anunciaba en inglés que la esperaría dentro de dos días en la caseta de pago del tercer piso de uno de los estacionamientos centrales de Estocolmo, en las inmediaciones de la supertienda NK, en Hamngatan. Por fin caía en mis manos la información que yo procuraba con ahínco, la fecha exacta y el lugar preciso del encuentro antes de que se realizara, lo que me brindaría la oportunidad y el tiempo para espiarlos. Como supuse que en el estacionamiento abordarían un vehículo, decidí ir temprano al centro en el Volvo.

Mas durante esos días de tensa y secreta espera aproveché para verter nuevas circunstancias de la vida cotidiana en la novela. Decidí, por ejemplo, que me convenía relatar la obra definitivamente desde la perspectiva de un autor de novelas policiales corroído por las dudas en torno a la fidelidad de su esposa. El escritor, un extranjero como yo, vive en las afueras de Estocolmo, en Djursholm, al igual que yo, donde espía a ratos la vida de su vecino, quien, al parecer, mediante una sobredosis de somníferos acaba de asesinar a su mujer para poder casarse con la amante. Admito que es una novela demasiado apegada a mi vida, a todo cuanto observo, siento y experimento aquí en Djursholm, pero es lo único que me permite imprimirle cierto suspenso a un relato que en un comienzo carecía de destino cierto y que amenazaba con capotar por su propio peso.

El día de la cita viajé temprano a Estocolmo, esperé en las penumbras del edificio de estacionamientos hasta conseguir espacio cerca de la caseta y permanecí en el Volvo aguardando el encuentro de la forma en que lo aprendí de las películas de detectives norteamericanas. Me sentí dentro de un filme de Hollywood, como que la trama de una película se filtraba dentro de mi vida haciéndola más auténtica y apasionante, como si la similitud con el cine o los libros legitimara la vida cotidiana. A esas alturas, y pese a que todo indicaba que los amantes se reunirían pronto, temí que, de descubrir Marcela la interceptación de mi mensaje, postergara o cancelara a última hora su cita amorosa. Permanecí tranquilo en el carro amparado a medias por las semipenumbras, escuchando un casete con piezas de Satie, encendiendo de vez en cuando el motor para combatir el frío, y sólo una vez bajé apresurado a comprar un refresco y una de esas detestables salchichas que expenden en la Hamngatan por diez coronas.

Marcela llegó puntual. Llevaba sombrero de ala ancha, la peluca que encontré en la cartera, y grandes anteojos de sol que, más que ocultarla, concitaban tal vez miradas de los transeúntes. Vestía pantalón y suéter negros bajo el abrigo y observó de reojo, aunque sin percatarse de mi presencia, los vehículos estacionados mientras preguntaba algo al cajero. Al verla, me pareció más atractiva y misteriosa que nunca, como si aquel disfraz la convirtiese en otra mujer, en una que hacía renacer en mí emociones ya enterradas, y sentí el deseo de acercármele para invitarla a un café, hacer como si no nos conociésemos e iniciar un nuevo romance, uno desprovisto de los bemoles de esta relación que se inició en París, idea que si bien me entusiasmó en un comienzo, luego me pareció cursi e inapropiada. Es duro, después de todo, seguir a la propia mujer, imaginar que es una desconocida con la cual vale la pena entablar una conversación y tener una aventura, pese a que ella al mismo tiempo va a acostarse con otro hombre. Sentí, pues, como ya dije, el deseo incontrolable de abandonar mi coche y proponerle algo confuso, pero novedoso, una reconciliación apurada, un perdón emocionado, aun a costa de no averiguar jamás la identidad de su amante, pero ocurrió algo que me devolvió abruptamente a la realidad.

Los focos delanteros de un Saab color crema estacionado en las inmediaciones parpadearon. Fue como asistir a una de esas películas de espionaje en las que actuaba con tanto éxito Michael Caine. Al volante vi la silueta de un hombre hundido en el asiento. Era un tipo de contextura gruesa que llevaba corbata y calobares, hierático como una estatua. Marcela pasó presurosa y tensa, se acercó al Saab tras barrer con la mirada los alrededores para cerciorarse de que nadie la veía, abrió la portezuela con cierta familiaridad y se arrellanó en el asiento del copiloto. El desconocido hizo arrancar el motor y con chirrido de neumáticos buscó la salida del edificio.

Los seguí a cierta distancia por el centro de la ciudad a esa hora atestado de vehículos y transeúntes, y los vi enfilar hacia el norte, buscando la E-18 en dirección a la ciudad de Uppsala. En la carretera me pareció más fácil seguirlos, pues los suecos, como manejan al máximo de la velocidad permitida, generan un tránsito fluido. El Saab abandonó la E-20 por la salida a Sollentuna y enfiló hacia el lago Norrviken. Alcanzamos un barrio de casas de arquitectura sueca tradicional —madera impregnada de rojo, techos a dos aguas, marcos pintados de blanco— ubicadas entre árboles a orillas del lago. El vehículo cruzó lentamente unas calles desiertas y luego corrió por el Strandvägen a lo largo del Norrviken congelado, deteniéndose en lo alto de una colina, junto a una residencia de ventanales.

Mi corazón palpita con fuerza como si algo fuera a estallar dentro de él. Examino los alrededores, las casas sumidas en la oscuridad y el silencio, los árboles desnudos como garras de monstruos muertos, y la nieve que cubre las calles desiertas. Cerca del lago, bajo un gigantesco árbol sin hojas, veo una fogata y a vagabundos que danzan a su alrededor. Pienso en los cuadros del pintor romántico alemán Gaspar Wilhelm Friedrich, en los parajes vastos y de cielo alto, solitarios y estremecedores que solía pintar, y después descubro qué es realmente esa extraña y esperpéntica reunión nocturna, semejante a los aquelarres de brujas pintadas por Goya: se trata de *punks*, sí, de *punks*, de jóvenes rebeldes y escépticos, que bailan, al son de una estridente música de tarrería, envueltos en abrigos con insignias y cadenas que refulgen contra el fuego y la luna. Están demasiado concentrados en lo suyo, girando con excesiva energía en torno a la fogata como para advertirme.

Apago el motor y subo agazapado entre sombras hacia la casa después que Marcela y su acompañante ingresan a ella. Desde lo alto se me ofrece una vista imponente sobre el Norrviken. No hay nadie más en esas calles, sólo la brisa ártica que las barre trayendo el murmullo ronco y sostenido de la carretera distante y la música y los gritos de los *punks*. Dejo pasar el tiempo detrás de un abedul, diciéndome que nada de eso es real, que esto sólo lo estoy soñando o bien escribiendo en esta pantalla. Pero desde allí, a través de los ventanales, veo a Marcela y al hombre que ahora conversan en un estar. Parecen animados, ella se desprende del abrigo y él se desanuda la corbata. Se aproximan a una licorera, se sirven whisky, que beben después sentados en un sofá, sin mirarse, de espaldas a mí, concentrados al parecer en un óleo que cuelga sobre la chimenea. En cualquier momento, lo percibo aun a la distancia y pese al cristal, él la estrechará entre sus brazos y la besará.

Ha de tener 30 o 35 años, es decir, es menor que Marcela y, desde aquí, parece atractivo, distinguido, corpulento, con algo de flema británica. Pero no es ninguno de los galeristas suecos con que Marcela se reunió el otro día y que ella describió como *gays*. Conversan mientras acá afuera el frío se me torna lacerante y me envuelve una atroz sensación de abandono. Uno nunca está preparado para afrontar las peores situaciones en la vida. De pronto ella coge su cartera —en la cual porta, supongo, las prendas eróticas—, atraviesa el salón y se pierde detrás de una puerta. El viento me congela el alma. Sé que estoy a punto de presenciar un espectáculo extremadamente doloroso para mí, el acto mismo de la infidelidad, e intuyo que me faltará valor para tolerarlo. Y esto se debe a que ésta es la verdad, no el simulacro excitante, placentero, pervertido de aquella Marcela que se desnuda en el local de Miami o frente a la ventana del hotel de Chicago. Ésta es una Marcela que actúa para sí y para su amante, no para mí, el invitado de piedra bajo estas circunstancias. Mientras Marcela permanece en el otro cuarto, calzándose quizás aquellas prendas que yo descubrí, el hombre se mantiene cabizbajo, con el vaso entre sus manos, ajeno al hecho de que lo espío. Él espera presenciar un espectáculo que Marcela prepara, espectáculo que es a la vez mi propio y doloroso espectáculo. Luego se pone de pie, enciende un cigarrillo y vuelve a llenar el vaso. Y ahora se dirige a paso lento al cuarto donde está Marcela. Corro entonces hacia la ventana de esa pieza para no perderme el episodio que no deseo ver y mis pies se hunden en la nieve. Cuando alcanzo la ventana, constato decepcionado que unas cortinas, como las de la casa de mi vecino en Djursholm, impiden la vista hacia adentro. Ahora sólo me acompaña la noche derramándose cruel sobre el paisaje nevado.

Una mezcla de curiosidad y deleite impreciso, malévolo, propio de voyeristas, me arrastró instantes después hacia la puerta de la casa, que cedió sin chirrido. Deseé que el coronel innombrable hubiese estado esa noche allí conmigo y visto el fruto de su educación paternal y conservadora, pero las cosas no se dan como uno las desea y ahora ingreso solo a un ambiente calefaccionado y en penumbras, donde una voz femenina, ronca y cálida, quizás la de Erika Dahl, canta desde una radio a medio volumen. El pecho se me cierra y mis sienes palpitan enloquecidas, y siento de pronto la necesidad, ahora sí que no me cabe duda al respecto, de impartirles a los amantes una lección inolvidable. Avanzo a gatas por el living escuchando en sordina algunas palabras en inglés de Marcela. Me bastaría aguardar unos minutos, los suficientes como para que se desnuden y abracen, antes de irrumpir en el cuarto empuñando un cuchillo cocinero. Recuerdo la pregunta de Markus Eliasson sobre cuál sería mi reacción si descubría que mi mujer me engañaba, y admito que soy tan imprevisible como contradictorio, y que en lo que a estas circunstancias se refiere, en nada me diferencio de los caribeños, árabes o africanos. Voy a asesinar a dos personas, o al menos a mi mujer. Pero trato de controlarme y recuerdo que ya me hice el propósito de que no correría sangre, que me juré que los diarios sensacionalistas de Estocolmo no se darían conmigo un festín en sus primeras planas. No, yo actuaré con la sangre fría de un escritor de novela policial, sin perder los estribos ni el aplomo, interrumpiendo de modo violento la escena, agitando un puñal de hoja destellante, amenazándolos con degollarlos y luego, cuando Marcela y su amante me hayan pedido de rodillas que les perdone la vida, abandonaré la casa dejándolos sumidos en el terror y la vergüenza, sin ánimo para denunciarme o de volver a encontrarse en su detestable intimidad.

Me arrastré hasta la cocina y hurgué con sigilo en los cajones. Hallé un cuchillo largo y filudo, semejante a un punzón. Lo extraje con cuidado y volví sintiéndome seguro. Era la primera vez que esgrimía un arma, antes sólo lo había hecho a través de mis personajes, y esa sensación de aferrarme a algo concreto, capaz de intimidar, imponer condiciones y cambiar de raíz el rumbo de las cosas, incluso de cegar una vida, me deparó una sensación escalofriante y voluptuosa.

Y fue ése el momento en que Marcela comenzó a proferir gritos desde el otro cuarto. No de placer, por cierto, que puedo identificarlos a la legua, sino de protesta y rechazo, gritos enervantes, entreverados de insultos en contra de alguien llamado Víctor. No tardé mucho en escuchar el vozarrón del hombre en un idioma parecido al sueco, pero que bien podía ser noruego, y luego sentí un golpe sordo, como el de un cuerpo que se desploma sobre una alfombra y, antes de que pudiera ocultarme, se abrió la puerta del cuarto y Marcela salió huyendo despavorida y se parapetó detrás de un sofá, sollozante, a escasos metros míos. No me quedó más que alejarme a gatas por el estrecho corredor formado entre los sillones y ventanales. Ignoro por qué no me vio, supongo que el nerviosismo la enceguecía, pero lo cierto es que su rostro estaba desencajado de pavor y la situación, por lo tanto, no era un juego sadomasoquista ejecutado por una pareja amante de las perversiones, sino un asunto de vida o muerte en esa solitaria casa a orillas del lago Norrviken.

El hombre emergió segundos después en el umbral de la puerta y atravesó el estar a zancadas. Marcela intentó escabullirse hacia la cocina, pero tropezó contra la mesita de centro y cayó de bruces en la alfombra. Entonces él se abalanzó resollando sobre ella y comenzó a abofetearla con virulencia, gritándole cosas que no entendí. Marcela respondía propinando manotazos a diestra y siniestra, hasta que uno de ellos alcanzó de lleno el rostro del hombre y le arrancó un aullido de dolor. Mientras él se llevaba las manos a la cara, Marcela recuperó la iniciativa y le asestó un rodillazo tan contundente entre las piernas que lo hizo caer de hinojos. Sin embargo, el hombre no estaba derrotado. Súbitamente cogió de una mesita de centro una lámpara con base de mármol, la alzó por sobre su cabeza con tal mala suerte que desenchufó el cable y sumió el lugar en la oscuridad, y la sostuvo así por unos instantes, amenazando con dejarla caer sobre mi mujer.

Aprovechando que el factor sorpresa estaba de mi parte, me arrojé cuchillo en mano sobre la espalda del hombre y luego todo se me confunde en medio de las penumbras, el nerviosismo, la memoria y el relato mismo de lo ocurrido. Creo, pero no estoy seguro, que de alguna manera, inspirado inconscientemente en alguna escena de película hollywoodense, le propiné una estocada precisa a la altura de la clavícula y la lámpara cayó con estrépito al piso.

—¡Cuidado, tiene un arma! —gritó Marcela y en ese instante, sobreponiéndose al dolor y la perplejidad en que mi ataque lo había sumido, el hombre se volteó hacia mí, extrajo una pistola de su chaqueta y me apuntó.

Me di por muerto, aunque aferrándome a la idea de que aquello era sólo una desagradable pesadilla, cuando Marcela cogió un trozo de la lámpara y lo azotó contra la nuca del hombre, que esta vez se desplomó al igual que un monigote de aserrín. Me paralizaron el crujir hueco y macabro de su cráneo, que resonó como loza que se triza, y la repentina convicción de que todo aquello no podía ser parte de un sueño ni el fragmento de una película o de una novela, sino la pura y espeluznante verdad. Recuerdo que nos fundimos con Marcela en un abrazo trémulo, mudo y desgarrado, que sentí el palpitar de su corazón contra mi pecho, sus lágrimas tibias bajando por mis mejillas, un cierto balbuceo que no sé si era suyo o mío. La música —una balada en sueco— llegaba ahora apenas audible, subrayando nuestro agobio de forma increíble. Permanecíamos sollozando sin palabras en la sala a oscuras, por cuyo ventanal se filtraba la noche tranquila, cuando súbitamente la sombra del hombre volvió a incorporarse ante nuestros ojos. Blandía ahora mi cuchillo.

Todo se suscitó entonces de modo tan fugaz como confuso. Alguien colocó una pistola en mis manos, pero antes de que pudiese hacer uso de ella, el desconocido forcejeó con denuedo para arrebatármela y de pronto se escapó un tiro, que debe haberse incrustado en alguna pared, pues mi adversario continuaba ofreciendo resistencia. Recuerdo sí que el fogonazo iluminó la sala como un relámpago y que su estampido horadó mortalmente la noche. Ignoro cuánto tiempo bregamos, quizás fueron sólo unos segundos, pero a mí se me antojan una eternidad. Y súbitamente, cuando mis músculos ya desfallecían, creo que Marcela volvió a golpear al hombre con algo contundente en la cabeza y en ese instante recuperé la pistola y pude descargar un furibundo golpe de cacha contra él. Después todo acaeció como en una escena en cámara lenta: Víctor suelta un bramido, se contempla las manos embadurnadas de sangre y me clava unos ojos incrédulos antes de sucumbir sobre la alfombra.

QUINCE

Borramos las huellas —o al menos creímos haberlo hecho— empleando un paño húmedo y una esponja que hallamos en la cocina. Recogimos después el arma, el vaso de Marcela, el trozo de mármol y la botella de whisky, y abandonamos en silencio la casa. Atrás, ensangrentado e inconsciente, quedaba ese hombre sobre la alfombra, y junto a la orilla del lago, distantes y ya silenciosos, los *punks* seguían en torno a la fogata, que proyectaba sus sombras contra los pinos.

—Deberíamos dar aviso a la policía —sugirió Marcela mientras salíamos de Norrviken y enrumbábamos por la E-20 hacia Estocolmo. Con la peluca rubia dotaba de irrealidad cuanto acababa de suceder.

—¿Estás loca? —tuve problemas para dominar el manubrio del Volvo—. Si llamamos de un teléfono público, nos pueden identificar. Además, nuestras voces y nuestro acento nos delatarían…

—Si llamamos, pensarán a lo más que fueron los *punks* esos...

—Y no tardarán en establecer que no lo fueron.

Supuse, y de eso quise convencer a Marcela, que la herida no era grave, sino más bien escandalosa, aunque sí se hacía necesario el traslado de ese hombre a un puesto de primeros auxilios para que lo atendiesen. No obstante, optamos por no llamar a nadie. El riesgo de ser identificados era demasiado grande.

—No te preocupes, que Víctor tiene buenos contactos —dijo Marcela sollozando—. En cuanto se recupere, llamará a alguien.

—¿Ese es su nombre?

—Ese es su nombre.

—¿Y desde cuándo estabas con él?

Salimos de Norrviken y empalmamos la carretera.

—¿De qué hablas?

Marcela jugueteó con los objetos que habíamos sustraído de la casa por precaución y que descansaban sobre su falda. En el bolsillo de mi abrigo, a buen recaudo, estaba la pistola.

—Me refiero al tipo ese, carajo, tu amante —comenté—. Te sigo desde hace tiempo. ¿Desde cuándo estás con él?

—¡Qué amante mío ni que ocho cuartos! Es un tipo que sólo he visto un par de veces por cuestiones de negocios. No tengo ni siquiera idea de si es sueco, finés o lituano —explicó y bebió un sorbo de la botella.

—¿Ah sí? ¡Y estabas con él en ese ambiente tan propicio para los negocios!

—En nada de lo que te imaginas —repuso ofendida—. ¡Por favor! Después de todo lo ocurrido, ¿vas a acusarme ahora de estar en un rollo con el tipo ese?

—¿Y qué hacías, entonces? ¿Le vendías óleos y grabados? ¿O tal vez lámparas de Bohemia?

—No voy a entrar en detalles ahora —dijo y volvió a beber. Luego se despojó de la peluca y la cabellera se le desparramó sobre el rostro. Así tampoco era ya la mujer que yo había conocido en París—. Lo único que te digo es que yo no estaba en nada de lo que imaginas.

—No te creo, por más que quiera. Si al menos me dijeras que es tu amante, que estás enamorada de él y piensas dejarme, hasta lo entendería.

—¿Y por qué lo entenderías?

—Porque habría posibilidad de recomenzar todo...

—Esto no tiene ninguna posibilidad de un nuevo comienzo.

—Primero debes reconocer lo que has hecho.

—¿Reconocer qué?

—Ya te dije. Lo vi todo.

—Lo que tú eres es un voyerista. Quieres que te cuente algo que no sucedió para alimentar tu morbo. ¡Por favor! ¿Es que no te das cuenta de lo que ha ocurrido?

—Negarlo todo no conduce a ninguna parte…

La discusión se tornó estúpida en medio de aquellas circunstancias, y parecía ocurrir más bien en una película que yo observaba desde una butaca. Las cosas eran así, los amantes descubiertos siempre niegan la infidelidad. Niégalo todo y verás que tu versión triunfará, le había dicho un día el coronel. Me vino a la memoria un romance medieval español sobre un rey que descubre el engaño de su esposa. Cuando el amante escucha de labios de la reina que el monarca lo sabe todo, aterrado por el destino que le aguarda, responde: "En mal punto y en mala hora mis ojos te han mirado / nunca yo te conociera pues tan cara me has costado". No recuerdo cómo se inicia y termina el poema, pero me parece recordar que la reina muere decapitada y su amante colgado. De nada les sirvió negar su amor. Pero es obvio que aquí carece de sentido intentar refugiarse en la literatura, por antigua que sea, pues ahora lo único grave y evidente es que herí a ese tal Víctor.

—Escúchame y déjate de idioteces, que me tienes cansada —dijo Marcela—. No sé quién es él, ¿entiendes? ¿Quieres que te lo repita? No lo sé porque sencillamente he tenido con él una relación comercial y fui a ese lugar a examinar un óleo que le vendí y él insiste en que es una falsificación.

—¿Ah, sí? ¿Y ésos son los ambientes en que desarrollas tus famosos negocios? ¿Sola en una casona con un hombre, música y whisky?

—Quizás más adelante te explique todo, Cristóbal. Ahora lo importante no es saber por qué yo estaba en esa casa o por qué tú me perseguías, sino planear qué haremos en caso de que Víctor recurra a la policía y nos denuncie. ¿Entendiste?

El Volvo se deslizaba sobre la nieve apelmazada de la carretera como por un camino de ripio mientras yo me decía que todo eso era una ficción, algo semejante al romance de la reina infiel, un episodio que me acaecía en verdad sólo en la novela que escribo, y de la cual soy protagonista y narrador, y no en la vida real, esa que tiene lugar fuera de mí y de mis palabras. La frialdad de Marcela me resultaba más estremecedora de lo que yo había imaginado, pero aunque ella tuviese razón al sostener que lo prioritario consistía en asegurar nuestra libertad, le exigí que me explicara a fondo su relación con Víctor, desde cuándo lo conocía y qué planes habían forjado a espaldas mías. Sin dejar de beber, insistió en que no sabía mucho más de él, y que lo único que le interesaba era que se recuperase y no acudiera a denunciarnos a la policía. Una denuncia suya podría meternos en problemas, porque, según mi mujer, se trataba de un tipo siniestro, de recursos y vínculos notables en Estocolmo, que se dedicaba a negocios turbios, entre ellos, al tráfico de obras de arte.

—Nadie intenta matar a una persona por unos cuadros —reclamé—. Entre ustedes había algo y desde hace tiempo, por eso se reunieron en un lugar así y tienes esa peluca, que es una vergüenza.

—No seas infantil. Llevo peluca para que no me identifiquen fácilmente —dijo y alzó la peluca entre sus manos—. Esto no tiene nada, pero nada, que ver con un asunto amoroso. Además, si llegara a traicionarte, no lo haría con un tipo así.

—¿Y entonces por qué trató de matarte?

—Ya te dije, porque cree que lo estafé con un cuadro.

—Vamos, Marcela, cuéntame entonces a qué diablos te dedicas. ¿A la compraventa de arte o al tráfico de falsificaciones?

—Es que no hay frontera nítida entre ambas actividades —dijo y bebió otra vez. El auto hedía a whisky. De pararnos la policía, enfrentaríamos serios problemas—. En esto puedes comprar o vender un cuadro falso sin saberlo.

—Me mientes. Tú, además de lo que me dices, estabas en algo con el tipo ese. Mira en la que nos metimos. ¿Cuánto le debes?

—Está exigiendo los cien mil que le pagó a unos galeristas por un óleo de Wilfredo Lam —dijo agobiada, con la lengua traposa. Estocolmo ya estaba cerca—. Yo sólo cobré mi comisión de intermediaria. Unos miserables cinco mil dólares…

—¿Y? Si el cuadro es falso, ¿por qué no le devuelven el dinero?

—Los suecos no quieren.

—¿Son los tipos esos con que almorzaste?

—Sí, la pareja *gay*. Me juraron a mediodía que el cuadro era auténtico y que Víctor no sólo va a devolverles una falsificación conseguida por él mismo, sino que además se va a quedar con el dinero. ¿Es que no te das cuenta? ¡Estoy perdida!

—Nada de lo que dices me convence.

—¿Qué quieres que diga? ¿Crees que todo tiene una explicación racional y detallada, una lógica cartesiana, como la que aparece en tus novelas policiales? No, Cristóbal —gritó—, la vida es así, injusta y caótica, una puta carente de sentido. Y hay muchas cosas que uno no escoge hacer, que simplemente te ocurren…

—¿Era esa la casa de Víctor?

—No, él no vive en Estocolmo. Está alojado en el Grand Hotel.

—¿Y por qué no se reunieron allá?

—Prefirió este otro sitio, me imagino que por discreción. No sé de quién es la casa, pero había cuadros y esculturas en una sala. Espero que no sean todas falsificaciones.

—¿Pero quién crestas es entonces el propietario de la casa?

—No tengo ni idea. ¿Tampoco me crees eso?

Guardamos silencio. Afuera nos encandilaban de cuando en cuando los focos de los automóviles que se dirigían rumbo a Uppsala. Entré a Estocolmo y, ya más calmado, cogí la E18 con destino a Djursholm. Las calles capitalinas estaban desiertas. Nos cruzamos con un carro policial que circulaba a la vuelta de la rueda. La botella, el vaso, el trozo de mármol y la peluca continuaban sobre el regazo de Marcela. Desde fuera parecíamos seguramente una pareja más que volvía a esa hora del cine o de una cena.

Mientras Marcela decía que era improbable que Víctor acudiera a la policía debido al carácter turbio de sus negocios, yo pensaba en la fatalidad de la vida. Y así era simplemente la vida, un edificio en el cual la dicha y la fatalidad habitan en apartamentos adyacentes. No había sido mi intención agredir al hombre, pero había terminado por asestarle un golpe demoledor. Así eran las cosas, yo había tocado a la puerta de la sorpresa y me había abierto la desgracia, me dije recorriendo lento las desoladas calles de Djursholm, avanzando ahora por la Rue de la Vieille Lanterne junto a la costa del Báltico en penumbras. Estacioné en nuestra entrada de autos. Marcela, ya ostensiblemente borracha, no dejaba de murmurar frases inconexas. Cuando nos disponíamos a subir los peldaños de la puerta de entrada, una voz a nuestras espaldas nos sobrecogió.

—Al fin puedo presentarme —exclama alguien que se abre paso entre los arbustos secos que separan nuestro jardín de la calle. Es un hombre. Lo acompaña un perro. Vienen, al parecer, de la costa—. Buenas noches, Marcela, soy Markus Eliasson.

Ya es demasiado tarde para ocultar la peluca, el vaso, el trozo de mármol y la botella de whisky que, bajo la luz del farol, refulgen en las manos de mi mujer atrayendo la atención del vecino.

—Un gusto —tartamudea Marcela, más proclive a emprender la retirada que a charlar. Un trastabilleo más vergonzoso que divertido deja en evidencia su exceso, lo que Markus interpreta como una oportunidad para conversar en medio del frío nocturno, algo que sólo puede ocurrírsele a un escandinavo. Se nos acerca seguido de su dálmata y, sonriendo, le estampa un beso en cada mejilla a mi mujer, la que apenas mantiene el equilibrio en el primer peldaño de la escalera de concreto.

—Venimos de una fiesta bastante alegre —digo en un intento por explicar el origen de todo aquello que carga Marcela mientras siento que en el bolsillo de mi abrigo la pistola se torna más y más pesada.

—Así veo, así veo. Es el tipo de fiestas que me fascina. La gente se lleva desde vasos y botellas hasta la peluca de la dueña de casa —comenta Markus sardónico—. ¿Una fiestecita latinoamericana con mucha salsa?

—Sí —respondo y cojo a Marcela por el codo para que emprenda de una vez por todas el ascenso.

—Deberían invitarme la próxima vez. Me encantan los carnavales y creo que aún tiro mis pasitos de conga.

—Lo haremos, pierda cuidado —agrego incómodo antes de continuar subiendo hacia la casa—. Y que tenga muy buenas noches, Markus.

DIECISÉIS

Desperté al día siguiente sobre la alfombra del living con la boca seca y amarga, y una hoguera en el estómago. Marcela dormía acurrucada en el sofá. Eran las once de la mañana, recién aclaraba y mi cabeza iba a estallar como si dentro de ella Cage ejecutara una de sus estridentes composiciones. Pensé que sólo había tenido una pesadilla y que nada de lo acaecido en las últimas semanas era cierto. Supuse que tal vez yo había comenzado a soñar la noche en que me recosté en esta misma sala y, ya en medio del sueño, abrí la puerta de calle y encontré a Markus Eliasson con las flores y la botella de vino. Esa versión me consoló porque parecía restablecer en cierta medida la lógica y el orden que yo espero reinen en el mundo y las novelas, pero de improviso mis manos tropezaron con algo que me causó escalofríos. Era la cartera de mi mujer. La registré sin hallar nada especial en su interior.

—Marcela...

Dormía profundo. Me urgía contarle mi pesadilla.

—Marcela...

Desanimado, me levanté y bajé la escalera de madera que conduce al sótano. Tuve la mala suerte de estrellar mi cabeza contra los peldaños que conducen al segundo piso. Me palpé la frente y comprobé que un poco de sangre manchaba las yemas de mis dedos. Atiné a decirme que eso no me ocurría a mí, sino a Dahlmann en el cuento de Jorge Luis Borges titulado "El sur". Yo era ahora el Dahlmann que sufre este mismo accidente y termina muriendo acuchillado por un gaucho en una distante cantina de la pampa. Meneé la cabeza varias veces mientras seguía bajando, pensando además que un Aleph podía hallarse en alguno de esos peldaños, y, confundido y sonriente me consolé con el hecho de que yo estaba al menos en la costa báltica, lejos de Buenos Aires o la pampa. Una vez abajo, me di a la tarea de urgar entre las cajas de vino. Tal como lo supuse, no hallé nada de cuanto había soñado, cosa que me calmó. Sin embargo, cuando ya estaba dispuesto a subir a la cocina a preparar el desayuno, mis ojos encontraron la caja que temía. Dentro hallé el vaso manchado de rouge, la botella de whisky, el trozo de mármol y la pistola.

Maldije mi suerte, y esta vez, no sé aún la razón, recordé *El cuarto de atrás*, de Carmen Martín Gaite. Me estaba moviendo entre relatos, no cabía duda, me estaba extraviando en ficciones, cayendo en mundos reversibles que se solazaban conmigo. Tuve que sentarme a recuperar la calma cerca de la caldera negra, que echó a andar con estruendo de motor de nave pesquera, aterrándome. Comprobé que la herida de mi frente era mínima, y no tardaría en cicatrizar. Me sequé la frente y los dedos con el pañuelo y mientras lo hacía me vinieron a la memoria los criminales que borran sus huellas tras el crimen.

Salí al frío de la mañana y me dirigí al centro comercial de Djursholm, una calle corta y ancha, a cuyos lados se alinean un banco, un supermercadito, la biblioteca, una tienda de ropa y una tabaquería. Examiné los titulares de los diarios sin hallar novedades de envergadura, compré algunos, y también comestibles. Mientras desayunaba con Marcela me convencí de que no teníamos otra alternativa como no fuese dejar pasar el tiempo, fingir una vida normal y abandonar después Suecia para instalarnos en un lugar distante y seguro.

—Hay que optar por un país muy diferente —dijo Marcela y sus palabras me dieron la impresión de que aún usaba el plural, algo a todas luces sorprendente, porque si bien era probable que fuese cierto cuanto me decía con respecto a Víctor, persistía mi sospecha de que me era infiel.

—¿Como cuál?

—Qué sé yo. Uno donde podamos comenzar de nuevo sintiéndonos protegidos.

Volví a revisar el *Dagens Nyheter* y el *Svenska Dagbladet* buscando noticias sobre Norrviken. No hallé nada, cosa que podía implicar que la víctima no había acudido a la policía o que estaba muerta. La sola idea de que aquel desconocido se hubiese desangrado durante la noche me estremeció.

—No puede haber nada en los diarios —comentó Marcela—. Seguro que cerraron antes de que ocurriera...

—Tienes razón, pero ¿sabe alguien más de la cita?

—Por mi lado nadie, aunque ignoro si él lo comentó a algún asociado —repuso Marcela plegando los diarios sobre la mesa.

—Si se murió y alguien sabía de la cita, estamos fritos.

—Vamos, cálmate. Es muy pronto para que los diarios informen sobre eso. Quizás la radio o la televisión traigan hoy algo...

—Ojalá que sólo esté herido, inconsciente.

¿Cuánto tardarían los diarios en informar sobre Víctor? ¿Dos, tres días? Era improbable que los vecinos lo descubriesen tan pronto. Los suecos jamás llegan sin avisar a una casa ajena y tampoco se inmiscuyen en los asuntos de los demás. ¿Y si Víctor había recuperado la conciencia y abandonado el lugar decidido a no denunciar la agresión a las autoridades? Marcela lo creía posible, pero pensaba que él la buscaría de todas formas para forzar la devolución del dinero o, lo que era más inquietante, para vengarse. Seguro que no se quedaría de brazos cruzados. O tal vez el mismo dueño de casa, probablemente un buen amigo, lo había hallado y atendido esa mañana. En todo caso, advirtió Marcela seria, con los ojos fijos más allá de la ventana, debíamos estar preparados para una visita sorpresiva. Víctor era un tipo de carácter y, como había quedado en evidencia, de armas tomar.

—Quizás tengas razón, y lo mejor es que avisemos a la policía —dije inseguro—. Si él nos visita, será para eliminarnos.

—¿Y cómo explicamos la historia?

—¿Cómo que cómo explicamos? El tipo ese nos quiere muertos. ¿No es acaso suficiente?

—¿Y cómo explicamos nuestra relación con él?

—Pero, dime, ¿era o no falso el cuadro?

—¿Es que realmente crees que eso es lo clave? Madre mía, te has vuelto absolutamente loco, Cristóbal. Ya te lo dije: no sé nada más del cuadro de Wilfredo Lam. Víctor pagó, recibió el óleo y se lo llevó. Ahora no habría ni siquiera forma de comprobar si el cuadro que pretende devolver es el mismo que yo le entregué. Y los suecos, esos jóvenes que tú crees que son mis amantes, pero que son una parejita muy feliz, que lo único que desean es irse a vivir a San Francisco, insisten en que suministraron un original, y yo les creo. No hay remedio, en este mercado las ventas son sin devolución...

Tenía los ojos llorosos, el rímel corrido y los párpados hinchados, y trataba de articular una explicación lógica, pero el nerviosismo le restaba consistencia. Suspiré profundo y me pregunté qué carajos hacía yo ahí, casado con esa mujer vinculada al coronel Montúfar. ¿Por qué cargaba yo también con el lastre y la mancha indeleble de ese apellido? Tal vez debía admitir que aquí no había cálculo posible. Pese a todo, yo seguía amándola y por eso toleraba lo que ocurría y confiaba en que en algún momento nos liberásemos de las identidades heredadas y del amante de Marcela.

—Cuéntame una cosa —dije y me puse de pie para recoger los platos de la mesa—. ¿Tus transacciones comerciales son operaciones limpias, no?

La pregunta, después de lo ocurrido en Norrviken, me sonó, lo admito, en extremo ridícula.

—No seas ingenuo —repuso con fastidio—. Esta actividad encierra sus peligros y el de las falsificaciones es uno de ellos. Por eso se les recomienda a los clientes contratar antes a un experto de renombre para que haga un análisis serio, lo que no es muy barato.

—¿Y no lo hacen siempre?

—Muchos prefieren creer que disponen de un Lam o de un Miró auténticos, y se conforman con su propia impresión. A otros les da lo mismo el origen del cuadro, porque el precio les parece una ganga. Como que no entienden en qué se están metiendo…

—Tú tampoco pareces entender en qué nos hemos metido.

Subí al segundo piso, me duché y, aunque no estaba de ánimo, me puse a trabajar en la novela. Creo que Marcela, con el celular a mano, hojeaba en la cocina revistas sobre antigüedades. Estaba convencida de que Víctor volvería a llamarla. A mediodía escuchamos las noticias de radios suecas y chilenas, y vimos los noticieros de la televisión local, pero nadie se refirió a Norrviken, prueba de que el asunto no había trascendido. Sólo cabía esperar la llamada de Víctor para ofrecerle alguna alternativa que lo calmara y nos diera tiempo para desaparecer de Suecia.

Creo que fue la primera vez que escuché con atención esas emisoras chilenas que transmiten programas populares semejantes a los de las estaciones en Chile. Permanecen ancladas en un Chile de hace veinte o treinta años, época en que sus locutores se exiliaron. Pintan un país que dista mucho del que conozco y veo a diario a través de la televisión. Transmiten boleros, valses peruanos y salsa, y comerciales de modestas empresas de inmigrantes, como almacenes, garajes, agencias de viajes y oficinas de corretaje de propiedades. Entre ellas se encuentra, por cierto, el taller de computadores de Pepe Cristal, ubicado en el barrio de Rinkeby, un gueto que integran exiliados del Tercer Mundo. Pepe trabaja por el día en su taller, donde arma computadores baratos a partir de aparatos dados de baja y por la noche lava platos en una pizzería, única forma de financiar los estudios de sus hijos grandes que viven en Chile. Hace un tiempo me pidió le avisara cuando quisiese deshacerme de este *laptop*. Me puso en perspectiva que me lo compraría de inmediato y en efectivo, obviamente por una miseria, y agregó que me asesoraría en forma gratuita en la adquisición de uno nuevo.

Entre las radios en español existe una muy singular, radio Sur, en la que un locutor rioplatense difunde, con energía y labia inagotables, programas políticos enquistados en la época de la Guerra Fría. En ellos insiste en que el enemigo de la humanidad es Washington, la esperanza del mundo la revolución socialista y su avanzada la Cuba de Fidel Castro. El programa, de fuerte contenido ideológico, alentado con marchas, himnos y vivas a la revolución, lo financia el contribuyente sueco mediante subvenciones a minorías étnicas. En fin, todo esto lo menciono sólo para dejar en claro que ninguno de esos programas se refirió a Norrviken.

Con el retorno de la oscuridad creció, no obstante, mi incertidumbre. Pensé que cuando uno mata a alguien —y eso creía haber hecho aquella noche trágica— deja de preocuparse pronto del hecho mismo, que es irreversible, y pasa a preguntarse si realmente habrá borrado las huellas incriminatorias y si será capaz de enfrentar de modo convincente a los investigadores policiales. Nada de eso significa, desde luego, que a uno lo embargue una sensación de culpabilidad o arrepentimiento. Por el contrario, lo que yo experimento ahora es más bien una sorprendente indiferencia ante lo que hice, circunstancia impensada que me revela, como esos rollos de película que uno ha olvidado, una faceta inquietante de mí mismo, y el deseo de que la justicia no me detenga. Creo que todo esto me permite comprender mejor a mi suegro y justificar su voluntad declarada de no mirar hacia el pasado. Cuando todo lo de Norrviken quede sepultado en forma definitiva bajo el paso del tiempo, yo tampoco querré recordar lo que en rigor no hice, sino que simplemente me acaeció.

Pero días más tarde, mientras desayunaba con Marcela, hallamos en los diarios de la mañana la noticia: en una casa de Norrviken habían descubierto el cadáver de un comerciante ruso llamado Víktor Yashin. Al leer esto, Marcela soltó un grito horrorizado y salió corriendo escaleras arriba. Después la escuché golpear la puerta del baño y abrir el grifo de la tina. A mí se me subió de golpe la sangre a la cabeza y temí que me fuera a estallar. ¡Me había convertido en asesino! Se me revolvió el estómago, sentí náuseas, tuve asco de mí mismo. El cuerpo sin vida lo había encontrado una anciana que solía recoger la correspondencia mientras los dueños de casa capeaban el invierno sueco en Sevilla. El ruso había recibido golpes en la cabeza con objetos contundentes, y la policía practicaba diligencias que le permitieran dar con los autores del homicidio. Eso era todo. Lo escueto del mensaje, algo por cierto muy escandinavo, me desconcertó, y mi temor se multiplicó cuando imaginé que tal vez la desorientación policial era simulada, una treta para tranquilizarnos y detenernos de forma sorpresiva.

—¿Y ahora? —preguntó Marcela cuando volvió con los ojos enrojecidos a la cocina. Estaba pálida y demacrada, pero mostraba una tranquilidad pasmosa, como de lago en la alborada.

—Sólo nos queda confiar en que nadie sabía de tu cita con el ruso.

—Ya te lo dije. La arreglé sólo con él.

—Pero es probable que él lo comentara a otros —apunté instalado ya en la lógica del fugitivo—. Seguro lo hizo. ¿Sabes para quién trabajaba?

—Era intermediario. Sospecho que de los nuevos ricos de Rusia. Nunca me contó mucho de su vida. En este negocio reina la discreción. Nadie pregunta por el destino de las obras ni por el origen del dinero con que se pagan.

—Si lo del cuadro falsificado aparece en los diarios, tu parejita de suecos afeminados nos denunciará.

—Olvídalo, no son ingenuos, no les simpatiza para nada la policía. Sospecho que su verdadero negocio es el arte falsificado, y que en las primeras operaciones que hice para ellos, de precios bajos, sólo me estaban probando.

—¿Y cómo conociste a ese ruso?

—A través de una amiga de Paloma que estudió en San Petersburgo. Lo conocía de allá. Habían tenido su rollo y él buscaba obras de arte en Estocolmo.

Terminamos de desayunar y subí a mi estudio a describir cuanto había ocurrido esa mañana. Te pasan por la cabeza ideas inimaginables cuando descubres que has asesinado a un hombre. Crees, por ejemplo que es posible revertir el hecho, que mañana despertarás de la pesadilla y volverás a ser feliz, o que tus huesos irán a dar a una cárcel, o que serás capaz de eludir a la policía o —como me sucede a mí ahora— que todo eso constituye el esqueleto de una novela. Escuché que Marcela salía a caminar. Me quedé solo, en medio del silencio sepulcral de la casa, tratando de convencerme de que yo no podía ser un asesino por cuanto no había planeado matar a nadie. Además, había actuado en defensa propia, o mejor dicho, en la de mi esposa, lo que tal vez operaría como aliciente en mi favor ante cualquier juez. Comienzo, entonces, a detallar paso a paso esta historia que me corroe y angustia, y mientras escribo esto ahora y en este teclado, y esbozo esta situación agobiante, opresiva, kafkiana, este crimen que no quise cometer y que el destino —o quizás un libro ya escrito— me impuso, constato que todo esto es ficción, una ficción que lamentablemente parece al mismo tiempo realidad palpable, objetiva, una suma de circunstancias y encadenamientos que dictan y conducen la trama hacia un desenlace que ni el narrador ni yo conocemos.

DIECISIETE

No tarda en aparecer en el *Dagens Nyheter* y el *Svenska Dagbladet* lo previsible: la policía ha logrado establecer que los asesinos de Yashin escaparon la noche del crimen llevando consigo una pistola, un vaso de cristal, una botella de whisky Johnnie Walker etiqueta negra y un trozo de mármol perteneciente a una lámpara, por lo que le solicita a la población, garantizándoles pleno anonimato, le entregue datos sobre personas que hayan sido vistas con objetos semejantes.

Según sus primeras conclusiones, el ruso, que arrendó la casa amoblada por varios meses a través de un corredor de propiedades, había permitido el ingreso a la vivienda de los asesinos, indicio de que los conocía. Éstos se llevaron los objetos porque contenían sus huellas dactilares, lo que sugiere que son personas avezadas y que bebieron con la víctima. Lo calculado de la operación permite colegir que se trata de un ajuste de cuentas. Al parecer, el ruso era conocido en el comercio ilegal de antigüedades y aparecía vinculado a la venta de pinturas falsas de artistas de Europa del Este.

Leí con inquietud que tanto el tipo de cartuchera de Yashin como el proyectil incrustado en el cielo del living respaldaban la tesis de que se trataba de asesinos profesionales, pues la brigada de análisis balístico había identificado la bala como perteneciente a una pistola rusa de marca Makarov, de nueve milímetros. No se andaban con chicas quienes portaban ese tipo de arma, dejaba traslucir la publicación. Yo ni siquiera había tenido el tiempo ni la serenidad para estudiar aquel hierro, porque sólo el recuerdo de su peso en el bolsillo de mi abrigo me causaba escalofríos y hacía evocar el instante en que Yashin se desplomó en forma definitiva, con el rostro ensangrentado y una mirada incrédula, sobre la alfombra. No, jamás habré de olvidar esa escena, en la que el ruso demostró una preocupación tan pavorosa como fuera de lugar por sus manos manchadas, como si ese hecho, y no la circunstancia de que estuviera herido de muerte, fuese lo decisivo. Traté de consolarme diciéndome que al menos le habíamos quitado la vida a un hampón.

Pero lo más inquietante era que Markus Eliasson nos había visto volver a casa la noche del crimen cargando con los objetos comprometedores. Eso tornaba a nuestro vecino en un ser peligroso, en un tipo que de la noche a la mañana podría chantajearnos. En Norrviken nadie parecía haber visto nada extraño, ni siquiera el grupo de *punks* reunido en torno a la fogata. Me agobiaba suponer que los objetos no habían escapado al escrutinio de Markus y que él no tardaría en asociarlos con el crimen, exigirnos algo a cambio o simplemente denunciarnos. Marcela cayó en una depresión profunda, arrepentida por su participación en la muerte de Yashin y angustiada por las sospechas que Eliasson pudiese estar abrigando. La acompañé hasta el dormitorio, cuya iluminación, orden y olor me resultaron tan ajenos como si se tratase de la vivienda de desconocidos.

—Ahora dependemos del vecino —comentó, doblándose como un feto sobre el cubrecamas con los zapatos puestos—. Tú sabes bien que aquí nos pueden condenar a perpetua.

Miré a través de la ventana y pude ver a Markus Eliasson mientras cruzaba su jardín en dirección al garaje. Era como si de pronto el tiempo se hubiera detenido, y yo estuviese aún por despertar para ir a abrirle la puerta, en cuyo umbral me esperaba sonriente con la botella de vino y el ramo de flores. Pienso que en alguna instancia del universo debe estar ocurriendo aquella escena, Eliasson delante de mi puerta, esperando a que yo le abra, dispuesto a darme una sorpresa. Pero ahora Eliasson está al otro lado de la verja, habitando otro momento, no mi recuerdo ni un intersticio del cosmos, sino mi presente inmediato, a pasos míos, caminando hacia el garaje donde suele reparar el motor de su auto, negándose a que yo oprima el botón de *rewind* de la vida o retroceda en las páginas de este manuscrito. No hay forma de hacerlo olvidar cuanto ha visto. Lo ocurrido, ocurrido está, y aquí es imposible sostener como el personaje de Beckett que dice: esto no existe. En medio del temor y la confusión me cruza fugazmente por la cabeza la idea de que esta tarde Markus puede morir asfixiado en su garaje. El motor encendido, la puerta cerrada, un hombre que inhala el dióxido y se desploma sin que nadie lo advierta, en fin, ¿por qué no? Descarto seguir especulando con esa alternativa y me pregunto si Eliasson establecería la asociación entre la botella y el vaso con el crimen en Norrviken. ¿O esa suposición le resultaría tan inverosímil como a mí pensar que él eliminó a su mujer? ¿Dónde estaría la intrigante de Boryena a estas alturas? Me espanta imaginar la posibilidad de que cuando ella vuelva a casa, intrusee en el sótano y encuentre los objetos ocultos en una caja de vino, bajo un alto de revistas y diarios viejos. Urge deshacerse cuanto antes de todo eso.

Si Eliasson sospecha que nosotros somos los criminales, tendrá dos alternativas: llamar a la policía o venir a conversar con nosotros para despejar sus dudas.

—Debes ir a tirar todo a algún lugar —dijo Marcela con los ojos cerrados. Apoyaba ahora la mejilla sobre las manos enlazadas, descansando de costado.

Si hubiese enfrentado desde un inicio su infidelidad y hecho lo que ahora me propongo, vale decir, dejar cuanto antes Suecia y ocultarme con Marcela en un algún lugar remoto para iniciar una existencia nueva y anónima, las cosas se presentarían bajo una luz diferente. Ahora, sin embargo, estoy en las manos del sueco y en las de Marcela, y no he aclarado nada con respecto a su infidelidad. Su amante debe circular por las calles de Estocolmo o Malmö, despreocupado, alegre, satisfecho de deleitarse ocasionalmente con el cuerpo recio de una latina atractiva, ajeno a esta oscuridad inculpadora que se proyecta sobre nosotros como las sombras que inundan en las tardes de junio el pavimento trizado de las callejuelas y escaleras de Valparaíso. Además, como si todo esto fuese poco, debo admitir que fui yo quien ha liquidado al ruso. Mi mujer actuó, por el contrario, en defensa propia y si lo analizo desapasionadamente, yo me inmiscuí en una situación que no me concernía. Los dardos apuntarían en mi contra en los tribunales suecos. ¿Cómo serían los juicios? Seguro tienen lugar en salas amplias, de puntal alto, frías y de paredes desnudas, con abogados calvos y circunspectos y jueces enjutos y miopes envueltos en togas tan negras como el plumaje de los cuervos de la Rue de la Vieille Lanterne. Me estremeció constatar que yo, un escritor de novelas policiales, un ser más bien quitado de bulla y pasivo, me adaptaba gradualmente a la idea de ser detenido y terminar el resto de mis días tras los barrotes.

No, la lógica sólo existe en las novelas y no en la realidad, como sostiene Marcela con tanta razón. Esa idea de que la razón ordena el mundo es una falacia que nos enseñan desde el Siglo de las Luces. ¡A la mierda con Descartes y Rousseau! Sus ideas de que el mundo está gobernado por leyes cognoscibles es una utopía, algo tan fantasioso como la Edad Dorada o el hombre nuevo en el cual creía el Che Guevara. Es increíble cuántos años de nuestra vida los desperdiciamos persiguiendo quimeras. No hemos avanzado más allá de Lope de Aguirre o Hernando de Soto. He desembocado sin quererlo en una situación absurda y comprometedora, muy peligrosa, que puede costarme veinte años de cárcel, encarno un drama que carece de sentido y no me pertenece ni corresponde. ¿Cómo es posible que esto me ocurra a mí? Y lo peor es que todo acaeció sin que yo haya logrado descubrir el secreto que guarda mi mujer. En rigor, aún ignoro si de verdad me traiciona y las razones que esgrime para hacerlo, aunque tiendo a imaginar que su engaño obedece en alguna medida a que se enteró de mi amorío con Karla y a que se refocila así mediante una cruel venganza. Sin embargo, me cuesta admitir que haya actuado sólo por ese tipo de sentimientos. Imagino que algo debe haber también en su amante, en ese hombre sin rostro, que en un momento confundí con el ruso, algo que ella no encuentra en mí o que yo no le ofrezco. Pero ¿cómo averiguarlo? ¿Dónde está? ¿Por qué se esconde? ¿Qué procura? No toda conversación aproxima y comunica a la gente, muchas sólo sirven para preservar o profundizar la distancia y enmascarar sentimientos. Creo que jamás conoceré a Marcela, que sólo soy capaz de examinar los pensamientos que esbozo sobre ella, siento que sólo logro examinar las palabras que yo mismo empleo para referirme a mi mujer, pero no me sumerjo en su cuerpo y alma, es decir, sólo analizo símbolos y signos suyos, meras representaciones mías, no de Marcela. Así nunca podré encontrar la respuesta, así ella continuará siendo un espejismo, una línea en el horizonte, aquel imaginario que uno puede describir en forma aproximada, pero que jamás se alcanza.

—No creo que convenga salir a tirar esos trastos —comento desganado, pensando de nuevo que la infidelidad de Marcela es la culpable de todo cuanto ocurre.

—¿Por qué no?

—Siempre hay alguien que presencia algo.

—¿Y si quiebras en casa la botella, el vaso y la piedra, y lanzas los pedazos a la basura?

—¿Y qué hago con la pistola?

—La desarmas antes de arrojarla.

—Los recolectores de basura pueden encontrar todo.

—¿Piensas en serio que los del aseo inspeccionan las bolsas de basura?

Uno ignora de lo que son capaces pueblos gregarios y organizados. Quizás Marcela tenga razón y yo exagero, y no existe esa rigurosidad que yo presupongo. Pero, como dije, uno vive inmerso en sus percepciones, sueños y palabras, y ahora, en medio de mi desconcierto, me imagino infalible a la policía sueca. No puedo descartar de buenas a primeras la posibilidad de que haya alertado a los servicios de aseo y de parques y jardines públicos. No me cabe duda de que los criminales, vale decir nosotros, intentarán deshacerse de los objetos arrojándolos a la basura, al mar, a un río o a un lago. Es lo más probable y por ello no deseo incurrir en ese riesgo. Siento que con cada minuto que transcurre, la pistola, la botella, el mármol y el vaso aumentan de tamaño.

—¿Y si viajas hasta un punto de reciclaje y tiras todo en un depósito?

No es mala idea, pero intuyo que me faltará tranquilidad para llegar a un sitio de esos, por lo general amplios y desolados, y escoger el instante preciso para actuar. Tal vez la policía vigile ahora discretamente las veinticuatro horas del día esos lugares. En fin, uno lo supone por lo que ha visto en el cine o ha leído en las novelas policiales. Y en ellos siempre suele aparecer el testigo inesperado que lo presencia todo y sepulta a los delincuentes.

—¿Y si excavas un hoyo en el jardín, Cristóbal?

—Podría verme Markus.

—¡Es que no podemos vivir prisioneros de ese imbécil! —grita exasperada y se sienta en la cama—. ¡Tenemos que deshacernos de algún modo de esas porquerías!

Dejo la habitación porque pienso que tal vez de ese modo puedo aplacar su exabrupto. Creo que comienzo a odiarla, a odiarla gradual y conscientemente, mas no por la forma en que me trata, sino por la situación en que me involucró. Ahora no puedo salir a la calle a tirar esas cosas. Probablemente la población entera esté cooperando con la policía y apuesta a que nuestra ansiedad nos obligará a deshacernos de modo torpe de los objetos inculpadores. Quizás lo mejor es mantener las cosas donde están, me parece imposible que practiquen un allanamiento en nuestra casa. Tenemos, sin lugar a dudas, una ventaja: no pertenecemos al hampa como Yashin y, por lo mismo, no figuramos entre los primeros sospechosos. ¿Cómo van a establecer un nexo entre un mafioso ruso y una simple pareja de intelectuales chilenos?

Desde mi estudio, donde me siento una vez más frente al ordenador para incorporar a la novela el anuncio policial que publican los diarios de esta mañana, vuelvo a divisar a Markus Eliasson. Con la cabeza gacha, pensativo, vistiendo parka, camina hacia la bodega que se levanta al fondo del jardín. Allí es donde almacena las herramientas y los juguetes, y donde conversamos por primera vez, ignoro ya hace cuánto tiempo. Al pasar entre la estatua de Palas Atenea y el hombre de nieve ya desperfilado, Markus alza de pronto su rostro y tengo la impresión de que clava por unos segundos la vista en mi ventana, y hasta podría jurar que me reconoce a través del cristal, por lo que abro una hoja y le grito:

—¿Qué tal? ¿Cómo marchan las cosas?

Me estremecen su indiferencia, su mirada repentinamente huraña y desconfiada, su silencio descortés. Cierro la ventana con la certeza de que Eliasson ya sospecha de nosotros.

DIECIOCHO

Hoy a mediodía llegó a casa un detective de la Brigada de Homicidios de Estocolmo. Se presentó como el inspector Oliverio Duncan, un hombre de unos cincuenta años, inquisidores ojos negros, piel tostada, cabello completamente cano y una barba gris de varios días, todo lo cual le confería un aire robespierrano. Llevaba luto riguroso y se expresaba en español a la perfección. No debía sorprenderme: nació en Chile y se radicó en Suecia años después del golpe militar de Pinochet. Era un exiliado.

Su imprevista aparición me inquietó, pero traté de fingir cierta inocencia e ingenuidad, aunque un escalofrío me recorrió la espalda al intuir que su presencia obedecía al asesinato del ruso. Tal vez dejamos alguna huella en la vivienda, pensé, o algún *punk* nos vio salir de allí o recordó la chapa de nuestro automóvil. No había nada que hacer, ya era tarde, tarde incluso para deshacerse de la pistola, la botella de whisky casi vacía, el mármol y el vaso de cristal ocultos en el sótano. Si Duncan iniciaba el registro, estaríamos perdidos.

Lo invité a la sala de estar, confiando en que Marcela, quien dormía en el segundo piso, no despertase, pues su estado depresivo nos complicaría. Pasábamos en verdad por una pésima racha. La noche anterior, como si todo lo ocurrido no bastara, vimos en el noticiero de la televisión chilena el comienzo de un juicio en contra de mi suegro. Una agrupación de familiares de desaparecidos y ejecutados políticos lo acusa de haber jugado un papel decisivo en la muerte de varias personas durante el régimen militar. Marcela empezó a sollozar desconsolada cuando vio a su padre tratando de evadir, junto a sus abogados y amparado por sus guardaespaldas, el asedio periodístico después de prestar declaraciones ante un juez. Años habían tardado los opositores del pasado en dirigir sus dardos contra el coronel Montúfar, pero ahora, en democracia, lo hacían empleando una batería surtida y a sabiendas de que la alta oficialidad del Ejército no iba a jugársela por defender a un militar que ya pertenece a una etapa que las Fuerzas Armadas preferirían olvidar. Pero, tal como creo haber dicho antes, el pasado en estos casos es lo que los otros, especialmente las víctimas, recuerdan.

—Djursholm es famoso porque lo frecuentan los ruiseñores —comentó Duncan mientras se despojaba de las botas húmedas frente al paragüero. Por su tono y el tema me pareció de inmediato que se ha convertido parcialmente en sueco—. Yo vivo en Arlanda, cerca del aeropuerto internacional, y allá no llegan ruiseñores. Es el primer pájaro que vuelve después del invierno. ¿Escuchó ya su trino?

—En realidad, no —repuse confundido. Ni siquiera me había percatado de que el invierno comenzaba a flaquear. Duncan me pareció un hombre huraño pero sensible al mismo tiempo, alguien que no guarda demasiada semejanza con los detectives de las novelas que he leído o escrito. En fin, un policía que se preocupa de las aves no es un policía muy frecuente, que digamos.

—El ruiseñor canta con trino sostenido. Anuncia el fin de los hielos. Algunos creen que ahuyenta los hielos —dijo mientras yo lo guiaba por el pasillo a la sala de estar—. En estos días aguce el oído y lo identificará de inmediato por su canto dulce, de leve tono interrogativo y nostálgico.

Duncan ingresó al salón y observó las pinturas. Le encantó el cuadro de René Portocarrero y, en voz baja y grave, afirmó que el cubano era un gran pintor y que sus obras más valiosas eran precisamente óleos como esos, que representan La Habana Vieja. Tras sentarse en un sillón, extrajo libreta y lapicera del vestón y dijo con ceño fruncido:

—Me imagino que usted sabe qué me trae por acá.

Un escalofrío me recorrió los huesos y volví a sentir que el estómago se me desordenaba y las piernas me flaqueaban. Duncan es de esos chilenos que tienden a intimidar con su sola presencia. Algo en el ceño adusto, en la espesura de sus cejas negras, en la intensa y profunda oscuridad de sus ojos o en el rictus inmutable del rostro, en su envergadura, amilana, opaca. Me senté y temí que él pudiese advertir la película de sudor que se instalaba en mi frente.

—En realidad, ignoro a qué se debe su visita, inspector.

Pensé en Marcela, en su viejo anhelo de abandonar Chile para no ser interrogada algún día por un comisario chileno. Una de sus pesadillas recurrentes consiste en que la policía la detiene por haber colaborado con su padre durante la dictadura. Teme que la acusen de haber denunciado a algún colega de la pequeña compañía de teatro del barrio Bellavista en que actuó, cosa que, por cierto, no hizo. Pero juega en su contra el lamentable hecho de que tres actores, gente con la cual trabajaba, opositores osados y militantes de izquierda, fueron detenidos y torturados por la CNI en la época en que ella trabajaba en la compañía. Nunca se pudo probar nada en su contra, pero Marcela decidió renunciar al grupo y abandonar las tablas. Desde un inicio, y aunque nadie lo manifestara, percibió el torbellino de sospechas que agitaba el alma de sus colegas. Es una de las razones por las cuales prefirió salir del país. Su pesadilla comienza a tomar cuerpo ahora, frente a este policía chileno al servicio de los suecos, y tiene, por decirlo de algún modo, la extraña virtud de empujarme a adoptar en este instante una decisión definitiva: jamás permitiré que me detengan y juzguen como asesino. No les daré en el gusto, antes de ser condenado a perpetua me pegaría un tiro en la cabeza.

—¿Usted es escritor, verdad?

Me pareció inconcebible que Duncan me visitase para hablar de mi oficio.

—Novelista, sí, de novelas policiales. ¿Usted también escribe? —lo pregunté sólo para romper el hielo.

—¡Qué va! Ojalá tuviese ese don. Lo mío es redactar y editar actas, actas de crímenes y delitos.

—Pues, nuestras actividades en cierta forma se asemejan.

—No mucho. No vine por temas literarios —precisó calmado, soltando una risita como tratando de imponer orden en la conversación—, sino por algo distinto: hace dos noches fue asesinada una polaca que trabajaba para usted.

—¿Boryena? —exclamé incrédulo, confiando en que se tratara de un alcance de nombre o de una confusión.

—Boryena Guillof —aclaró, a la vez que escrutaba mi rostro con mirada penetrante—. Fue asesinada en su departamento de Rinkeby. Registraron su casa y es probable que hayan robado algo.

No podía creerlo. Si hace escasos días estuve tomando té con ella en la cocina. Me embargó el desaliento al evocar su rostro algo masculino, su cabellera rojiza y su intenso olor a cigarrillo. La pobre ni siquiera había alcanzado a pagar la vivienda en Cracovia, y sus padres, ya ancianos, tendrían que arreglárselas ahora solos. Sin embargo, y aunque me cueste admitirlo, lentamente comencé a experimentar cierta sensación de alivio: el policía no estaba en mi casa debido al ruso, sino a Boryena. Si lo analizo fríamente, Duncan viene a consultarme por un asesinato que no he cometido, lo que indica que la policía continúa asestando palos de ciegos en el caso de Norrviken.

—Era una mujer trabajadora, sencilla y silenciosa —comenté con unción—. Nunca me habría imaginado que tuviese un final así. ¿Un asalto?

—No lo sabemos aún con certeza.

—Pobre, se pasó la vida trabajando, maldiciendo al régimen que hundió a su país en la miseria, y ahora termina así...

Duncan me miró de reojo y luego, acariciándose la barba, desvió un tanto el tema:

—Tenemos la impresión de que su muerte podría deberse a un ajuste de cuentas.

—¿Ajuste? —me costaba imaginar que Boryena se hubiese visto involucrada en un asunto turbio como los negocios de Víctor o Marcela.

—Ajuste por drogas, contrabando o especies robadas, vaya uno a saber. Pero esto huele a mafia.

—Hay demasiados inmigrantes del antiguo campo comunista que al parecer se dedican a operaciones ilegales en Suecia, inspector —afirmé como un despreciable renegado, en un tono más bien propio del coronel Montúfar—. Hace poco mataron a un ruso en Norrviken, tal vez los casos estén ligados. ¿No le parece?

Tuve la sensación de que Duncan me contemplaba con cierta displicencia y desconfianza y de que yo, con lo que acababa de mencionar al paso, me adentraba en la misma boca del lobo. ¿Sabría realmente quién era mi mujer y quién mi suegro? ¿Habrá reparado en que aquí, en Estocolmo, la tortilla en cierto modo se ha dado vuelta como lo pedía una antigua canción de Quilapayún, favoreciéndolo a él y a los suyos, los perdedores de la historia al otro lado de los Andes?

—Puede ser, puede ser —masculló como si desease dejar en claro que las preguntas y las especulaciones sólo las formulaba él.

—¿Entonces me está diciendo que Boryena pertenecía a una mafia?

Se reclinó quizás fastidiado en el sillón, cruzó una pierna sobre la otra y jugó unos instantes con la lapicera y la libreta entre las manos. Era asombroso constatar que no llevaba una sola prenda que no fuese negra. Conjeturé que en Chile había integrado las guerrillas de la Unidad Popular o tal vez el mítico grupo de guardaespaldas de Allende, o bien algún servicio de inteligencia de izquierda. Algo indefinible, pero presente en su comportamiento, delataba al viejo *apparatchik* revolucionario de los años setenta, que yo ilusamente había admirado. Ahora en el exilio, a miles de kilómetros de su patria, Duncan parecía materializar al menos parte de su utopía, siendo comisario policial.

—Todas las hipótesis son posibles —repuso conciliatorio e inclinó la cabeza y desprendió una pelusa de una manga de su chaqueta—. Estamos en las indagaciones preliminares. ¿Usted no extraña nada de valor en casa?

—¿A qué se refiere?

—Veo pinturas de calidad, esculturas, como esa de Roberto Matta, supongo que su mujer posee joyas... ¿No han notado la falta de algo valioso en las últimas semanas?

Hice memoria mientras Duncan se acariciaba de nuevo la barba sin dejar de escrutarme, como si no confiara en mi ejercicio mental e intuyera que yo fingía. No, no eché nada en falta, por el contrario, nuestras pertenencias parecían todas en su sitio y más bien me perturbó pasar de súbito del doloroso impacto causado por la noticia de la muerte de la polaca al tema de si la finada nos había robado. Le dije que todo parecía en su sitio. Tras morderse el labio superior, preguntó con voz grave y pausada:

—¿Boryena vino aquí por última vez hace una semana, verdad?

—Más o menos.

—Por algún motivo no volvió a trabajar en otro sitio. Pensé que había trabajado en casa de los Eliasson, pero hace tiempo que ya no iba allá.

—Desde la muerte de la señora.

—De acuerdo —resopló.

—Además, no creo que se hubiese atrevido a ir allá.

—¿Por qué no?

—Se había marchado algo disgustada del trato en esa casa.

—En fin. Así son las cosas. Donde hay gente, hay problemas. Eso me lo decía siempre mi madre —dijo inclinando la cabeza, convencido—. Bueno, entonces si de pronto echa de menos algo, me da simplemente un llamado a la brigada.

—Pierda cuidado, lo haré, inspector.

—Pero permítame preguntarle lo siguiente, señor Pasos: ¿Boryena Guillof le habló alguna vez de algo inquietante?

—No lo entiendo, inspector.

Duncan paseó la mirada por las paredes como buscando una forma más precisa de explicarse y luego, enarcando las cejas, dijo:

—¿Le habló alguna vez sobre algo que a usted le pareciera comprometedor? ¿Nunca le dijo que sabía algo que no se atrevía a comentar públicamente?

En ese instante divisé a través de la ventana al vecino saliendo del garaje en su Volvo. El sol le arrebató resplandores al techo del vehículo mientras se incorporaba con lentitud a la Rue de la Vieille Lanterne. En días luminosos como esos, de cielo azul y visibilidad ilimitada, la vida parece alegrarse en Suecia y a mí me contagia del deseo irreprimible de leer el diario de la mañana o una buena novela en algún local céntrico, premunido, desde luego, de un café humeante.

La pregunta de Duncan apunta, en cierta forma, al hombre que conduce el Volvo y que nos vio llegar la noche de Norrviken con los objetos comprometedores. Ahora la sola mención de su nombre traía a mi memoria la estridencia de ese piano arreglado por John Cage, forma verdaderamente inusitada de componer música. Pero, para ser francos, si alguna vez Boryena me dijo algo delicado fue con respecto a Markus Eliasson, a su eventual responsabilidad en la muerte de su mujer. En rigor, la inexplicable aparición del frasco con tabletas en la mesita de noche de la vecina evidencia que su muerte no obedeció a un suicidio como suponen las autoridades, sino a una acción premeditada de Markus, quien regresó secretamente a casa aquella noche con el propósito de suministrarle, o bien de ponerle al alcance, la mortífera medicina a su esposa. Pero Boryena ya ha prestado la declaración correspondiente y sería sumamente perjudicial involucrar a Markus a posteriori en todo esto. Si lo hago, tendría que enfrentarlo en un careo, y es probable que él, a modo de represalia, saque entonces a colación la noche en que nos sorprendió a mí y a Marcela descendiendo del auto…

—Yo no acostumbraba a hablar con la polaca —dije a sabiendas de que Duncan jamás podría averiguar la verdad—. Boryena llegaba puntualmente, hacía lo suyo y se marchaba. Sólo hablaba con ella cuando le pagaba. Setenta coronas la hora, a la negra, desde luego.

El inspector me contempla imperturbable, distante, como si viese una película que no lo convenciera del todo. Tuve la impresión de que ignoraba a propósito mi referencia a la paga ilegal, pues el caso que investigaba era demasiado delicado como para perderse en infracciones menores. Decidí continuar apaciguándolo:

—Yo no hablo polaco, ni ella dominaba el inglés o el castellano. No había cómo entenderse, inspector, a menos que fuese por señas.

Duncan acusó de pronto cierta perplejidad, sé que fue la única vez en que su rostro lo delató. Al parecer, a menudo reflexiona sobre algo distinto mientras finge escuchar con atención, como si su cerebro estuviese insatisfecho con lo que registra en ese instante y no cesara de conjeturar sobre otros temas. Su actitud reservada y enigmática, su gran capacidad de disimulo me inquietan.

—En fin —dijo poniéndose de pie, y guardó la libreta y el lápiz sin haber tomado un solo apunte—. Le agradezco su tiempo, señor Pasos. Si recuerda algo importante, llámeme por teléfono, aunque tal vez yo mismo regrese por otros detallitos menores. De todos modos, no olvide lo que le conté del ruiseñor. Esté atento a su canto. Lo relajará, de verdad, y usted lo necesita...

DIECINUEVE

Marcela continúa fingiendo normalidad, tratando de adquirir y vender cuadros o muebles, de conseguir un puesto en alguna compañía teatral, en fin, ella simula que la vida continúa como siempre para no despertar sospechas. Sin embargo, permanece atenta a la crónica policial de los periódicos y a una posible reaparición del inspector Duncan por casa. La incertidumbre en que vivimos la ha tornado pusilánime, reservada, cauta, ni siquiera se atrevió a asistir al funeral de Boryena. Yo, en cambio, alentado por la sospecha de que la doméstica fue asesinada por Markus, crucé la ciudad hasta llegar al instituto de medicina legal. Mejor no hubiese ido. Vagué por unos pasillos desiertos, de puntal alto y pesadas puertas blancas, de pisos embaldosados que me devolvían el eco de mis pasos, e ingresé a una sala de luz mortecina y escasa ventilación, donde tres personas aguardaban, sentadas y silenciosas, en una banca. Al rato, y sin que mediara ceremonia alguna, un sueco entregó a un hombre con vago aspecto de diplomático el ataúd con el cuerpo de Boryena. Me imagino que ese mismo día la repatriaron a Polonia, donde sus padres se encargarán de enterrarla.

—¿Y qué tal te fue? —preguntó Marcela cuando llegué a casa.

—Deprimente. Fue como ingresar a *El castillo*, de Kafka.

No me respondió. Desde hace días vive sumergida en el silencio y sólo habla para plantear alguna pregunta cuya respuesta no parece interesarle. Después de volver de sus ajetreos —quiero creer que son ajetreos profesionales de verdad—, se encierra en el dormitorio, donde lee o dormita a la espera de las noticias del canal chileno y de las radios suecas. Lo peor es que la televisión chilena entrega estos días nuevos antecedentes sobre las denuncias en contra del coronel Montúfar. Al menos ya nadie lo asocia con Marcela, lo que es una suerte y un acto de mínima justicia. Es evidente que mi suegro jamás imaginó un escenario como éste, en que, huérfano del apoyo institucional de las Fuerzas Armadas, se ve obligado a acudir a los tribunales para responder ante la justicia por órdenes que impartió por encargo de sus superiores. No deja de constituir una ironía de la historia: el otrora temido mandamás de la oficina de inteligencia nacional enfrenta ahora, en democracia, acusaciones de familiares de desaparecidos o ejecutados políticos mientras su hija, en un vano intento por huir del pasado familiar, está involucrada en un crimen en Suecia, y su yerno, escritor y renegado político, reside en Estocolmo, el modelo socialdemócrata por antonomasia, donde la pareja tiene un buen pasar gracias a la ayuda económica que recibe mensualmente. ¿Quién iba a pensar años atrás, al comienzo de la dictadura, que un día los enemigos —es decir, Montúfar y yo— se reconciliarían y tejerían una suerte de interdependencia cómplice alimentada en gran parte por una amnesia acordada? A través de los diarios electrónicos me entero de que no soy el único que perpetra algo semejante. Otros, líderes destacados ayer del movimiento opositor más radical a los militares, son hoy exitosos abogados, asesores o lobbistas de generales y empresarios que sirvieron de columna vertebral al dictador. Además, son los mismos que cortejan a las instituciones armadas y bregan por convertirse en sus favoritos, y aplauden el sistema neoliberal, intentando borrar de un plumazo de la memoria colectiva que eran ellos quienes desde el exilio llamaban a la gente a sacrificar hasta la vida para derrotar a la dictadura. Los únicos que siguen fieles a sus añejas posturas de siempre, aunque a causa de ello se hayan convertido en piezas de museo y en una fuerza insignificante, son los comunistas.

Desconozco lo que piensa Marcela en su fuero interno de cuanto ha ocurrido, aquí en Estocolmo, y tampoco he avanzado en la investigación de su supuesta infidelidad, que ahora ocupa, desde luego, un segundo plano. No es la hora de los reproches ni de la crítica destructiva, sino de cerrar filas, como diría un político sagaz ante el embate del adversario. Marcela seguirá siendo mi cómplice, sobre todo ahora que nos apremia el vecino y que ella también acaricia la idea de hallar un nuevo país donde refugiarse. Suecia, con todo esto, ya no puede seguir cumpliendo ese papel. Aún necesito establecer cuál fue el motivo que gatilló la infidelidad de mi mujer. Y esto no me lo pregunto por un prurito machista o por despecho, sino por el deseo de llegar a la verdad y reparar así parte del daño, si es que es de mi responsabilidad, o de no volver a incurrir en los mismos errores en el futuro, en el caso de que reanude mi vida junto a otra persona. Tiendo más bien a creerle cuando me dice que no mantenía relaciones íntimas con Víctor, porque de haberlas mantenido no podría ocultar de modo tan perfecto su tristeza por la muerte del ruso y no estaría tampoco, como lo está ahora, obsesionada solamente por el pavor de caer en manos de la justicia. Pero mi interrogante se mantiene incólume: ¿quién es entonces su amante? ¿Con quién me engaña? ¿Por qué esas prendas? ¿Por qué no me confiesa la verdad y se marcha con el otro? ¿Será, tal vez, un hombre casado, un tipo para el cual es imposible asumir una relación pública con Marcela? Supongo que si algo íntimo hubo con Yashin, sólo se trató de una aventura pasajera, sin mayores consecuencias, una de esas relaciones que —ignoro la razón— tantos hombres buscamos y anhelamos. Es probable que su amante, ese hombre oculto aún en la sombra y el anonimato, la atraiga sólo físicamente, aunque también es probable que con él pueda abordar temas que no puede conmigo. Pero nunca me ha explicado cuáles son esos temas, a pesar de que a menudo me ha reprochado por ello. ¿Cómo va a ser justo acusar a alguien de algo que la persona ignora? En este sentido percibo una brecha profunda que me separa de Marcela, una brecha sobre la cual jamás lograremos construir un puente sólido. Marcela se limita a decirme que las mujeres son diferentes, como si yo no lo supiera, y que los hombres no las comprenden, como si fuese fácil lograrlo. Admito, eso sí, que como planteamiento teórico aquello suena bien, despierta seguramente respaldo inmediato entre feministas y mujeres reprimidas por sus maridos o desencantadas de los hombres, pero al mismo tiempo es improductiva, ya que no conduce a solución alguna.

—¿Y qué quieres, entonces? —le dije años atrás cuando reiteró aquello de que yo, como hombre, no la comprendía.

—Que salgas de tu mundo masculino y te acerques al mío.

Estábamos acostados, con la luz apagada, cada uno vuelto hacia su lado, dándonos la espalda. Acabábamos de volver del cine y de cenar afuera, y no recuerdo exactamente a raíz de qué surgió la disputa, pero sí que en esa semana varias veces me había dicho que yo debía aproximarme a ella desde un erotismo menos masculino y aceptar que su sensualidad se encendía inicialmente no a través de lo epidérmico, sino de lo auditivo, que su órgano sexual primario eran sus orejas y su cerebro, y no sus muslos o senos. Como entonces yo mantenía mi amorío con la bailarina, le pregunté:

—¿Quieres acaso que te brinde la oportunidad de tener amantes para que puedas recuperar tu sensualidad? Porque de lo que me acusas es de que yo te despojé de tu capacidad erótica.

Guardó silencio por unos instantes, como sopesando la oferta que le hacía. Confieso que yo hubiese tolerado entonces un par de aventurillas suyas, o al menos creo no me hubiesen irritado, por cuanto me habrían permitido dedicarle más tiempo a Karla. Dicen que los amantes, descubiertos a buen tiempo, contribuyen en forma decisiva a reconciliar matrimonios y parejas. Reconozco que estas reflexiones y palabras mías emergen, ahora, en esta pantalla, de modo cruel, pero era lo que yo sentía en ese momento y creo que me alegraba expresar mis sentimientos de forma nítida y fría.

—¿Me ofreces espacio para tener amante? —preguntó Marcela defraudada y la sentí volverse hacia mí en la oscuridad, aunque conservando la distancia en la cama. Yo podía percibir su calor, mas no su piel.

—Así es.

—Lo que dices me muestra que no entiendes nada de lo que hablo. Sólo piensas como hombre, eres incapaz de saltar por encima de tus propias limitaciones. Lo mío no es un asunto de veinte centímetros más o menos de carne, sino de palabras y atmósferas, ¿entiendes?

Para ser honesto, no la entiendo o, mejor dicho, no sé qué pretende. ¿Anhela acaso que yo deje de sentir como hombre y que actúe bajo el alero o la inspiración de su sensibilidad, que es evidentemente femenina? Estoy dispuesto a ello, a pesar de que en otro tiempo lo habría considerado un compromiso inaceptable, pero no sé ni cómo hacerlo. Además, ¿quién me garantiza que esa suerte de bisexualidad afectiva que ella me propone no termine por hacer estallar mi propia identidad masculina y yo pierda por completo la faz que la atrajo a ella y también a Karla? Quizás Marcela tiene razón en el sentido de que simplemente hay asuntos que no conviene hablar con el marido y que sólo deben conversarse con el amante. Paulatinamente, a raíz de esa conversación, he ido comprendiendo que para Marcela las palabras son en extremo importantes. Las palabras y los gestos son claves para ella en el amor. Para mí lo esencial son los hechos constantes y sonantes y el acto físico mismo, los recursos táctiles para excitar a la hembra, los movimientos, técnicas y artilugios para hacerla disfrutar, sí, todo aquello que aprendí de la alemana de Leipzig y de las conversaciones con otros hombres, de libros y de películas que he visto. Lo confieso abiertamente, a pesar de que cualquier feminista que leyera esto, me insultaría y vería confirmadas sus peores suposiciones sobre los hombres. Pero así es la vida. Nadie te enseña en la pubertad o la juventud a conocer cómo piensan y perciben las mujeres, nadie te entrega las herramientas ni los materiales para construir el puente hacia ellas, y por eso te pasas durante decenios tratando de alcanzar a ciegas la otra orilla, si es que no pereces ahogado en el intento. En lugar de esas inútiles clases de gimnasia o de trabajos manuales que recibimos, en el colegio debieran enseñarnos sobre la sensibilidad de las mujeres y sus técnicas amatorias predilectas, sí, y todo eso debió haber sido impartido no desde la tediosa y archiconocida perspectiva masculina, sino desde la de las mujeres, desde las profundidades más secretas de sus deseos y fantasías.

—Cuéntame una cosa —le dije a Marcela hace poco.

Estábamos en la cocina preparando la cena, un salmón al horno que ella adobaba mientras yo calentaba espárragos. Afuera caía la nieve y nos habíamos animado a destapar un vino chileno, un viña Gracia, regalo del embajador Facuse, todo ello en el ambiente íntimo que posibilitaba ahora la complicidad.

—¿Qué pasa?

Se lo lancé de sopetón:

—¿Con quién me engañas?

—¿Tú te has vuelto loco de nuevo? —exclamó molesta, elevando la voz—. ¿De dónde sacas eso?

—Me lo huelo.

—Pues, lo hueles mal.

—Tú tienes un amante.

Noté que sus mejillas se sonrojaban, aunque bien aquello podía ser efecto del calor de la hornilla.

—Ganas no me han faltado, ni hombres tampoco, por si acaso. Y mira, Cristóbal, sé que tenemos problemas, estoy consciente de eso —comentó conciliadora—, pero de allí a que tenga un amante hay un gran trecho. El día que quiera tener uno, te lo haré saber, pierde cuidado.

—¿Me lo dirás?

—Te lo diré.

—Mira, debes decírmelo, porque yo estoy dispuesto a aceptar muchas cosas. Ya hablamos de algo así tiempo atrás…

—Eres un enfermo, un deschavetado.

—No lo soy.

—Sí, lo eres. Además…

—Además, ¿qué?

—Lo que me preocupa es en verdad otra cosa. No puede ser que aún sospeches de mí. Mira a lo que nos han conducido tus celos…

—No son mis celos los que nos ha conducido hasta esto, sino tu singular manera de actuar, por decirlo de modo diplomático.

—Estás enfermo.

—Tú tienes un amante —insistí.

—¡Me estoy cansando realmente de escuchar estupideces! —dijo esforzándose por no perder la calma. El salmón abierto sobre la bandeja, esperando el calor del horno, me pareció de pronto un espectáculo obsceno y cruel—. ¿Por qué no te olvidas de tus especulaciones y temores sobre lo que yo haya hecho o planifique hacer con mi fondillo, y piensas mejor en un país que pueda servirnos de refugio seguro?

—Dime la verdad, ¿me engañas o no? Si tienes a alguien, dímelo y yo no te complicaré las cosas —mentí, porque si en el pasado barajé la posibilidad de divorciarme de Marcela, ahora, tras lo ocurrido en Norrviken, mi salvación consiste en aferrarme a ella. El crimen nos ha convertido en cómplices y sólo la preservación de este vínculo me asegura que ella no termine denunciándome. Marcela se queda conmigo o yo me veo obligado a escoger otro camino, uno verdaderamente dramático.

—No tengo a nadie —dijo ella, y se alejó de mí para extraer la botella de aceite de oliva del repostero—. Y si tuviera a alguien, te lo diría. No sería como tú.

—Marcela, eso quedó en el pasado y no significó nada, pero nada… —recién en ese instante me di cuenta de que yo estaba aceptando algo que nunca antes habíamos abordado.

—Eso ya no me interesa. Nada de esa historia de la bailarina me interesa, menos ahora que estamos en esto.

Vertí sorprendido un frasco de alcaparras en los platos y los puse sobre la mesa, donde nos esperaban las copas de vino. Entonces Marcela sí estaba al tanto de mis enredos con la bailarina. No podía creerlo, ella jamás me había mencionado ni reprochado esa aventura...

—Lo de la bailarina no fue lo que te imaginas —mascullé.

—Me da lo mismo. Ese tema ya lo di por enterrado hace mucho.

—¿Y por qué ocultas ahora esas prendas eróticas?

Sus pupilas refulgieron. Tuve la sensación de que palidecía y que buscaba con ahínco una respuesta convincente.

—¿Me has estado registrando…?

—Fue una casualidad, Marcela, entiéndeme. El tema no es si registro o no tus cajones, sino qué hacen allí esas prendas. ¿Te tiempla mejor que yo? ¿Por eso piensas dejarme?

—Siempre buscando la clave en las cuestiones físicas —comentó con la vista fija en su salmón, adobándolo con un pincel—. Siempre preocupado por el tamaño, la posición, la resistencia, siempre viendo la explicación en los centímetros, el ángulo y los minutos. Vamos, ¿es que no te das cuenta de que en el sexo no se trata de medidas ni de ritmos, sino de la atmósfera que puedas crear? No tienes remedio.

—¿Quieres decirme con eso que tienes amante?

—Quiero decirte con esto que esas prendas son de una amiga.

—¿De quién?

—Eso no te importa.

—Claro que sí. ¿De quién son?

—De una amiga que me pidió se las guardara discretamente.

Sentí un alivio repentino, aunque bien podía tratarse de una mentira piadosa.

—Me mientes —insistí, calmado.

—No te miento. Son de una amiga. Yo se las guardo.

—¿Por qué?

—Porque tiene un amante y a ella le gusta ponérselas cuando se encuentran.

—¿Quién es?

—Ya te dije, es un secreto y no lo voy a revelar.

—¿Es la pintora cubana?

—No.

—Vamos, yo sé que es ella. Su marido es mucho mayor y Paloma siempre me ha parecido putísima. ¿Es Paloma, verdad?

Bebió un largo sorbo de vino, se puso de pie y subió corriendo las escaleras al segundo piso. El portazo del dormitorio hizo que la casa se estremeciera.

VEINTE

Hoy, tras acudir a la biblioteca central de Estocolmo a devolver libros de pintura medieval francesa y discos compactos de Stenhammer y de Gierek, me dirigí a un café cercano, el Strindberg, que me resulta en extremo acogedor por sus sillones viejos, su piso de tablas roñosas y las cortinillas de sus ventanas que miran a la avenida Sveavägen. La Stadsbiblioteket es uno de los orgullos arquitectónicos de la ciudad. Construida en los años veinte del siglo pasado por el arquitecto Asplund, pintada íntegramente de ocre, tiene en su centro un edificio de forma cilíndrica que descuella por sobre la construcción y la asemeja a un observatorio. Iba a entrar al Strindberg, cuando alguien gritó a mis espaldas.

Me volví a ver. Se trataba de una *punk* de cabellera colorina, ojos celestes y párpados negros. Vestía un abrigo largo del mismo color. Llevaba una argolla en la nariz y varias argollitas pequeñas adheridas a las cejas.

—No entiendo sueco —le expliqué en inglés.

—*I saw everything* —gritó ella.

—*What do you say?*

—*I saw everything, you pig.*

Sus palabras me causaron pavor. Sentí que el aire frío de la mañana entraba como una daga por mi boca. ¿Era cierto lo que yo escuchaba en medio de esa Seavägen por la cual circulaban buses y automóviles? ¿Qué había visto la *punk*? Yo no disponía del tiempo para indagar. En verdad, creo que ya no dispongo de tiempo para nada, y tampoco podía correr el riesgo de ignorarla simplemente. No me cupo duda de que se trataba de una de los *punks* que durante la noche de Norrviken conversaban en torno a la fogata.

—¿Un café? —le ofrecí indicando hacia el Strindberg.

Aceptó de mala gana, pero entró con paso decidido al local. Nos sentamos en la primera mesa vacía que encontramos, donde había un jarro con florcitas plásticas y un cenicero, y yo pedí un *café-au-lait* y ella una mezcla que me sorprendió: un *espresso* y un *aquavit*. Mientras me despojaba del abrigo, ella desabrochó el suyo. Debajo llevaba una blusa descotada. El canal de sus senos pequeños, casi planos —ella debía andar por los veinte años—, me causó una suerte de escalofrío. Sentí el deseo de posar mi mano en aquella piel pálida y tersa.

—¿Qué quieres? —pregunté.

—Dinero —repuso con insolencia. Era una mujer de mirada profunda, pero con el aspecto ambiguo de las obras de David.

—¿Y a qué te refieres con que viste todo?

Dubitó un rato, extrajo de su bolsillo un cigarrillo torcido a mano, que de pronto me pareció un pito de marihuana, y lo encendió. Tras expulsar entre sus labios gruesos pintados de negro un humo que olía claramente a yerba, repuso:

—Vamos, tú sabes a qué me refiero. No vamos a hablar ahora de todo eso, menos aquí.

—No tengo nada en mi conciencia —mentí, jugándome el todo por el todo.

—Siempre dicen lo mismo los culpables.

—No sé a qué te refieres —sentí que comenzaba a sudar.

—A lo mejor se te refresca la memoria si hablo con la policía...

La camarera trajo los cafés y el *aquavit*, pagué y eché una mirada rápida y nerviosa hacia la calle, como si la respuesta a aquel chantaje estuviese en los abrigos de los peatones que pasaban al otro lado de estas ventanas que dan la impresión de que estamos en una cabaña perdida en el campo sueco. Guardé silencio. Ella bebe de un sorbo el *aquavit* y me estudia con ojos implacables, que se tornan fieros e inhumanos bajo sus cejas perladas de aretes. Tiene la boca y las uñas pintadas de negro. Esta muchacha se parece a la muerte. Está allí, alerta, con algo de pájaro inquieto. Sí, era probable que hubiese presenciado todo la noche de Norrviken, de otro modo no me habría detenido en la calle. Soy, y aunque me cueste comprenderlo, víctima de un chantaje, de un chantaje de película. Me atreví a preguntarle:

—¿De qué monto estamos hablando?

—De lo que tú consideres apropiado.

Imagino que debe urgirle el dinero, cualquier suma, porque ha de ser drogadicta. De allí su actitud conciliatoria a la hora del monto.

Extraje un billete de cien coronas y lo coloqué sobre la mesa. Sus ojos enmarcados por el rímel acusaron la sorpresa. Deslicé el papel por la superficie del mantelito manchado mientras unas señoras de una mesa próxima nos observaban con descaro, y ella lo cogió con un movimiento rápido y preciso, como una serpiente que ataca y recoge su cabeza. Arrugó el billete y se lo guardó en el abrigo.

—Espero que esto no sea todo —reclamó seria.

—Es lo que tengo. ¿Crees que soy rico? Soy un pobre inmigrante latinoamericano. Te equivocaste conmigo... ¿Has estado en América Latina? ¿Sabes a qué me refiero?

—Más o menos.

—Pues me refiero a eso, a Nicaragua, Honduras, Cuba, Bolivia, somos países pobres. Yo soy pobre. *Do you understand? I am a poor guy*... Búscate a un gringo o a un alemán...

—*You are a pig. Aren't you?*

—Tampoco estoy para que me insultes, eh. ¿Estás clara?

—¿Cuándo nos vemos de nuevo?

—Me voy de viaje y no tengo tiempo para más encuentros.

—Vamos, tú sabes que con lo que has hecho, podrías no salir más de este país.

Sentí un escalofrío. Ella hablaba en serio y tenía razón. Una de las mujeres se puso de pie y se encaminó al teléfono de la barra. Intercambió unas palabras con el tipo que preparaba el café y marcó un número. Tal vez nos denunciaba.

—Vienes de países de mierda, pero no quieres irte de este país de mierda —afirmó la muchacha sin ánimo de provocar, como quien describe sólo un dato más de la situación.

—¿Cómo te llamas?

—Ivar.

—Ivar es en Suecia nombre de hombre.

—Da lo mismo, da lo mismo lo que uno sea. Uno es lo que los demás creen que uno es. ¿Crees que soy hombre?

—Pareces una mujer. Una muchacha muy atractiva. Es una lástima que andes como andas, porque eres estupenda.

—No hables mierda. ¿Cuándo nos vemos?

—Ya te dije. Tengo que viajar.

—Te espero aquí mismo, en tres días más. Con más dinero. Con mucho más.

No me quedaba otra alternativa. Además, yo carecía de la calma necesaria para reflexionar y escoger una respuesta medianamente disuasiva. Cuando uno enfrenta una situación de emergencia, rara vez reacciona como debiera hacerlo. Uno no está preparado para actuar, ya lo comprobé en la casa del lago Norrviken. Además, después de la batalla, todos son generales, diría mi suegro.

—Espera. Mejor no nos reunamos aquí —sugerí.

Ahora que aspiraba a fondo y expulsaba el humo de su cigarrillo, no me cupo duda de que era de marihuana. Su aroma es inconfundible. Si no me alejaba cuanto antes de allí, terminaría preso. Me acusarían de tráfico de drogas y de pervertidor de menores. Quedaría en manos de Duncan.

—¿Por qué no quieres que nos reunamos aquí?

—Porque si no puedo venir, te vas a complicar esperando. Vas a tener que pagar tú el consumo si no vengo.

—¿Y entonces?

—Espérame en la Stadsbiblioteket. En el segundo piso, en la salita lateral del segundo piso. Allí almacenan literatura latinoamericana.

Era un buen lugar, discreto, apartado, y yo podría manejar mejor la situación si Ivar se insolentaba.

—¿Eres literato?

—Creo.

—Déjate de mierda y dime: ¿vas a venir o no? —ya no había ni trazas de benevolencia en ella. Yo era su presa y no estaba dispuesta o dispuesto, vaya uno a saber, a dejarme ir sin cerciorarse previamente de que yo aceptaba sus condiciones.

—Si no vengo, vuelve al día siguiente a esta misma hora. Y así hasta que yo reaparezca.

—¿Crees que soy un payaso? —su mirada era escalofriante. No tenía mirada de muchacha, sino la de una mujer madura ya endurecida por la vida—. No estoy para bromas.

—Estoy hablando en serio. Yo volveré, volveré en cuanto pueda.

—¿Con el dinero?

—Sí, con el dinero.

—Tienes que volver, de lo contrario me aparezco por tu casa o voy directo a la policía.

VEINTIUNO

Cuando esta mañana llamaron a mi puerta, supuse de inmediato que era Ivar. Dejé de escribir esto, pasé al dormitorio y le advertí a Marcela que no se presentara en el primer piso. Luego fui abajo intentando recuperar la calma. Tuve la impresión de que el círculo de los *punks* y de la policía se cerraba en torno nuestro y que debíamos escapar antes de que las cosas se agravaran. Hay cosas que uno sabe que van a ocurrir; sin embargo, nada hace por evitarlas. Es el momento, creo yo, en que se impone ese guión escrito por alguien hace mucho y que determina nuestra vida.

Al abrir, no me encontré con Ivar, sino con el coronel Montúfar. Estaba allí de abrigo, guantes y sin sombrero, sonriente, bien afeitado y perfumado, con el Báltico albo e infinito a su espalda, satisfecho de sorprenderme a esa hora. Un cuervo graznó desde un árbol.

—No hay nada mejor que el factor sorpresa. ¿No me esperabas, ah?

Obviamente me sorprendía. Me lo imaginaba enredado en asuntos legales en la capital, recurriendo a despachos de abogados de renombre, enfrentando a testigos de memoria prodigiosa y a jueces severos e independientes, era al menos la imagen que difundía la televisión chilena. Nunca habría pensado que el coronel pudiera andar de paseo por Europa pese a las denuncias que se ventilaban en su contra en el país. Lo hice pasar. Su taxi se alejaba ya bajo el cielo encapotado.

—Estás sorprendido porque has visto mucha televisión —agregó mientras se despojaba del abrigo—. Esos periodistas hacen de cualquier insignificancia un escándalo, son unos descriteriados, eso no pasaba antes. Pero ya ves, estoy aquí, libre de polvo y paja. ¿Y Marcelita?

Desde el fallecimiento de su mujer había aumentado su pasión por Marcela. Era un vínculo en que a ratos se mezclaban el amor y el odio. Marcela era su único retoño, y sospecho, sin embargo, que pese a todas sus muestras de amor hacia ella, Montúfar habría preferido tener un hijo en lugar de una niña. Un hijo que siguiera sus huellas en el ejército y que preservase el apellido. En su lugar había nacido una "chancleta" que era actriz, y que ahora se ocultaba en un país nórdico junto a un escritor de dudoso prestigio. En verdad, Marcela, la bella ex alumna de aquel exclusivo colegio de monjas, no vivía como su padre lo había añorado. Pero así de indolente es el destino, y creo que Montúfar, quien presiente los pasos de la justicia detrás de sus talones, también comienza a intuir que la vida carece de lógica, que es ingrata, injusta, azarosa y siempre proclive a darnos tarascones dolorosos o a depararnos sorpresas desagradables.

Pasamos al living, donde le ofrecí una taza de café con galletas, y puse como música de fondo algo de Wagner, su compositor favorito. Había arribado la noche anterior a Estocolmo y se hospedaba en el hotel Diplomat de Gamla Stan. Se veía más robusto y saludable que la última vez, distinto, en todo caso, al oficial destruido y afectado que salía de los tribunales y reiteraba su inocencia ante las cámaras de televisión. Supongo que su asistencia a los tribunales y su actuación de hombre acosado por seres que sólo buscan la venganza obedecen a un libreto cuidadosamente escrito que busca difundir la imagen de un soldado viejo, sacrificado e inocente de cuanto abuso ha ocurrido.

—Esa gente va a seguir con sus campañas —dijo cuando volví de anunciarle a Marcela su arribo—, pero yo tengo las manos limpias. Todo lo hice por Chile, de acuerdo a mis principios y siguiendo las órdenes que emanaron de muy alto. No hay que olvidarse de que yo era entonces simplemente un soldado al que no le quedaba más que obedecer. Pero confío en la justicia y en que los jueces no olviden que los opositores no eran tampoco unos santos. ¿Cuál es el problema que hay aquí?

Era exactamente su estilo. Hubiese preferido preguntarle qué siente ahora que el máximo responsable del régimen al que sirvió se encuentra disfrutando como un jubilado más junto a sus hijos y nietos, mientras él enfrenta la venganza de los enemigos de ayer. Pero no me atreví a provocarlo. Él suele hacer siempre lo mismo: primero lanza una declaración sobre un asunto determinado y después, sin esperar a que se produzcan las réplicas, formula preguntas que dirigen la conversación en otro sentido. Tal vez lo aprendió en la Escuela Militar o dirigiendo regimientos, vaya uno a saber. De ese modo es imposible derrotarlo durante una discusión. Él las concluye cuando lo estima pertinente y luego, fingiendo despreocupación, se interna por otros meandros.

Me cuesta convencerme de que Montúfar sea el responsable de todo cuanto lo acusan y al mismo tiempo el hombre capaz de sentir genuina fascinación por Wagner y Mahler, los muebles de estilo, la historia, la pintura latinoamericana y la misa de los domingos. ¿Qué es falso en todo aquello? Me lo preguntaba a menudo cuando comencé mi relación con Marcela. ¿Es falso lo que sostienen sus enemigos políticos o son fingimientos sus delicadas aficiones? A estas alturas estoy por convencerme de que ambas facetas, la del violador de derechos humanos y la del amante del arte, aunque contradictorias, son verdaderas y forman parte de este hombre en sí contradictorio. Siempre que estoy con él le observo discretamente sus manos blancas, de dedos largos y finos, de uñas bien cuidadas, y me pregunto si alguna vez habrán asesinado a alguien, aplicado un golpe a mansalva o una descarga eléctrica a un prisionero, o bien empujado el cuerpo de un prisionero maniatado desde un helicóptero en pleno vuelo.

Me pasma el grado de hipocresía de que es capaz la piel. Así como nada en el cuerpo bien proporcionado y deseable de Marcela delata su traición, igualmente nada en las manos aristocráticas de mi suegro acusan al antiguo jefe de inteligencia del régimen militar de actos criminales, y nada en mis manos de escritor denuncian al hombre que asesinó a Víctor Yashin. En el fondo, todos somos actores sobre este gran tinglado de la vida, y la epidermis es nuestro mejor disfraz: Montúfar simula frente a las cámaras un dolor que no siente, Marcela finge un amor que ya feneció y yo represento una inocencia que hace mucho perdí. Y lo peor es que no hay forma de llegar a la verdad última de las cosas, porque en el fondo somos nuestras palabras y las palabras de los demás sobre nosotros, pero nunca somos nuestra última esencia, del mismo modo en que nuestra personalidad es una suma infinita de máscaras sin que exista una máscara final, definitiva, explicatoria. Por eso mismo, no existen las confesiones, porque toda confesión es un simulacro, una nueva máscara que permite seguir fingiendo.

—¿Cuál es el problema? —insiste Montúfar, retrotrayéndome a la conversación.

Es un tipo sorprendente. Cada vez que pretendo desviar un tema, evadir algo de lo cual él quiere hablar, no hay rodeo que sirva, porque Montúfar regresa con porfía al asunto que le interesa del mismo modo en que un caballo vuelve a su abrevadero predilecto.

—Estamos en crisis... en crisis matrimonial —dije sin querer sonar dramático, y al decirlo sentí vergüenza, pues constaté que me había dejado arrastrar hacia esa suerte de confesión sólo por el carácter repentino de la visita de Montúfar.

Pero ya es tarde. Yo he dicho lo que he dicho. No hay nada que hacer. No descarto la posibilidad de que mi suegro haya estado desde lejos, a través de Marcela, al tanto de las circunstancias. ¿Se habría atrevido ella a contarle sus correrías amorosas? ¿Y le habrá relatado lo que nos ocurrió en Norrviken? ¿Es posible que a Marcela le resultase más fácil confesar el crimen a un hombre que hace decenios asesinó u ordenó asesinar a otros? Me basta el recuerdo de Yashin derrumbándose ensangrentado sobre la alfombra para entender que el tema de la supuesta infidelidad de mi mujer es en estos instantes un asunto menor, casi anecdótico, pero había sido yo quien deseaba hablar sobre eso.

—¿Cómo se llama la sueca? —preguntó Montúfar. Llevaba su infaltable terno gris, la camisa blanca y la corbata azul oscuro con su perla eterna, al igual que el general a quien había servido durante diecisiete años, y mantenía su cabellera canosa rigurosamente peinada hacia atrás.

—¿Cómo? ¿Qué sueca?

—La sueca. ¿Cómo se llama?

—No entiendo —tartamudeé.

—Sí, la mujercita que te conseguiste.

Sus pequeños ojos verdes me observaban de hito en hito. Recién ahí capté a qué se refería.

—No hay ninguna sueca.

—¿No?

—Más bien un sueco.

Desconcertado, bebió un sorbo de té para ganar tiempo y colocó la taza y el platillo sobre el brazo del sofá. Eso era algo que no estaba en sus planes.

—Escúchame bien, Cristóbal —dice al rato mirando serio los arabescos de la alfombra—. Cuando un hombre tiene amante y su esposa lo descubre, él es el responsable. Y cuando la esposa tiene su amante y el marido la descubre, entonces también él es el responsable. Así es la vida de injusta. Te lo dice un hombre al que le han pagado con la ingratitud. Los hombres casados son como los militares en relación a lo que ocurrió en Chile: emergen siempre como responsables, aunque la oposición se haya dejado manducar por amantes cubanos y soviéticos.

Arriba crujió la puerta del baño, rechinó un grifo y comenzó a fluir el agua de la ducha.

—¿Está por bajar? —pregunta Montúfar.

—Tardará unos minutos.

Vuelve a sorber de la taza, satisfecho quizás con su prédica sobre la infidelidad y los hombres.

—¿Tienes pruebas del asunto?

—Pruebas, pruebas, no, pero algunos indicios.

—¿A ti te falla algo acaso?

—¿Cómo?

—Sí, hombre. Me refiero a si tienes la tripa en buen estado o no…

—No, no tiene nada que ver con eso —respondo sonrojado—. En ese sentido siempre nos entendimos bien con Marcela. Se trata, creo yo, de cosas de mujeres, de sentimientos, gestos, de lo que ella dice es mi incapacidad para crear ciertas atmósferas…

Me mira con extrañeza.

—¿Atmósferas? ¿Dices atmósferas?

—Sí, atmósferas.

—Pero ¿estamos hablando de meteorología o qué?

—De ambientes románticos, coronel, de vibraciones, de empatía...

—Déjate de huevadas a tu edad —afirma tranquilo, sin dramatismos. Arriba ya no corría la ducha—. A la mujer hay que entregarle atención y dinero para que mantenga la casa y se dé sus gustos. Lo demás son pamplinas, teatro para ocultar la verdad, cuestiones que inventan las feministas para mujeres insatisfechas. A la mujer, penca y billetera, decía mi abuelo, lo demás, ya te dije, son huevadas. Se puede tener las amantes que se quiera si no te fallan el marrueco ni la billetera, cabrito. Y si se separan, ¿continuarán o no con la sociedad?

—No hemos hablado de eso.

—Una cosa quiero dejar en claro: pueden hacer lo que quieran con sus vidas, para eso están harto maduritos los dos, pero no quiero problemas con la sociedad. He metido demasiada plata en esto, tengo el 51 por ciento y no quiero malas noticias ahora que parece que empezamos a despegar y he contactado a nuevos anticuarios y dueños de galerías de arte.

Marcela comienza a bajar las escaleras. Escuchamos sus pasos. El coronel se pone de pie, se abrocha el botón del medio de la chaqueta y se acomoda la perla en el centro de su corbata. Creo que hizo resonar sus tacones.

—Pues ya sabes. Arréglame todo esto sin que haya trizaduras de platos, que eso no nos conviene. Ni a mí, ni a ti...

VEINTIDÓS

Salí de casa dejando atrás a Marcela con su padre y me dirigí al museo Vasa, una imponente construcción de madera en el parque real de Djursgarden, que guarda, íntegra, una de las maravillas de la historia marítima del mundo: el gran velero de guerra Vasa, nave insignia y orgullo de la marina sueca del siglo diecisiete, que veinte minutos después de haber zarpado de los astilleros locales se hundió en un mar calmo como un lago ante millares de azorados estocolminos que celebraban su bautizo. Tres siglos más tarde, al cabo de innumerables peripecias que segaron la vida a más gente que el naufragio mismo, ingenieros lograron reflotar la nave mediante un curioso sistema neumático. Las aguas del Báltico y del lago Mälaren, que se confunden vigorosas frente a Estocolmo, impidieron la irrupción de la temible broma, preservando la embarcación como si recién hubiese abandonado los astilleros, o el tiempo se hubiera detenido en las turbias y frías mareas que rodean la capital.

Me gusta contemplar la infinidad de detalles amorosamente restaurados de la nave: la quilla breve y ancha, tan alta como el primer nivel del edificio, las almenas con doble hilera de cañones revestidos de pátina, la cubierta de madera atestada de esculturas y escudos nobiliarios, en fin, todo eso me sobrecoge por su olor a historia. Y más arriba están la torre de mando, que sólo puede verse desde los balcones del quinto piso, y los mástiles que descuellan por sobre el techo del museo y emulan con los campanarios y las cúpulas de cobre de la ciudad. Acodado a la baranda del tercer nivel, inmerso en el silencio y las penumbras, observo esta vez largo rato el magnífico mascarón de proa: un gigantesco león de madera congelado en un brinco formidable, esfuerzo que no sólo despeina su frondosa y larga melena, sino que pone en tensión sus tendones y garras, tallados con magistral realismo. La ferocidad que irradia el felino me trae a la memoria versos del *Infierno*, de Dante: "Mas un león aquí se me aparece, / tiesa la crin, humeando la garganta, / tal que hasta el aire mismo se estremece...". De pronto, una voz ronca dice a mi espalda:

—Celebro que le gusten los barcos, señor Pasos.

Me volví sorprendido, pues pensaba que yo era el único visitante del museo a esa hora de la mañana invernal, y me encontré a boca de jarro, circunstancia que me consternó, con el rostro huraño del inspector Duncan. Vestía otra vez completamente de negro, color que fugazmente me hizo pensar en Ivar y en la posibilidad de que presagiaba tal vez mi destino, porque su presencia allí sólo podía significar que Duncan me seguía por el crimen de Norrviken.

—No me canso de admirar esta joya —dije simulando cierta indiferencia ante su repentina aparición.

Duncan posó con gesto cardenalicio sus manos sobre la baranda. Olía a un perfume fresco, y creo que bajo el brazo cargaba un gorro cosaco de piel.

—Todos los países y todas las personas tienen su Vasa —comentó—. La única diferencia, aunque usted no lo crea, consiste en que unos lo exhiben y otros lo ocultan, o, al menos, intentan ocultarlo.

El eco de su voz recorría los pisos rebotando contra la nave, y su barba de unos días le otorgaba un aspecto deliberadamente descuidado e intelectual, atractivo.

—No le entiendo —dije.

—El Vasa era el orgullo máximo de los suecos, la obra técnica más asombrosa y avanzada de la época —precisó y se mordió el labio superior, que apenas despunta bajo el bigote, para luego agregar—: Se les hundió un cuarto de hora después de botarlo al Báltico, y lo rescataron siglos más tarde para exhibirlo ante el mundo. ¿No le parece loable la forma en que una nación admite su fracaso?

—Creo que empiezo a entenderlo, inspector.

—Hay naciones que prefieren olvidar su fracaso.

—Los suecos prefieren mirarlo de frente.

—Así pareciera, pero como le dije, aunque todos los países y todas las personas tienen su Vasa, la mayoría pretende ocultarlo. Pero no hay subterfugio que valga, señor Pasos, los Vasa siempre salen a flote y emergen íntegros. ¿Ha pensado usted en cuál es su Vasa?

Su alusión al subterfugio, acompañada de una mirada fiera, como la del león en pleno salto, me estremeció. ¿Estaba sugiriendo que los *punks* me habían denunciado? ¿O sólo intuía dónde yo ocultaba los objetos incriminadores? Maldije el momento en que no me atreví a arrojarlos a la basura. Tal vez ahora, en ese preciso instante, la policía registraba mi casa. La sorpresa para el coronel Montúfar, a quien muchos acusan de haber dirigido personalmente allanamientos durante el régimen militar, debía ser mayúscula. Sudé de sólo imaginarme que Duncan terminaría conduciéndome esposado del Vasa a los tribunales, donde unos jueces rubios, rozagantes y de ojos azules, con toga, birrete y peluca, me condenarían a cadena perpetua.

—Hace mucho milité en Chile en un movimiento revolucionario que intentó cambiar las cosas de raíz —agregó Duncan al rato, tranquilo, con las manos aún en la baranda, sin dejar de mirar hacia la nave, aludiendo al gobierno de Salvador Allende, desde luego— y fracasamos. Lo malo es que seguimos ocultando nuestro Vasa y sólo vemos el de nuestros adversarios.

—¿Cuántos años lleva en Suecia, inspector? —le pregunto mientras las manos me sudan en los bolsillos del abrigo. Yo continuaba aquel diálogo oblicuo sólo para ganar tiempo, poder escapar en algún momento y buscar refugio inicial en los espesos bosques del Djursgarden.

En lugar de responderme, y fastidiado tal vez por mi abrupto giro en la conversación, me invitó a tomar café al restaurante del museo, cuyos ventanales se abren hacia un brazo de mar con antiguos muelles de madera que permanecen vacíos durante el invierno. Camina con las manos en los bolsillos del abrigo desabotonado, hinchando el pecho, mostrando bajo el *beatle* una incipiente barriga que delata ya una existencia algo aburguesada, con la cual nunca habría soñado en sus años en el Chile de Allende. Pero así es el exilio, como esas estribaciones andinas anegadas por sombras que uno observa al atardecer desde los aviones, un sitio y una circunstancia en que uno dejó de ser quien fue para convertirse en algo incierto, desdibujado, ambiguo, sin fruto garantizado. ¿Sabía Duncan quién era mi suegro? ¿Y me espía acaso porque sospecha de mí? Y si me sigue, ¿habrá reparado en el visitante que llegó esta mañana a mi puerta y yo tomé inicialmente por Ivar, la *punk*? Cuando llevaba mi taza hacia las mesitas junto al ventanal, tropecé sin querer con una mujer de mediana edad y aspecto mediterráneo y distinguido que me hizo derramar el café sobre la bandeja. Iba de traje sastre fino y pañuelo de seda al cuello, bien perfumada y alhajada, hubiese jurado que era diplomática latinoamericana. No me pidió las disculpas del caso y en su lugar me clavó una mirada molesta, y también displicente y altanera, que me hizo pensar en la prepotencia chilena, y luego se arrimó a la barra en busca de lo suyo, meneando la cabeza en ese descalificador estilo de ciertos compatriotas, con el que parecen decir "y este, ¿qué se ha creído?". Al alcanzar la mesa donde Duncan esperaba, me produjo un escalofrío imaginar que bajo la luz del día mis reacciones quedarían más claramente de manifiesto que en medio de las sombras que rodean al Vasa. Supongo que él ya sabe quién es Marcela y quién soy yo, que conoce mi pasado revolucionario y mi conversión, y que debe irritarle que nosotros, vinculados hoy a quienes lo exiliaron de su patria, paseemos libremente, disfrutando de una existencia nada despreciable, por el país que le concedió asilo. Los exiliados muestran en esto una inquietante intolerancia, pues terminan a menudo por sentirse dueños del lugar que los acoge y por creerse obligados a justificar incluso sus defectos, tarea que cumplen con mayor apasionamiento que los mismos ciudadanos.

Duncan se explayó sobre su vida en Suecia, a la que dice haberse adaptado bien, aunque con dificultades, sobre todo en materia de clima. Después de veinte años de exilio admite que su nostalgia se desperfila cada vez más, quizás al mismo ritmo en que su memoria pierde rigor, y habla de lo que considera incomparable: la experiencia de recorrer durante el verano el archipiélago sueco en bote a vela. Al parecer es un velerista conspicuo, un hombre que ama el mar y sueña con navegar un día hasta el Caribe, sospecho que con la intención de visitar Cuba, mito de todo izquierdista. Y mientras se sincera conmigo, lo que de algún modo me tranquiliza, ya que tal vez significa que no abriga sospechas en mi contra, su rostro permanece imperturbable, como esas máscaras gruesas y coloridas que tallan con singular maestría los artesanos mayas de Chichicastenango. Pero lo que me atribula es que ignoro por qué Duncan recorre el museo Vasa precisamente hoy. ¿Se trata de una mera casualidad o me sigue?

—¿Qué busca aquí, inspector?

—Nada especial.

—Estoy por pensar que me sigue.

No le concedió importancia a mis palabras, o tal vez sólo fingió no hacerlo.

—Visito a menudo este sitio. Es lo que mejor simboliza la misión policial —agrega, y bebe el café con la vista fija en un patinador que se desliza entre los muelles desolados—. Mi tarea consiste en reflotar los Vasa de la gente.

Mi café está tibio y aguado. Intento cambiar nuevamente de tema:

—¿No piensa volver a Chile?

—¿Para qué? —me clava sus ojos de moro—. ¿Para buscar a alguien bien conectado que me haga el favor de conseguirme una pega? ¿Para abandonar este mundo igualitario y desprejuiciado, y sumergirme en uno clasista e hipócrita? ¿Para integrarme a una policía que sólo persigue a los pobres y hace la vista gorda con los poderosos?

No me cabe duda: pertenece al bando de los derrotados, al de aquellos que tienen conciencia de su derrota, pero se niegan a asumir su dosis de responsabilidad. Si bien en el alma de Duncan anida un fuerte resentimiento contra su país —o su antiguo país—, sigue siendo el *apparatchik* que me imaginé al conocerlo y que el embajador Facuse me describió más tarde. Adopta una posición combativa frente a los males nacionales, seguro postula una solución radical para todos ellos, e imagino que su veredicto sobre mi trayectoria política ha de ser implacable. Pero no debo inquietarme por eso, así es la vida, llena de sinsabores, redactada en otra parte y por alguien desconocido. Además, uno tampoco puede ser del agrado de todo el mundo, como sostiene mi suegro. *Everybody's darling, nobody's darling.* Y no es que uno haga ciertas cosas por decisión propia, sino que a uno simplemente ellas le suceden, como sostiene Marcela.

—¿Sabe, inspector? A veces, tengo la impresión de que la vida se parece mucho a las novelas y las películas.

—¿Y esta escena a qué se le parece? —pregunta entretenido.

—A una novela policial que leí hace un tiempo sobre un detective cubano, radicado en Chile, que viene a Estocolmo a investigar un crimen.

—¿Cómo se llama?

—*Cita en el Azul Profundo*, o algo por el estilo. La escribió un tal Ampuero.

—¿El ex senador?

—No, no es el ex senador. Parece que se llama Rodrigo o Ramón. Puede que sea hijo o pariente de él, pero da lo mismo. En todo caso esto que nos ocurre hoy aquí se parece a una escena de esa novela.

—Es probable —se acaricia la barba sin demostrar sorpresa—. No la he leído, aunque me interesa la literatura policial. De novelas chilenas es poco lo que sé, me resultan por lo general aburridas, siempre gente relatando sus traumas de infancia o sus sueños de grandeza, ejercicios aparentemente intelectuales, cosas que sólo pueden leer hasta el final la abuelita o la novia del autor. Lamento decírselo, además, pero no conozco nada de lo que usted escribe.

Afirmó esto último en tono vago, como quien divisa —afortunadamente a la distancia— a un viejo compañero de colegio con quien nunca simpatizó ni quiere hablar. Supongo que su veredicto sería descorazonador. Un escritor de novelas policiales teme siempre el ojo realista de los policías de verdad.

—No se ha perdido nada, así que no se preocupe, inspector. Yo que usted, con la experiencia que tiene, escribiría.

—Lo mío no es la ficción, ya sabe. Lo mío son actas y reportes, informes y formularios, algo atroz y monótono, sujeto a precisiones que no aceptan la especulación. La burocracia se come a los policías y estos tienen poco que ver con lo que de ellos se cuenta en las novelas y películas. Lamentablemente.

—Quizás lleva demasiados años lejos del país —sueno conciliador.

—Los países, como las personas, no cambian, señor Pasos —comenta tras cerciorarse de que he finalizado el café—. Así que no es mucho lo que debo haberme perdido en veinte años. Los países no son como las novelas, que hay que comenzarlas por el principio. A Chile se puede entrar en cualquier momento e igual entenderá lo que ocurre. O tal vez no entienda nunca nada, pero da lo mismo en qué momento o en qué página, diría usted, se llega allá. En el fondo, todo sigue siendo igual. Es un país carrusel.

—No entiendo.

—Muy simple, es un país carrusel porque siempre gira en el mismo lugar. No aprende nada, o muy poco. Y cree a ratos que va muy rápido. ¿Qué saca un carrusel con girar rápido? Que la gente se maree, pero cuando se baja, está en el mismo sitio.

—Veo que le fascina filosofar...

—Al menos aquí las cosas son transparentes como el hielo de Jukkasjärvi, señor Pasos. Persigo a quienes delinquen, sean inmigrantes pobres, políticos influyentes o empresarios de éxito, y la justicia los castiga, sean quienes sean.

—Eso me parece loable.

—Allá, en nuestro continente, usted bien lo sabe, la justicia tiene demasiados apellidos y conmiseraciones. Hay hasta cárceles especiales, mejor dicho, hoteles con barrotes, para los ricos, como el anexo Capuchinos, y centros de detención para militares criminales, como Punta Peuco. Son una vergüenza. ¿Cómo voy a defender cosas así? ¿Cómo voy a querer volver a eso?

Soy incapaz de articular una respuesta. Duncan tiene razón y sus palabras, no sé por qué, me sonrojan. Espero que no lo note.

—Tenga la completa seguridad de que a quienes delinquen los persigo sin piedad —agrega y se pone de pie colocando las tazas vacías en su bandeja y camina hacia la barra. Lo sigo con los movimientos torpes y agarrotados de un zombi—. Y siempre doy con ellos, aunque se refugien en el último confín del mundo. He traído de vuelta a gente desde Bangkok, Daar es Salaam y Ushuaia para entregarlos a la justicia. Eso le da sentido a mi vida, señor Pasos. Pero bueno, basta ya de cháchara, es hora de que yo vuelva a la central. ¿Ha estado usted alguna vez allá, señor Pasos?

VEINTITRÉS

Después del encuentro con Duncan, que aún ignoro si fue fruto de la casualidad o de su seguimiento, y aprovechando que Marcela y su padre realizan una excursión por la ciudad, busco refugio en un café instalado en los pasillos de la distinguida Sture-galleriet, un local que frecuentan los *yuppies* estocolminos. Siento la imperiosa necesidad de reflexionar sobre cuanto ocurre y también de planear, como si se tratara de un juego de ajedrez, mis próximas movidas. El piano de Gonzalo Rubalcaba inunda con su ritmo desenfrenado este espacio y lo torna irreal, pues afuera, al otro lado de los ventanales, cae la nieve, reina el frío y la gente pasa presurosa.

Mientras bebo un oporto y hago apuntes en mi pequeña libreta, pienso en muchas cosas que he dejado en blanco en la novela que escribo. Pienso, por ejemplo, que mi personaje transita con demasiada facilidad de la preocupación que le causa la infidelidad de su esposa al agobio que siente ante el peligro de ser descubierto por la policía. Creo, además, que todavía me pena el bello rostro adolescente de Ivar, su mirada azul que conjuga inocencia con insolencia, su cabello rojizo y corto, al estilo paje, puesto en punta con laca asemejando un puercoespín, su cuerpo fino y enjuto, sin curvas, envuelto en un abrigo del cual penden cadenas de baño y broches, su actitud desafiante exigiéndome dinero para guardar el secreto de Norrviken. Me persiguen sus labios gruesos pintados de negro, el canal translúcido de sus pechos jóvenes, su adicción por el *aquavit* a tempranas horas de la mañana, su aspecto ambiguo, su escepticismo y malas palabras, su desprecio frontal por todo lo que no la aproxime a lo único que anhela: la droga.

Ignoro qué haré con Ivar. En cuanto el tiempo me lo permita, acudiré a la cita con ella en el pequeño cuarto lateral de la biblioteca donde almacenan los libros en español. Allí no va nunca nadie, huele a polvo y a encierro, y las paredes están cubiertas de estantes metálicos atestados de textos que nadie consulta, y hay unas sillas desvencijadas y, sobre todo, un silencio profundo, que hiere los oídos. La próxima vez le entregaré a Ivar más dinero y una botella de *aquavit*, y le diré después que el juego se acabó, que puede ir adónde quiera y hacer lo que le venga en gana, pero que ya no recibirá una corona más de mi parte. Tendrá que entender, resignarse, volver a mendigar por ahí, todo esto depende de la convicción y severidad con que se lo diga.

¿O será mejor mantenerla a fuego lento, entregándole cada semana un par de coronas y una botella de alcohol para que pueda darse sus gustos y yo alcance a dejar el país? Estoy en manos de esa *punk*, es inconcebible, es para no creer que esa muchacha haya cruzado aquella noche de Norrviken hasta la casa y haya presenciado cuanto ocurría a través de la ventana. Yo creía ser el único que espiaba ese episodio, pero estaba siendo espiado a la vez por otros ojos, y yo era parte de un episodio que alguien disfrutaba desde otra platea. Todo esto me sugiere el hecho, probable, lo admito, de que Marcela esté leyendo a escondidas lo que escribo sobre lo que está ocurriendo. En rigor, siempre hay una mirada que se posa sobre el que mira, una mirada que convierte en observado al observador, un juego interminable. En todo caso, hay algo que está meridianamente claro, me digo con un sobresalto, pues me sorprendo fantaseando con una idea peligrosa que ni siquiera debo escribir en esta libreta, y que sólo de imaginar me causa escalofríos... hay algo que está claro: mientras Ivar viva, no cesará de chantajearme.

Pienso también en Karla, la bailarina, a la que tantas veces me he referido en forma escueta y casi telegráfica. No ha dejado de ser en este manuscrito una simple silueta, una de aquellas figuras recortadas en papel negro, que apenas se reconocen por los contornos del rostro y el cuerpo, y que gozaban de popularidad en el siglo dieciocho, antes de la aparición de la fotografía. En ningún párrafo Karla ha trascendido más allá de esos trazos rápidos y descuidados con que la pinto, cosa que creo es injusta y no explica el profundo impacto que ella ha tenido en mi vida. Voy a renunciar a su descripción física porque ya siento que es muy tarde para hacerlo y ya cada lector dispone a estas alturas de una imagen de ella. Quizás lo más importante que yo pueda decir es que influyó decisivamente en mi forma de comprender y practicar el ejercicio erótico. Fue una de las escasas mujeres que no pretendían confundir o mezclar el sexo con el amor, circunstancia que me liberó y me condujo a disfrutar a fondo, y sin cargo de conciencia, de mis facultades sensuales. ¡Qué fantástico aquello de que podía existir el sexo por el sexo, sin ningún otro interés agregado a su coda, ni ningún compromiso que pudiera enrarecer el ambiente!

—No payasees —solía decirme Karla—. Una cosa es el sexo y otra el amor, no tienen por qué marchar por la misma avenida. Y, además, sólo se fornica rico con los amantes, jamás con el marido.

—¿De dónde lo sabes si nunca has estado casada?

—Me lo han dicho mis amigas casadas.

Existe una cantiga española de loor a la Virgen María, del siglo doce, escrita por un juglar de apellido Musa, que describe a una mujer pecadora como "graciosa y apuesta, pero licenciosa y de poco seso". Karla era todo ello, aunque de mucho seso, y parecía que lo había puesto al servicio de su oficio, bailar, y de su vicio predilecto, como ella calificaba la práctica erótica. Tardé un tiempo, no sé cuántas semanas, en descubrir una faceta suya que en un comienzo me costó aceptar: también se sentía inclinada por mujeres, mujeres jóvenes y atractivas, de cierto refinamiento. Tuve dificultad en comprender que efectivamente pudiese gustar tanto de hombres como de mujeres, y que explicase con total desparpajo por qué en ciertos momentos prefería a un hombre, en otros a una mujer, y a veces a ambos juntos en un *ménage à trois*. Había vivido en el barrio bohemio de Bellavista durante un año entero con Beatriz, una muchacha del ballet nacida en Florencia, y Virgilio, un músico argentino, apuesto y maduro, noctámbulo y chulo, que tocaba el saxo como Coleman Hawkins. Las cosas habían marchado bien hasta que Florencia se enamoró de otro hombre y se marchó a la carrera, más apurada, suponía Karla, por la repentina necesidad de enterrar en el pasado su bisexualidad que por su repentina pasión heterosexual. Cuando el *ménage à trois* se esfumó, sucumbió también la relación de pareja en el barrio Bellavista. La vida se le tornó a Karla insoportable con el argentino y al poco tiempo se separaron.

—Sí, hay relaciones eróticas o amorosas que sólo subsisten en una constelación amplia —dijo Karla mientras se miraba de perfil, enteramente desnuda, en el espejo de cuerpo entero de su departamento—. Es una lástima porque el argentino era un gran músico.

¿Por qué recuerdo y escribo todo esto? Pues porque quería describir mi historia con Karla. En fin, ya no vale la pena seguir detallándola, cualquiera que lea estas líneas intuirá lo que quiero decir, y si no lo intuye, pues no debiera continuar leyéndolas. Uno no puede revelarlo todo de una vez, como una llave de agua abierta al máximo, hay asuntos que deben dosificarse o sólo sugerirse. Uno sueña a veces con un lector inteligente, que capte las cosas antes de que uno las diga. Lo único que deseo mencionar a estas alturas es que mi relación con Karla no falló por Marcela, quien se enteró de mi infidelidad entonces por la misma Karla.

—Para qué voy a andar con cuentos —me dijo en la que sería nuestra última cita—. A mí siempre me ha gustado decirle al pan, pan, y al vino, vino. Así será ahora, escúchame bien: lo nuestro ya no camina. Volví a ver a Beatriz y me voy a vivir con ella.

Y mientras dejo vagar la memoria y garabateo estos apuntes en este café del Sturegalleriet, y la música de Rubalcaba es sustituida por una canción ya legendaria del grupo Abba, y aunque afuera siga nevando y los transeúntes no cesen de pasar, adopto una decisión clave para aliviar las dudas que me corroen con respecto a la infidelidad de Marcela, algo que debí haber hecho antes, desde luego: visitar simplemente a Paloma y preguntarle si es verdad que aquellas prendas íntimas le pertenecen.

VEINTICUATRO

Estaciono en el antepatio de la lujosa residencia de la cubana, que se alza en lo alto de una colina del barrio de Lidingö, desde donde se domina una porción de mar e islas, y me recibe en la puerta una mujer con aspecto de eslava, que seguramente se encarga allí de la limpieza. Es una Boryena de Lidingö, me digo mientras me hace esperar sentado en un living de ventanales, muebles minimalistas y óleos de pintura sueca y latinoamericana, entre los cuales sobresalen una de aquellas gordas de Botero tumbadas en paños menores y un pequeño retrato de Frida Kahlo, que deben costar una fortuna. El esposo de Paloma, cuarenta años mayor que ella, es accionista de la Ericsson y socio del principal criadero de esturión en Estados Unidos. Todo en ese ambiente gratamente temperado y acogedor, de alfombras persas, espejos biselados de estilo gustavianos y pesadas lámparas de cristal de Bohemia, exuda la riqueza que emana de un hombre al cual sólo he visto un par de veces y desde la distancia.

—¡Guau! Tú por aquí, bienvenido —me dice Paloma y me estampa con escándalo un beso en cada mejilla. Descendemos por la amplia escalera de granito hacia el nivel inferior de la casa, donde se hallan su estudio, un cuarto para huéspedes, un gimnasio y un sauna, todo, por cierto, amplio y bien equipado, y le ordena a Lisbeta nos traiga café y galletas.

Quedamos solos en ese lugar donde cuelgan telas a medio terminar, huele a pintura y reina un desorden de pinceles y potes. Por las ventanas entra la inmensa superficie del mar congelado y los islotes cubiertos de bosques blancos. Pero no es el estudio, que tiene algo de búnker, ni aquel panorama natural allá afuera lo que me atrae esta mañana, sino la belleza casi perfecta de esta mulata de veinticinco años, carnes recias y rostro aguzado, como las mujeres de Modigliani, que viste sólo una bata blanca, holgada y tan corta que enseña el nacimiento de sus muslos y el arranque de sus pechos generosos. Hace mucho, quizás desde que descubrí las prendas de Marcela, que no había sido tentado de improviso por el deseo a galope tendido con la intensidad de ahora. Últimamente, cuando he hecho el amor con Marcela, lo que ha ocurrido en escasas oportunidades, he actuado más bien movido por el ánimo de hostigar y erosionar su relación secreta con el amante, pero ahora me asalta un sentimiento avasallador y subterráneo, incontrolable, nutrido por ese cuerpo apenas disimulado por el delantal en este espacio íntimo que compartimos.

—Jeppe está en Singapur —dice Paloma, acentuando nuestro aislamiento—. Asuntos de negocios. Permanecerá allá toda la semana.

Sobre su nuca lleva el cabello amarrado en forma de tomate, pero un par de mechones se derraman sobre su rostro de ojos almendrados y nariz fina, de belleza perturbadora. Me tiendo en una *chaise-longue* de cuero de vaca, diseñada por Le Corbusier, mientras ella introduce pinceles en un frasco con diluyente. Cuando intento excusarme por lo sorpresivo de mi visita, ella responde que sólo estaba dándole las últimas pinceladas al cuadro que descansa en el trípode y del cual sólo puedo ver su reverso.

—Perdona que no te lo enseñe, pero es por cábala. Lo estoy pintando para un amigo de los Wallenberg enamorado de Cuba —explica mientras yo pienso en la escena en que Dorian Gray asiste por primera vez al estudio de Basilio y se siente atraído físicamente por el pintor—. ¿Cómo está Marcela? Hace mucho que no la veo, la muy ingrata está desaparecida.

—Ahora anda con su padre.

—¿En Chile?

—No, no, en Estocolmo.

—¿Vino otra vez el coronel? ¿Y cómo está? Ya tiene sus añitos, el pobre.

—Ya sabes, sigue con su jubilación, sus asesorías y negocios. Además, uno que otro juicio pendiente...

—Pobre hombre, a pesar de sus años no lo dejan tranquilo los ñángaras esos.

Escucho sus palabras confiando en que no vaya a preludiar una perorata contra el régimen de Fidel Castro, una de sus actividades favoritas después de pintar. Se rumorea que su esposo también tiene inversiones en el sector turístico en Cuba, donde la conoció, años atrás, durante un viaje de negocios, y que Castro en persona le allanó el camino para que pudiera traer sin trámites a esta mujer a Estocolmo. Dicen que en La Habana Paloma se dedicaba a la pintura, pero también a la *jinetería* de cierto nivel, de esa con la cual Marcela soñó en una época, actividad, por cierto, bastante frecuente en medio de la miseria de la isla. Sin embargo, retumba en mi cabeza esa aseveración de que Marcela está "desaparecida". ¿Qué significa esa palabra exactamente para la cubana? ¿Días, semanas o meses? Lisbeta ingresa en puntillas al estudio cargando una bandeja de plata con tacitas de café y un platillo con galletas de chocolate, la instala sobre una mesa y al retirarse cierra la puerta con suavidad y cierta mirada cómplice, con aire de trotaconventos, lo que subraya nuestra intimidad, la que me excita y causa un cosquilleo en el estómago, sobre todo ahora que Paloma, sentada en la alfombra, cruza las piernas y exhibe sus muslos bruñidos y duros, y el delantal sólo le cubre una mínima porción entre las piernas, aquel sexo joven y seguramente húmedo y perfumado, que ya quisiera yo acariciar. La contemplo con regocijo empalagado y una dosis de insolencia y trato de imaginármela mientras hace el amor con su marido, un hombre que casi triplica su edad, que tal vez no alcanza a brindarle en el lecho todo cuanto ella necesita, y pienso que Marcela no me mintió al sugerir que es Paloma quien tiene amante. Puedo imaginármela acostada de espaldas sobre esta alfombra de cáñamo, ofreciendo sus senos firmes y su boca de dientes parejos, tolerando con ojos entornados y respiración entrecortada que recorran su magnífica geografía las manos cubiertas de lunares y los labios secos del esposo. Tolerarlo es su deber, aunque más tarde busque al amante y vista para él las prendas que hallé ocultas en la cartera de Marcela. Sí, me imagino que Paloma acepta dócilmente que el sueco imponga su derecho de usufructo sobre su cuerpo joven, fresco y turgente, importado desde el lejano Caribe, para satisfacer sus fantasías seniles.

—¿Y qué te trae por aquí? —me pregunta y entrega una taza de café humeante.

—Escribo una novela de amor y quisiera tu opinión.

—¿Mi opinión?

—Siempre que escribo sobre mujeres advierto que es poco lo que sé de ustedes. Es raro. Uno se pasa la vida tratando de conquistar a las mujeres, pero jamás logra conocerlas.

—Y tú quieres que te ayude.

—Al menos que me des algunas ideas para el libro…

Sonríe y al hacerlo abre la boca, una boca que me muestra una hilera de dientes blancos y encías saludables. Estoy consciente de que mi excusa es débil, hasta ridícula, pero ella parece aceptarla. Tal vez necesitaba un receso en la pintura o estaba aburrida, y mi visita la distrae. Me dice que la halaga que la tome en cuenta y suponga que ella es experta en materia de amor, cuestión en la que me equivoco, desde luego, advierte, porque el amor es un plano en el cual nunca nadie pasa de ser un aficionado o un diletante.

—El amor es un invento de los románticos, chico —agrega seria—. Los poetas son los que nos han inoculado la idea mierdera de que algo tan efímero como el amor sea imperecedero. Dejémonos de guanajerías, no hay quien ame a su pareja toda la vida, a lo más lo logra durante un par de meses o años, después lo que se impone es la rutina.

—Estás reduciendo el amor a la pasión —alego yo sin saber si seré capaz de preguntarle en algún momento por esas prendas que descubrí y que explican mi presencia en su estudio.

—El amor es el eufemismo que inventó la mojigatería para denominar y domeñar la pasión, mi niño. ¿No ves que la gente le teme a la carne, a la atracción física, pura y brutal, esa que te enciende el cuerpo y te hace perder los estribos, esa que a cualquiera lo lleva de pronto a abandonar al marido y hasta los hijos?

—¿Y la mojigatería le puso ese nombre?

—Exacto.

—¿Y entonces qué sientes por Jeppe a estas alturas?

Me devuelve una mirada que delata sorpresa ante esta pregunta mal intencionada. También yo estoy sorprendido. Ni siquiera me percaté a tiempo de lo que yo preguntaba. Coloca la taza sobre la alfombra, recoge las piernas y las abraza, apoyando la pera contra las rodillas, dejándome ver una vez más sus magníficos muslos, y pregunta:

—¿Quieres esa respuesta para ti o la novela?

—Para la novela.

—Me imagino que intuyes que una mujer como yo no puede estar apasionadamente enamorada de alguien mucho mayor. Puedes sentirte atraída por un hombre mayor, puedes sentirte satisfecha en varios sentidos, pero la cosa gira más bien en torno a la admiración que sientes por alguien así, una especie de agradecimiento por la protección, el cariño, la ecuanimidad y la comprensión que te dispensa, algo que un muchacho de mi edad jamás lograría.

—¿Y lo otro?

Me ha entendido, sabe que me refiero al sexo, al sexo brutal y desnudo, del que ella habla y que debe ser el que su cuerpo deseable y joven le exige.

—No puedes tener todo en la vida —aclara y extiende los brazos y enseña esos aposentos amplios y confortables en que habita, resignada.

Me muestra al menos una grieta por donde puedo infiltrarme, perspectiva que me entusiasma y a la vez me permite continuar mi exploración. Pero de inmediato caigo en la cuenta de que he olvidado que maté al ruso, como si este aislamiento junto a Paloma, esta cercanía que alcanzamos mediante palabras y descripciones, y que puede hacernos desembocar incluso en algo que deseo con vehemencia, como es despojarla de la bata, debajo de la cual no lleva nada, y hacerle el amor sobre esta *chaise-longue* y conseguir que me cuente toda la verdad sobre Marcela, como si este aislamiento, repito, anulara las riesgosas circunstancias en que sobrevivo. Pero Paloma se extiende ahora sobre su filosofía personal y repite que la literatura y el cine han engañado a la gente, haciéndola creer que el amor es uno y eterno, olvidando que es múltiple y pasajero, y que el error de la gente ha consistido en intentar imponer un molde normativo vitalicio sobre un impulso que en verdad es caprichoso y transitorio. Tuve que pensar en Boryena, en su convicción de que el amor es eterno, y que sólo se trata de hallar a la persona correcta, porque el objeto, es decir, la persona escogida por el amor verdadero, estaría impreso en nuestros genes como en una plantilla. Para la polaca, sólo si uno encuentra al ser que demandan nuestros genes por causa de una imaginación que viene inspirada por Dios, nace el amor eterno, las demás relaciones no son más que fatamorganas, espejismos de amor que uno debe dejar pasar.

—¿Tienes amante? —pregunto y siento como si estuviese colocando mis pies en un agua fría y de fondo cenagoso.

Ella sonríe displicente. Y dice:

—Yo que tú no le creería mucho a una pintora.

—Supuse que me dirías eso con respecto a una actriz. Las actrices se dedican a fingir, a simular, se pasan la vida disfrazándose. Son un simulacro perpetuo.

—Ya me imagino lo que piensas de tu mujer.

—Bueno, es una actriz al fin y al cabo.

—Peores son los pintores. Casi siempre han vivido sirviendo a reyes y príncipes, mecenas o magnates, pintando por encargo, para agradar y ser recompensados. Yo no creería en el supuesto realismo de lo que han hecho a lo largo de la historia. Ni Velázquez ni Rembrandt nos muestran efectivamente la verdad de la persona que pintaban. Toda su obra es una farsa, una mera concesión a la percepción que tenían de sí mismos quienes les encargaban los cuadros.

Aquello me recordaba a Nietzsche cuando decía que no existen los hechos, sino solamente las interpretaciones. Hubiese continuado escuchando las especulaciones de Paloma, pero yo no estaba allí para teorizar sobre el arte y la literatura, sino para esclarecer el enigma en que se ha convertido mi esposa.

—Dime —insisto con un dejo de desesperación. De una respuesta sincera de Paloma depende que yo aclare la verdad sobre Marcela—, ¿tienes un amante acaso?

—Vamos, Cristóbal, ¿qué es lo tuyo? —inquiere ya a la defensiva, consciente de que he ido demasiado lejos—. Ni siquiera Jeppe me hace esas preguntas.

—Jeppe no te las hace porque sabe que tu respuesta estrangularía la relación. Todas las relaciones necesitan de mentiras para sobrevivir, Paloma. Pero lo que me digas no afecta tu vida con Jeppe, sino que enriquece mi novela.

—Eres un depravado —dice sonriente y se recuesta en la alfombra y su cadera se marca con fuerza bajo el delantal manchado de pintura.

—¿Tienes o no?

—Eso es muy privado, chico. No deberías preguntármelo. ¿Por qué no le preguntas eso mismo a Marcela? ¿Te da miedo?

Advierto en su mirada un resplandor malévolo, como si supiera algo que yo ignoro. Su evasiva me indica que sí tiene amante, que ese cuerpo no está reservado en exclusiva para su marido, sino que también lo disfrutan otros hombres, jóvenes, seguramente.

—No me da miedo —replico—, pero no me respondería.

—¿Y por qué he de hacerlo yo?

—Porque no tendría consecuencias prácticas para ninguno de los dos. Es decir, sólo me serviría para incorporarlo a mi obra de ficción.

Sonríe y dice:

—Mi relación con Jeppe se fue al tacho el mismo día en que decidió no preguntarme nunca más por mis fantasías.

—Quizás lo deben haber destruido —comento a la vez que mi imaginación comienza a desbocarse pintando escenas vaporosas en las que Paloma emerge desnuda entre hombres y mujeres en medio de ambientes sofisticados—. Deben haber sido muy fuertes.

—Pero eran fantasías —alega defraudada—. Pensó ilusamente que si dejábamos de hablar de mis fantasías, ellas a la larga dejarían de existir. ¿Desde cuándo no interrogas a Marcela por sus fantasías?

Su pregunta me sorprendió de mala forma, primero por su carácter súbito e inesperado, lo que amenazaba con arrebatarme la iniciativa en la conversación, pero principalmente porque aborda un tema que yo había descuidado en los últimos años. ¿Y por qué? ¿Porque consideraba que ya no era relevante? ¿Porque creía que Marcela no alimentaba fantasías secretas o sencillamente porque yo temía afrontarlas? Hay dimensiones de la pareja que uno a menudo prefiere ignorar y con el tiempo uno va suponiendo que la represión del deseo del otro implica la desaparición de ese deseo. ¿Desde cuándo no le preguntaba a Marcela por todo eso? Ahora ese interrogante carecía de sentido aunque no fuese retórica. Marcela había dejado de confesarse conmigo hace mucho y en esa materia éramos ya extraños.

—Dime una cosa —digo cambiando en cierta forma de tema, aunque sé que Paloma intuye la razón de mi evasiva—. Cuando te reúnes con tu amante, ¿usas prendas íntimas especiales?

—¿Especiales? —sonríe, divertida, confiada en que ahora será ella quien pueda desviar el interrogatorio hacia el terreno que le acomode.

—Me refiero a si tienes reservadas algunas prendas especiales para él… algún trapito calentador…

—Pero tú estás detrás de la mata todo el tiempo, Cristóbal —afirma incrédula y de buen ánimo—. Ese tipo de prenda lo venden ahora hasta en las tiendas por departamentos.

—Me refiero a algo más provocativo. Como las que usan las protagonistas de películas porno…

Sonríe de ganas, se pone de pie rompiendo el hechizo de la proximidad de nuestros cuerpos, y extrae un pincel del frasco, dispuesta a reanudar su trabajo en ese cuadro que es tan desconocido para mí como la vida amorosa de mi mujer. Sospecho que he cometido un error, que he roto una clave, que he violado un código.

—Si tuviera amante y le gustara que yo usase ciertas prendas subidas de tono, no me complicaría la vida —responde al otro lado de esa tela instalada sobre el trípode que nos separa como subrayando la distancia que ha de imperar entre nosotros—. En ese caso, usaría esas prendas ante mi marido y el amante. ¿Por qué habría de ser tan tonta como para correr el riesgo de que Jeppe me las encontrase?

VEINTICINCO

Paloma traicionó a su amiga sin proponérselo, cayó en la trampa que le tendí sin percatarse de ello, porque es evidente que en algún instante de nuestra conversación intuyó que yo buscaba en verdad detalles de la vida de su amiga y no de la suya, y que esa información no la requería para una novela, sino para actuar en la realidad, en esta realidad que describo a su vez en esta novela. Si Paloma tiene amante —y estoy absolutamente convencido de que lo tiene— y a él le fascinan las prendas eróticas, ella las usa sin inhibiciones ante él y su anciano marido, estrategia perfecta para el engaño. En otras palabras, no es ese, el del ocultamiento, su problema. Es el recurso simple del que careció Marcela y que terminó por comprometerla ante mis ojos y, al final, por nutrir esta pesadilla que me ocupa desde la mañana en que Boryena me anunció la muerte de la vecina. ¿Cómo describí esos momentos? Aquí está, en el primer capítulo de este manuscrito: "Hace una semana murió la mujer de mi vecino y recién ahora me entero de ello".

Hasta ahí el mundo me parecía intacto, sin fracturas, y yo era un escritor satisfecho, realizado con lo que redactaba, pero un ingenuo. Y un novelista jamás debe serlo. Conozco incluso a colegas que se han procurado amantes ocasionales de modo preconcebido sólo con el propósito de poder escribir con verosimilitud sobre la infidelidad y las formas retorcidas y abyectas, soterradas y maquiavélicas, pero siempre audaces y emparentadas con la mentira, imposibles de inventar por la fantasía del escritor, que ella teje como una araña insomne para subsistir. Me consideraba un ser afortunado hasta esos instantes, hasta esa página. La muerte, mal que mal, me había evitado al cambiar su ruta y detenerse en casa de los Eliasson. Yo, en lugar de meterme en honduras, debí haber celebrado simplemente el hecho de estar vivo. Así es la vida, como dice el coronel Montúfar, las cosas ocurren y no se rigen por la justicia. Y si bien en esta pantalla puedo regresar al inicio de la novela apretando las teclas, como si fuese una grabación en la cual presiono el botón de *rewind*, aquí no logro, sin embargo, modificar los hechos. Ni aunque vuelva a redactar esos párrafos. Lo dramático es que puedo retroceder hasta el capítulo trece, hasta esas páginas horrendas en que hiero mortalmente a Yashin, y puedo sumergirme en esas líneas y experimentar nuevamente todo aquello que sentí, pero carezco de la habilidad para reeditar eso, para impedir que ese día yo siga en automóvil a Marcela y al ruso hasta Norrviken, y ocurra lo que ocurrió. Ahora entiendo que no existen deslindes exactos entre realidad y ficción, que estas son simplemente versiones de asuntos que acaecen en cierto momento a determinadas personas. La diferencia no radica en lo que se narra, pues el relato engloba todas las alternativas posibles, todas las opciones existentes, todos los escenarios imaginables, sino en el hecho de que una de esas versiones es irreversible. Y esa única versión irreversible es la realidad. Y sólo cuando la identificas y compruebas su endemoniada irreversibilidad es que puedes estar seguro de que te hallas frente a la versión implacable de las cosas, y que todo lo demás es ficción. Si algo diferencia a la realidad de la ficción, es que la primera es definitiva y rechaza correcciones de estilo.

Avanzo por Estocolmo especulando sobre todo esto, pensando en que debo marcharme cuanto antes de Suecia con Marcela si queremos evitar la cárcel, pues el cerco de Duncan —así como el de Ivar— se estrecha con cada hora que pasa. Estaciono el desvencijado Volvo en una calle céntrica y destripo el tiempo recorriendo las galerías comerciales vacías y calefaccionadas. Rescato de pronto de mi memoria, ya por cierto borrosa, el poema medieval español que leí hace mucho, llamado "Romance de Landarico". Ahora recuerdo íntegra la historia de una reina infiel y del rey engañado, un poema lírico, impregnado de una tierna ingenuidad, que me erizó la piel cuando lo leí por primera vez. Pero hoy me lastima porque, en cierta medida, me retrata en el instante en que se descubre el engaño y deja en suspenso la redacción de estas páginas: "Para ir el rey a casa de mañana ha madrugado / entró donde está la reina sin haberla avisado / por holgarse iba con ella que no iba sobre pensado / hallóla lavando el rostro que ya se había levantado / mirándose está a un espejo el cabello destrenzado / el rey con una varilla por detrás la había picado / la reina que lo sintiera pensó que era su querido / está quedo, Landarico, le dijo muy requebrado / el buen rey cuando lo oyera malamente se ha turbado / la reina volvió el rostro la sangre se le ha cuajado / salido se ha el rey que palabra no ha fablado…". La reina muere decapitada por su traición, del mismo modo, me parece, muere el amante. Su propia lengua traicionó a la reina. Tal vez Marcela es la reina, yo el rey, y Landarico el desconocido. ¿Me revelará algún día Marcela la identidad de su amante o debo conformarme con admitir el hecho de que ella no me ama ya y tolerar que sus sentimientos constituyan un territorio para mí vedado? Ingreso a las cinco en punto al Café Ópera, templo de la gastronomía sueca, espacioso y elegante, de ambientación Jugendstil, que fascina al coronel Montúfar y que ahora, como todos los días a esta hora, recibe a su distinguida clientela. Padre e hija ocupan una mesa pequeña cuando arribo suponiendo que Marcela ha revelado ya que nuestra relación se halla en caída libre y que Víctor Yashin murió por manos nuestras.

—Llegamos temprano porque hace demasiado frío para caminar —aclara mi suegro al advertir la sorpresa que me causan sus platillos vacíos. Viste impecable terno azul, una corbata gris con pétalos de rosa que afirma la perla, y sus ojos refulgen con un falso optimismo. Hay algo en quienes han ordenado la muerte de otros que jamás desaparece de su mirada, cierta petulancia y cinismo que los acompaña hasta la muerte—. En una librería encontré esto a buen precio —aclara, enseñándome un grueso volumen de arte—. Contiene lo mejor de la pintura escandinava de los siglos diecisiete y dieciocho. ¿Y tú, dónde andabas?

—Buscaba información para una novela que escribo —digo mientras hojeo el libro.

—¿Pero escribes basándote en hechos verídicos o en pura fantasía?

—Las novelas siempre mezclan las cosas, coronel. Y la que escribo las mezcla de forma deliberada.

—Nunca he entendido bien cómo se llega a escribir una novela, y mira que he pensado al respecto. ¿Te surge primero la idea o el argumento? ¿O cómo es la cosa?

—Es mejor que ordenes —interviene Marcela, salvándome de responder una pregunta a la que nadie ha podido responder.

El mozo toma la orden y se aleja. Recién ahora constato que en el Ópera flota hoy una atmósfera particularmente bulliciosa, como si fuese viernes y la ciudad se alegrara por la perspectiva de un nuevo fin de semana. Hay algo aquí, en este local de tradición, lámparas de cristal, cortinajes gruesos y cómodas sillas de madera, que se asemeja a una despedida. Pienso, por un instante, con un cosquilleo en el estómago, que quizás, después de todo, cuando viva en otra parte, extrañaré ciertos locales y algunas calles de esta ciudad, sus parques amplios y bien tenidos, el ritmo acompasado de su centro, la luz ambarina y como aterciopelada del otoño, y aquella otra, clara, fresca y deslavada de las mañanas del estío, que hace reverberar como mercurio el agua mansa de los lagos y el Báltico. Y será ya muy tarde para la nostalgia, pues las cosas habrán adquirido su carácter irreversible e incluso este momento, en este café, junto a mi mujer y mi suegro, se habrá perdido de forma definitiva en ese callejón que llamamos pasado.

Constato de pronto que el coronel Montúfar disfruta con aire despreocupado en este local, confundido con los suecos que comen, beben y conversan. A él le agrada este tipo de sitios atestados de gente y olorosos a pastelería fresca y a café. Debe ser porque en Santiago evita los lugares públicos por miedo a que sus antiguos enemigos atenten en su contra. La mayor parte del tiempo la pasa en casa de ex camaradas, en recintos militares o clubes exclusivos, donde puede platicar, beber y jugar al dominó o a la brisca, como olvidando la posibilidad de que de pronto un zarpazo lo arranque de su placentera rutina de jubilado. Un día le pregunté si no temía que un comando izquierdista lo asesinara. "¿Y qué puedo esperar a esta edad, sino la muerte?", respondió. "Peor sería morir en la cama de viejo o de cáncer. Preferiría que me matasen los comunistas. Me convertirían en mártir". Sus palabras me recuerdan las del fiscal revolucionario cubano llamado Charco de Sangre, quien reside en estos días en Santiago. La sorprendente coincidencia de que ambos, que sirvieron a regímenes políticos antagónicos pero cumpliendo labores semejantes, regímenes hacia los cuales aún profesan plena lealtad, vivan en la misma ciudad me lleva a preguntarme si se habrán cruzado alguna vez en un centro comercial o una calle, si habrán estrechado sus manos en alguna recepción diplomática ignorando qué hacía el otro decenios atrás, si habrán intercambiado palabras corteses como dos inocentes ancianos mientras pasean por un parque del barrio alto. Observo el rostro de piel lisa y rosada de Montúfar, sus manos de pianista inglés y su gesticulación educada, aunque algo nerviosa, y me resulta evidente la asombrosa semejanza que guarda con el fiscal cubano. Sí, ambos no son más que las dos caras de una misma moneda.

—Primero me viene a la cabeza una gran idea general, que después se desgrana en una trama y en múltiples escenas —le digo a Montúfar cuando descubro que él y mi mujer me han seguido mirando a lo largo de estos instantes a la espera de una respuesta.

—¿Eso es lo que llaman la inspiración? —pregunta Montúfar.

—Nunca he sabido lo que significa la inspiración.

—Marcela me ha estado contando que marcha bien el negocio, cosa que me llena de entusiasmo —dice al rato, lo que demuestra que no tiene genuino interés en lo que escribo, a pesar de que él, como militar, debe haber pasado gran parte de su vida en una actividad semejante: construyendo una y otra vez escenarios hipotéticos, en su caso para guerras contra los países vecinos o contra sectores de la propia población civil, todo eso que dicen que se les enseñaba a los militares en la Escuela de las Américas, en Panamá—. También me anunció que piensan mudarse de país, cosa que celebro porque este clima no es benigno para ustedes. Aquí sólo sobreviven los nórdicos.

Montúfar no se inmiscuirá, por lo que veo, en nuestra crisis. Creo que sólo le interesa el fondo del asunto. Un hombre como él, que se pasó años husmeando vidas ajenas, tiene que sentir curiosidad por los avatares de su única hija. Pero el hecho de que centre ahora la conversación en los negocios puede implicar que Marcela ya le ha confesado que tiene un amante o le ha insinuado que estoy loco. Sin embargo, su conocimiento de nuestros planes futuros, que no existen como concreción real, me indica que Marcela también le contó lo de Norrviken. Y vuelvo a plantearme el mismo interrogante: ¿qué recomienda un hombre con la siniestra historia del coronel a una hija que ha delinquido por accidente? ¿Que se entregue a la justicia o que huya?

—Si se van a ir, cierren la cuenta del banco, no dejen deudas pendientes, paguen los impuestos y no avisen nada a nadie. Sobre todo si piensan llevar después una vida anónima. Los bancos, los arrendadores y los servicios tributarios son los perseguidores más implacables del mundo, los únicos que nunca perdonan ni olvidan. Así que ya saben, no dejen cabos sueltos y actúen discretamente.

Ha dicho esto con sabiduría y afecto, transmitiendo sin lugar a dudas su deseo de ayudarme a mí también. A veces pienso que Montúfar no es culpable del todo, que son las circunstancias y sus superiores los que lo llevaron a hacer lo que hizo o lo que la izquierda dice que hizo. ¿Qué papel habría jugado Montúfar si en lugar de vivir en la época de Pinochet hubiese vivido en la Cuba de Castro?, me pregunto para tratar de entenderlo mejor. Tal vez habría sido un fiscal revolucionario, como Charco de Sangre, ese hombre que se encargó en La Habana del sesenta de enviar a cientos al paredón por actividades contrarrevolucionarias, que admitió ante la prensa chilena que cada noche concilia el sueño sin cargo de conciencia por las órdenes que impartió en La Cabaña de La Habana, y que por las mañanas acaricia a sus nietos, recita a Bécquer y regala gardenias a su mujer. Seguro que yo habría aplaudido en mi juventud a Montúfar si él hubiese sido un fiscal revolucionario cubano. Al final, todos los sistemas necesitan sus coroneles Montúfar y sus Charco de Sangre. Es la ley del desarrollo social, diría un marxista. Es este tipo de hombres el que realiza el trabajo sucio para que otros suban con las manos limpias a los estrados, pronuncien discursos, corten cintas de inauguración y tracen las metas supremas. Es una división del trabajo, y sospecho que, en el fondo, ellos son víctimas y victimarios.

—No se preocupe, papá —dice Marcela tratando de calmarlo—. Eso lo tenemos claro. Pagaremos todo y no comentaremos que nos vamos ni menos adónde nos vamos.

—Y tú, Cristóbal —dice el coronel y me dirige una mirada severa—, ya sabes: nada de trizar platos aquí ni en ninguna parte. Y protege lo que hemos logrado. Recuerda que los pájaros nunca ensucian su propio nido.

VEINTISÉIS

Esta mañana se marchó Montúfar rumbo a Barcelona. Se despidió de mí ayer por la tarde, en el Café Ópera, y no se refirió en modo alguno al asunto que le planteé a su llegada. Tampoco pude contarle en detalle lo de las prendas de Marcela, menos lo que me reveló la conversación con Paloma. El coronel se fue en el primer vuelo de hoy, llevándose consigo el secreto de su hija, dejándome un par de sugerencias para abandonar Suecia sin despertar suspicacias. Intuyo que nunca más lo veré o que lo haré sólo a través de la televisión, cuando, ya de vuelta en Chile, enfrente en tribunales las acusaciones de los familiares de desaparecidos y ejecutados políticos.

—Y no te olvides lo mucho que te ha dado nuestro negocio y lo mucho más que puede darte —insistió mientras estrechaba mi mano en la puerta del café, confiado en que sus enemigos no lograrán encarcelarlo—. No trices platos y verás como nuestra empresa común le permitirá a Marcela regresar a las tablas y a ti continuar escribiendo. Dentro de nuestra sociedad, todo; fuera de ella, nada. Recuérdalo.

Vuelvo a preguntarme si es legítimo hablar de errores en el amor, o si sólo cabe obedecerlo y supeditarse simplemente a su poder, difuminando los deslindes entre lo correcto e incorrecto, el acierto y el error. ¿Por qué diablos me enamoré de Marcela? ¿No me habré enamorado acaso de su imagen en lugar de su persona? ¿De la imagen de una latinoamericana bella y cosmopolita, independiente y moderna, que leía un libro en un café del aeropuerto parisino y estaba vinculada al poder que yo combatía y detestaba? ¿De una mujer elegante e inteligente que relativizaba y manipulaba, personalizándola, la imagen que yo me había forjado de los representantes de la dictadura? ¿No será que me enamoré de ella porque yo necesitaba un rostro amable para esa otra parte del país que yo odiaba y a la vez temía por sus violaciones a los derechos humanos, pero asimismo admiraba por su capacidad para refundar un país que años atrás se había ido a la mierda? ¿No fue acaso que a través de Marcela yo pretendía, sin quererlo, cruzar el puente hacia el enemigo para levantar en su centro un país ficticio, unido, armónico, incapaz de almacenar —ni por la izquierda ni por la derecha— tanta maldad, mezquindad y fealdad, tanto crimen y resentimiento, como lo almacenaba el país real? Sospecho que me enamoré de una imagen y no de Marcela.

Hojeo el *Dagens Nyheter* de hoy, que he ido a comprar al centro de Djursholm, y en sus páginas interiores hallo una breve reseña sobre el crimen del ruso. Yo pensaba ya, ingenuamente por cierto, que el caso había pasado al olvido. Sin embargo, el asunto, como veo, empeora, y la policía afirma que detuvo a una banda de *punks* que solía reunirse en la ciudad de Sollentuna, vecina a Norrviken. Los consideran sospechosos de haber cometido el asesinato. Creen que la víctima fue engañada por una joven, a quien no identifican, que pudo haberle ofrecido servicios sexuales con el fin de ingresar a la vivienda y franquear después el paso a los demás. Ésa debe ser Ivar, no me cabe duda, tiene que haber sido ella.

La noticia en verdad me estremece. Si cae en manos de la policía y la acusan del crimen, no va a tardar en denunciarme.

Sin embargo, no hay nada comprobado, según constato más abajo, y el hecho de que a Yashin no se le conociera una actividad determinada y hubiese portado un arma rusa sigue alimentando la tesis de que se está ante un ajuste de cuentas entre mafiosos. Ya los suecos coinciden en hablar de que la "mafia rusa" es más sanguinaria y perversa que la italiana, aunque nunca tan tenebrosa como la albanesa. El *Expressen*, un vespertino sensacionalista dedicado a escándalos y crímenes, añade algo inquietante: según informantes del hampa, poco antes de morir, Yashin buscaba a una persona que lo había estafado con un cuadro falso de Wilfredo Lam, obra que había sido encontrada —junto a otras— en el cuarto del Grand Hotel que ocupaba. Era precisamente la falsificación la que podía arrojar pistas, huellas dactilares y terminar por comprometernos.

Al final, en un recuadro, el maldito diario dice lo que debió haber dicho desde un comienzo, ya en el encabezamiento: los jóvenes están en libertad por falta de méritos, lo que puede indicar entonces que las sospechas en torno a un ajuste de cuentas entre mafiosos cobran mayor consistencia. En todo caso, el hecho de que la policía supusiera que el móvil fue el robo o un ajuste de cuentas nos brinda cierto respiro. No sospechan de nosotros. El *Dagens Nyheter*, más moderado y cauto, aclara que los vecinos de Norrviken no recordaban haber visto movimientos sospechosos la noche del crimen en las inmediaciones de la vivienda como no fuera la reunión de los *punks*. El dueño de la casa, un jubilado de apellido Stevens, molesto por verse involucrado en circunstancias tan deplorables, subraya que sólo se había limitado, como cada invierno, a alquilar su propiedad mientras capeaba el invierno sueco en España. El corredor, por su parte, intentando preservar su prestigio, manifiesta a los cuatro vientos que su tarea consiste en conseguir clientes sólidos y de vida ordenada, requisitos que en un principio parecía reunir Víctor Yashin.

No había nada más. Sentí unos deseos enormes de ver a Ivar. Para eso yo debía viajar a Estocolmo. Consulté mi reloj, pero era demasiado tarde. Si Ivar había acudido a la cita, ya se había retirado. No parecía una muchacha demasiado interesada en la literatura.

Sintonicé radio Iberoamericana. Un locutor transmitía, ajeno a los acontecimientos mundiales, tangos, chistes y el horóscopo. En la Sur, un rioplatense predicaba con voz trémula y emocionada la inevitabilidad del triunfo del socialismo a escala mundial y, de paso, amenazaba con las penas del infierno al movimiento socialdemócrata internacional por haber claudicado en Europa ante el imperialismo. Nada que me concerniera.

Las cosas adquirían lentamente un rumbo nuevo y había que adaptarse a ello de modo discreto. Obedeciendo las indicaciones de su padre, Marcela asumiría con mayor ímpetu sus actividades comerciales, teniendo especial cuidado en preparar la retirada y borrar los indicios que apuntaran hacia su próximo paradero. Está convencida ahora de que su proyecto de comerciar con arte y antigüedades bien puede continuar desde cero en otro sitio. Yo aproveché para sugerirle que no lanzara por la borda todos los contactos ni reincida en el tráfico de cuadros falsificados, pero no me respondió, y ahora presumo que eso es precisamente el *quid* del negocio y que el coronel Montúfar no está ajeno a ello, sino que lo maneja y alienta. En fin, a pesar de que nuestra relación parece haberse enfriado de forma definitiva, tornándose a ratos insoportable, yo procuro preservar la ecuanimidad y actuar con paciencia, de lo contrario corro el riesgo de que Marcela caiga en una depresión y, afectada por lo ocurrido y la partida del padre, sufra un ataque de pánico y termine por confesar todo a la policía.

—No debieras tomarte las cosas tan a pecho —me dijo al día siguiente mientras se acicalaba frente al espejo del baño para asistir a una cita en el centro. Se veía preciosa e inalcanzable.

—No entiendo a qué te refieres.

A esas alturas yo anhelaba sólo cumplir mi acuerdo con Montúfar de preservar el matrimonio, aunque fuese a todas luces irreparable, y alcanzar al menos, en caso de separación, un pacto que nos comprometiera a guardar silencio *per sécula* sobre lo acontecido. Si mantenemos el secreto y coordinamos nuestras declaraciones ante una eventual detención, podríamos burlar a la Interpol.

—Creo que confundes las prioridades —insistió ella con suavidad, aplicando rojo oscuro a sus labios, lo que me recordó que mañana debo ver a como dé lugar a Ivar—. Lo de Norrviken es lo esencial, pero no deberías sospechar de mis salidas. No tiene objeto.

—¿Cómo que no debería sospechar? —reclamé. Era inaceptable que me negara el derecho a sentirme celoso, sobre todo después de lo ocurrido, que se debía, no hay que olvidarlo, a su propia infidelidad.

—He cometido locuras, pero ninguna de ellas perjudicó jamás la esencia de lo nuestro —admitió ella.

—Explícate, que no te entiendo.

—Tus sospechas sobre mí son infundadas. Has hecho el ridículo frente a mi padre y la cubana.

—¿Te refieres a Paloma?

—Sí.

Me sentí burlado por la cubana. No podía esperarse otra cosa de una jinetera, de una mujer que había comprado su libertad con el culo.

—Buscas pruebas de mi infidelidad y nunca las hallarás —agregó Marcela. Su tono demostraba que ahora tenía la sartén por el mango—. Has violado mi derecho a la privacidad. Me has estado espiando como si fuese tu enemiga.

Definitivamente: Paloma y Montúfar me traicionaron. Una, corriendo a contar mi conversación con ella, el otro tratando de salir limpio de polvo y paja del sucio negocio en que nos ha involucrado. No podía creerlo. Marcela hablaba y se maquillaba frente al espejo como si el diálogo fuese irrelevante.

—Ignoro si hice el ridículo con Paloma —dije, apoyándome en el marco de la puerta del baño—, pero lo que está claro es que esas prendas íntimas no le pertenecían, como me dijiste.

—Jamás dije eso.

—Tal vez no lo dijiste exactamente con esas palabras, pero me lo diste a entender. Paloma no es la dueña de esas prendas…

—¿Y después de todas estas dudas y faltas de respeto piensas que no hay motivos suficientes para separarnos?

—Crestas, sólo quiero saber la verdad. ¿Es mucho pedir? Te juro que no te entiendo.

—Me entenderías mejor si supieras cuánto sufrí al descubrir que me eras infiel.

—Pero, Marcela, eso fue hace mucho. No trates de emborracharme la perdiz. Además, dijiste que ya no te importaba esa historia. No fue nada, sólo una nota al margen en nuestro matrimonio.

—¿Nota al margen la llamas?

—Fue una aventura sin consecuencias.

Se mordió los labios y comenzó a pintarse los ojos. En verdad, aquella actuación suya no era nada más que un truco para no dar el brazo a torcer, para no admitir su infidelidad ni revelar la identidad del amante.

—En los matrimonios todo tiene consecuencias —pontificó—. Tanto las cosas buenas como las malas, la deferencia como la indiferencia, las palabras cariñosas como los silencios. Los matrimonios son pura memoria, ¿o lo ignorabas?

Su frialdad, disfrazada de planteamientos seudointelectuales, me hizo enrojecer de ira y desconcierto. Hasta ese instante yo estimaba que Marcela desconocía el alcance de mi aventura con Karla. Sin embargo, era evidente que no había olvidado ni perdonado nada de ello, que aquella aventura mía estaba escrita con tinta indeleble en su memoria.

—No sé a qué te refieres con eso de que todo tiene consecuencias —mentí.

—No seas cínico. ¿Crees que no leí las cartas que ella te enviaba, ni vi el cuello de tus camisas manchado de *rouge*, ni escuché tus conversaciones telefónicas? Eres un cínico y un sucio.

—¿Es por eso que montaste todo esto?

—¿A qué te refieres?

—A esas malditas prendas de la bolsa. Dime: ¿las dejaste ex profeso a mi alcance para vengarte por algo que ocurrió hace tanto tiempo? ¿Has esperado por años y construido todo esto sólo para castigarme y dar rienda suelta recién ahora a tu odio acumulado?

—No seas ridículo. ¡Venganza! ¿Quién habla de venganza? No entiendes nada. ¿Crees que la vida tiene, como el pizarrón de clases, un borrador siempre a mano?

—Por favor, a otra parte con metáforas estúpidas.

—No, Cristóbal, no hay borradores ni gomas, ni tecla *delete* en la vida. Lo que se hace, se hace, queda impreso, indeleble, como tus manuscritos.

—Si te engañé, perdóname —dije, no muy convencido—. Yo era un irresponsable, no sabía lo que tenía, no sabía cuánto valías.

—Menos mal que el engaño no existe cuando el engañado lo tolera —repuso calmada—. Al enterarme del engaño opté por convertirme en cómplice del asunto, y dejé de ser tu víctima. Fue lo que me salvó.

—Pero no puede ser que por eso hayas decidido tener amante. No puedes comparar dos asuntos tan distintos.

—Se trata sólo de perspectivas distintas —aclaró, guardando el lápiz en su cartera negra, dispuesta a marcharse, consciente de que dominaba la situación.

—¿Crees acaso que sólo si acepto tus escapadas estaremos en igualdad de condiciones para seguir juntos? ¿Crees que esto es como una balanza que hay que equilibrar con pesas de resentimientos?

Calzó sus grandes ojos oscuros en los míos y, esbozando una sonrisa desafiante y adolorida, me preguntó:

—¿Hay algo que pueda robarte un amante mío?

Su pregunta es la misma que yo planteo en este manuscrito con respecto a las mujeres casadas con que me acosté en la juventud. Las infieles eran entonces mi gran pasión, pero en verdad mis proezas amorosas sólo contribuían a hacerles más llevaderos sus matrimonios, a disimular los baches en sus vidas, a adornar la soledad de sus cuartos y lechos. Nunca alguna de ellas renunció a su marido para quedarse conmigo. La infidelidad de ellas era una venganza y a la vez un recurso para conservar el matrimonio. Pero si Marcela cita esa frase que yo he escrito en mi novela, eso sólo puede significar que es cierto lo que he temido, que está leyendo mi texto, enterándose de mis pensamientos y planes, apoderándose de mi relato para usarlo en su beneficio.

—Me robaría mi dignidad —respondo mientras me sonrojo más aún—. De la misma forma en que tú me robas la dignidad cuando intruseas y lees a hurtadillas la novela que escribo.

—¿Leer yo tu novela? ¡Pero te has vuelto loco! —gritó descontrolada—. ¡Cómo crestas voy a perder mi tiempo en eso con lo que ha ocurrido! Dime, ¿tú te has vuelto loco o qué? ¿No sabes en el lío en que estamos?

—No te hagas la mosquita muerta, que te conozco. Tú no sólo me lees la novela a escondidas, sino que también andas con alguien.

—¿Y si tuviese amante y te lo confesara con lujo de detalles? ¿Eso te devolvería la dignidad? —preguntó bajando las escaleras, citando nuevamente frases de mi manuscrito, arrancándolas de mi propia escritura, haciendo suyas mis palabras, haciendo realidad mi ficción.

Se detuvo en el descanso con una mirada despectiva, decidida, semejante a la de Ivar. Y, al igual que Ivar, Marcela no bromeaba, aunque me hiciese una oferta deshonesta e inoportuna, ella no bromeaba.

—Supondrás que no estoy en condiciones de responderte —le dije mientras la seguía escaleras abajo y la veía ponerse el abrigo.

Debía preservarla de todos modos a mi lado porque de lo contrario en un arrebato podía confesar todo a la policía. Sí, esas dos mujeres, Marcela e Ivar, me están volviendo loco y yo debo apaciguarlas hasta que logre irme de Suecia. Se encasquetó el gorro, se calzó las botas y abrió la puerta. La ventolera me hizo tiritar. Mientras terminaba de abotonarse el abrigo, dijo:

—Pues, ésa es la propuesta que te hago.

—¿Seguir viviendo así? ¿Hasta cuándo?

—No en forma idéntica, desde luego, pero cada uno en su espacio propio, con su propia libertad.

—¿Libertad? ¿Qué entiendes por eso?

—No me hagas definir ahora conceptos, carajo —reclamó muy molesta—. Libertad, tú sabes lo que es libertad. Los padres de la patria lucharon por la libertad. Libertad, ser libre, eso.

—¿Ah, sí? ¿Y hasta cuándo quieres esa famosa libertad?

—¿Hasta cuándo? Bueno, eso no depende de nosotros, sino de nuestra suerte. Tal vez mañana, azuzado por sus resentimientos, nos detiene el comunista de Duncan y allí se acaba todo, o tal vez podamos marcharnos de Suecia pronto y nunca descubran nuestro papel en todo esto.

Está a punto de cerrar la puerta. Le digo:

—Ah, sí. ¿Y realmente crees que nadie nos vio en Norrviken?

—Bueno, sólo el vecino —responde bajando el tono—. Y como también tiene algo que ocultar, no parece muy propenso a hablar...

—Pues te equivocas. Hay otro testigo.

Frunce el ceño sorprendida. Ahora su rostro se asemeja al de su padre cuando se irrita. Los copos de nieve comienzan a posarse en el cuello de su abrigo.

—¿Un testigo más, dices? ¿A qué te refieres?

Dejo pasar unos instantes para aumentar su incertidumbre. El aire me entra grueso y frío por la nariz.

—Esa noche nos vio uno de los *punks*. Es una mujer. Se llama Ivar.

—¡Ándate a la mierda! —grita con rostro desgañitado y se marcha propinando un portazo.

VEINTISIETE

Llego al edificio con aspecto de observatorio que sirve de biblioteca a la ciudad, me cercioro de que la botella de *aquavit* esté intacta en la bolsa plástica en que la cargo y subo a zancadas por la escalinata de concreto al segundo piso preguntándome si Ivar estará esperándome en la salita lateral. Compruebo que mis pasos retumban con fuerza bajo la gigantesca cúpula, espacio atestado de libros en sus anaqueles, pero sin gente, y recuerdo que Marcela supone que Ivar miente, cosa que, aunque cueste creerlo, basa en un argumento de tipo literario. Ella opina que la *punk* emplea un truco que aparece en el cuento de Ana María Matute, llamado "La conciencia", en que un vagabundo consigue alojamiento gratuito en una posada diciéndole a la dueña, en tono amenazante, que lo acepte porque "ha visto todo".

—¿Es que no te das cuenta de que esa mujer te está engañando sin haber visto nada? —me gritó Marcela esta mañana poco antes de que yo abandonara la casa—. Seguro leyó a la Matute en el colegio y aplica el recurso con todos los incautos.

—¿No te fijas en que sería demasiada casualidad? —repuse indignado—. Yo mismo vi a los *punks* esa noche, y esta muchacha,

Ivar, pertenece a ellos. ¿Por qué crees que me escogió precisamente a mí? ¿Por bolitas de dulce?

—No es que te haya escogido, Cristóbal. Ella se dirige a todos empleando esa treta, la misma que emplea el vagabundo del cuento de Matute. Atríncala y verás que tengo razón.

—¿Quieres acaso que se vaya directo al cuartel de policía y nos denuncie?

—Ella miente. Es su forma de obtener dinero para la droga. ¿Crees que si hubiese visto aquello se conformaría con cien coronas y una botellita de aguardiente?

—De *aquavit*.

—Da lo mismo, Cristóbal, de *aquavit* entonces, no seas estúpido. Esa mujer te está estafando con el cuento.

No lo he leído. Es más, ahora que camino junto a los libros obedeciendo su distribución circular, admito que son escasas las escritoras que he leído a lo largo de mi vida. En verdad casi no he leído a mujeres. ¿Será por eso que no las entiendo, como alega Marcela, y que me resultan ajenas y a la vez apasionantes? Entro a la salita con un sentimiento de angustia, pensando en que Ivar puede estar engañándome o bien diciéndome la verdad, y paseo mi vista por los estantes para saber si Ivar se esconde entre ellos, y me digo que pretender salir de la duda y provocar su ira, sólo puede conducirme a la perdición. Sí, mientras Ivar viva, yo no estaré libre del peligro de que me chantajee una y otra vez. No hay nadie en esta salita, nadie, sólo estos libros en español intactos. El desánimo y la desesperación me avasallan. Golpeo sin querer la botella contra un estante y el ruido agudo me irrita. Tomo asiento y supongo que Ivar se cansó de esperar y declara en estos instantes ante un Duncan sorprendido y satisfecho. Porque yo sé que Duncan me odia, que no puede ver con buenos ojos a mi mujer ni puede haber perdonado mi conversión política.

Cuelgo la bolsa con la botella de *aquavit* de uno de los estantes y de pronto, al acariciar con las yemas los lomos de volúmenes empastados que aguardan allí a que alguien se interese por ellos, algo improbable en este mundo donde los suecos prefieren leer traducciones de la literatura española y latinoamericana, y la mayoría de los inmigrantes latinoamericanos, que viven en guetos y trabajan en oscuras fábricas realizando las pesadas labores que los suecos rechazan, carecen de interés por los libros, en ese momento, repito, en que palpo los títulos de los ejemplares en esta lengua que me resulta placentera, pues la entiendo a cabalidad, decido buscar el libro de Ana María Matute.

Encuentro varios de ella. Novelas. Cuentos. Me despojo presuroso del abrigo y lo arrojo sobre una silla porque hace demasiado calor en esta sala angosta, semejante a un gajo de naranja, ya que sigue la línea del gran cilindro que conforma la sala principal de la biblioteca. Reviso con paciencia los índices y cuando estoy a punto de renunciar a mi empresa y volver a casa para anunciarle a Marcela que Ivar nos ha traicionado, doy con el cuento.

Sí. *Historias de la Artámila.* Publicado por primera vez en 1961, cuando España era gobernada por Franco y se asemejaba más a un país latinoamericano que a sus vecinos europeos. Aquí está el relato. "La conciencia". Es breve. Cuatro páginas. "Ya no podía más. Estaba convencida de que no podría resistir más tiempo la presencia de aquel odioso vagabundo. Estaba decidida a terminar. Acabar de una vez, por malo que fuera, antes que soportar su tiranía. Llevaba cerca de quince días en aquella lucha".

Tengo que sentarme para continuar leyendo porque las piernas comienzan a temblarme de emoción. Sospecho que estoy a punto de hacer una constatación valiosa para mí, pues este relato, que me ha sugerido Marcela, puede ser una de las matrices de ficción de las que tanto hablo, de las que proyectan a partir de sus líneas mi destino, que determinan implacables lo que ha de ocurrirme. Continúo leyendo, sentado, incómodo sobre mi abrigo, pero me da igual porque la historia que se desenvuelve ante mis ojos se asemeja más y más a la que me ocurre en Estocolmo. Sí, la narradora describe cómo ese hombre, "viejo y andrajoso, estaba allí, con el sombrero en la mano, en actitud de mendigar" el día en que le suplica a Marina, la posadera, que le brinde techo y comida por una noche:

"—Yo soy un viejo vagabundo... pero a veces los viejos vagabundos se enteran de las cosas. Sí: yo estaba *allí*. Yo lo vi, señora posadera. *Lo vi, con estos ojos...*

"—¿Qué estás hablando ahí, perro? ¡Te advierto que mi marido llegará con el carro a las diez, y no aguanta bromas de nadie!

"—¡Ya lo sé, ya lo sé que no aguanta bromas de nadie! —dijo el vagabundo—. Por eso no querrá que sepa nada... nada de lo que *yo vi* aquel día. ¿No es verdad?".

Marina tenía mucho que ocultar ante su marido y algo de ello podía haber visto el vagabundo, incertidumbre que la obliga a aceptarlo por más días en la posada.

Ignoro hasta este momento qué vio el desconocido, por cuanto he detenido momentáneamente la lectura y con ello el tiempo, pero coincido en que Marina no debe correr riesgos. En ese sentido, su situación se asemeja a la mía o, al revés, la mía se parece a aquella, pues se alimenta de este relato escrito con mucha anterioridad a cuanto me ocurre. Ivar puede constituir ante mí, aquí, en Estocolmo, el vagabundo español del cuento. Continúo leyendo con avidez, con la curiosidad de saber cómo termina todo esto y descubro que, al final, cuando el vagabundo decide irse de casa, se acerca a Marina y le dice:

"—Naturalmente, señora posadera, yo no vi nada. Vamos: ni siquiera sé si había algo que ver".

Cierro el libro y lo coloco de nuevo en su lugar con el presentimiento de que Ivar me ha engañado, de que conoce este texto y que simplemente lo aplica en la vida diaria para conseguir las coronas que necesita para su vicio. Aunque también es probable que no haya leído nunca esto y que efectivamente haya visto todo. Cuando llegue, porque habrá de venir a recibir mi ofrenda, le diré que descubrí que emplea un truco emanado de la literatura y la convenceré de que, a pesar de ello, y mientras no me perjudique, podremos reunirnos cada semana para que yo le entregue dinero y *aquavit*. Por lo tanto, no me queda más que esperar a que llegue a esta salita con su pelo de puercoespín, sus labios azabache, y su largo abrigo, del cual penden cadenas y broches, y que cubre sus tiernas formas de adolescente.

VEINTIOCHO

Y pensar que dispongo de indicios claves de que mi vecino asesinó a Boryena. Me bastaría con visitar a Duncan en su oficina y contarle lo que sé para que Markus Eliasson caiga preso. Pero si lo denuncio, dejaré a sus hijos huérfanos, condenándolos a la soledad y al abandono, incluyendo a aquel que un día levanté de la nieve mientras lloraba por su madre muerta. A menudo nos llegan desde el jardín de al lado los lamentos de esos niños que imploran por su madre. Y Markus Eliasson acude siempre a atenderlos.

Al menos se ocupa de ellos. Tendrá su amante, esa mujer joven y bella que un día divisé en un café del Ostermalmstorg y aún no he visto por aquí, pero Markus cuida y atiende a sus niños. No es una mala persona, puede haber asesinado a su mujer y a Boryena, pero —aunque suene diabólico— debe haber tenido una razón para hacerlo. Yo tampoco soy una mala persona, pese a que —me cuesta admitirlo— asesiné a un hombre. El problema surge porque desde niños nos enseñan que todo aquel que elimina a otro es, por definición, un granuja, mas nunca nos aclaran que hay cosas que ocurren por azar, que ocurren sin que uno las quiera. ¿Cuántas cosas en la vida nos acaecen simplemente? ¿Cuántas estamos predestinados a padecer sin poder modificarlas?

En gran medida, las novelas y las películas son las culpables de que aceptemos la estúpida idea de que el ser humano puede manejar su destino. Todo esto debiera incluirlo en la novela que escribo, destacar que Markus es, paradójicamente, tanto un asesino calculador como un hombre piadoso, con sentido de humanidad. Vaya uno a saber también si Boyerna mentía, y si María no se suicidó simplemente por incapacidad de soportar su existencia, y la polaca, que colaboraba a lo mejor con la mafia rusa, sólo se vengó del vecino lanzando esa infamia. Tal vez Markus se negó a servir de camello de la droga durante sus viajes al exterior, y Boryena, ante el temor de que la denunciara a la policía, difundió la versión de que había eliminado a su esposa. De otro modo no logro entender el rechazo visceral que despierta esa criada en Markus. En fin, todo me resulta tan vago y difuso, que me cuesta incorporarlo con nitidez en la novela.

Por las mañanas, mientras escribo e intento apaciguar mi agobio, escucho a Jean Sibelius. Antes de venir a Escandinavia no lograba entenderlo, pero intuyo hoy que su lirismo tan delicado emerge de las pesadas mañanas invernales, cuando la nieve reviste de blanco los bosques y el sol fracasa en su intento por remontar el vuelo. Y supongo que la vehemencia estremecedora de sus instrumentos de viento deriva de las intimidantes tormentas de nieve que soplan desde el norte apagando la vida, arrasando con todo. Mi padre escuchaba a Sibelius y también a Grieg y Stenhammer. Le fascinaban el orden y la disciplina de la Europa del Norte. Lo habían rechazado como postulante a la Escuela Militar, y conjeturo que ese era el origen del gran dolor que cargaba en su corazón. Tal vez por ello insistía en que mis hermanos y yo mantuviéramos nuestros cuartos en orden, y llevásemos los zapatos bien lustrados y el cabello corto y bien peinado.

Creo que sólo Ignacio, mi hermano sacerdote, ha de seguir aquellas máximas en el monasterio. Tulio, el empresario de éxito, lleva una vida tortuosa y cultiva una apariencia descuidada, de esas de traje Boss y corbata de seda italiana de nudo sin ceñir y el cuello de la camisa abierto. Es cierto lo que dicen: si quieres que tu hijo sea marxista, oblígalo a asistir todos los domingos a misa.

He cambiado paulatinamente los capítulos iniciales de la novela con el ánimo de insuflarle mayor realismo. En realidad, la historia comienza ahora con un escritor de relatos policiales que vive en el mismo sitio en que yo vivo, junto a su mujer, alguien parecida a Marcela, que lleva su nombre, y ama también las antigüedades y la actuación. La causa por la cual esa pareja reside aquí la extraje de nuestra propia vida. El intento de esa pareja ficticia —formada por Marcela y Cristóbal— de huir de su país de origen para dejar atrás el lastre de su identidad heredada le conferirá, no me cabe duda, mayor verosimilitud al texto. En fin, dejémonos de teorizar y continuemos con lo nuestro, que es suficientemente inquietante.

Aún dudo, en todo caso, si debo preservar en este manuscrito las descripciones de las denominadas "locuras" de Marcela y las ocasiones en que yo muestro un espíritu conciliador frente a su infidelidad. Sospecho que mi mujer ha estado leyendo a hurtadillas mi manuscrito, y que conoce mis reflexiones y propósitos últimos. Quizás por ello es inconveniente que este texto exprese toda la verdad de las cosas y mis sentimientos, tal vez por ello debiera disfrazar a partir de esta línea todo cuanto pienso, siento y planeo. A lo mejor yo debería escribir un texto travesti, uno que en su exterior diga una cosa, pero en su interior afirme lo contrario, un relato cuya función principal fuese desorientar. Un simulacro constituiría, desde luego, la mejor forma de protegerme ante Marcela y de ocultar mi intimidad. Es más, lo anuncio a partir de este momento a quien ose leer —o ya esté leyendo— todo cuanto aquí escribo: no hay garantía de que el relato que despliego en estas páginas sea cierto, pero tampoco de que sea falso. Cada uno, como anuncian en las piscinas sin salvavidas, ingresa a este recinto y hace uso de estas instalaciones bajo su exclusiva responsabilidad y riesgo.

Pero volviendo al tema: mi reflexión sobre las "locuras" no se debe sólo a motivos personales, sino también a otros de índole estilística. Si mantengo las descripciones esbozadas hasta ahora, corro el peligro de que el peso gravitacional del libro se traslade del mundo interior del escritor al de su complicada relación con su mujer. Y yo me rehúso a escribir una novela que explore las causas que fomentan o liquidan el amor, pues apenas quiero mostrar un momento en la vida de un hombre. Un momento decisivo, por cierto, que exponga su aislamiento, su incapacidad para entender a la mujer, su comunicación fragmentada y frustrada con ella. Quiero escribir un relato que sólo sea una secuencia dentro de una vida más vasta y no la usual historia concentrada, con inicio, medio y final lógicos que tanto abunda. Deseo describir simplemente la vida que fluye ante mis ojos, como lo hacen en sus reportes los espías, quienes a veces observan a personajes promisorios, pero que entran y salen de escena sin dejar huella, o a veces detectan simplemente encuentros casuales, una suerte de encadenamiento de sucesos y reflexiones insignificantes, a ratos subvertidos por los vientos huracanados del azar, que no arrastran consecuencias importantes para nadie. Quiero ver qué ocurre con tanta insignificancia, porque entre insignificancias y ritos transcurre gran parte de nuestra existencia, y por eso mantengo la novela apegada a la realidad, plegada a ella, como dos mariposas que se aparean en el vuelo, pero sin convertirla en una confesión que un día pueda emplearse en mi contra para condenarme por todo lo ocurrido.

Hoy, después de conversar en un café con Pepe Cristal, quien insiste en comprarme la computadora y asesorarme en la adquisición de una nueva, llamé a José Facuse, el embajador chileno. Solía encontrarme a menudo con él, antes de la desgracia de Norrviken, en un gimnasio de la Birger Jarlsgatan y después, en el Dos FF, bebíamos café y, más tarde, en su residencia, saboreábamos magníficos tintos chilenos —cabernets, merlots o carmenères— mientras conversábamos de literatura y política.

Facuse dispone de un departamento céntrico, amplio y confortable, exquisitamente decorado. Antes de ser diplomático, se asiló durante veinte años en Estocolmo. Entonces era dirigente de un movimiento revolucionario izquierdista, y ahora, tras haber pasado innumerables peripecias, es un embajador que goza de prestigio y autoridad, y con el cual nos entendemos pese a las discrepancias imaginables del caso. Así como yo estoy informado de su lealtad a toda prueba al presidente, él lo está de mi parentesco con Montúfar y de las ventajas de que disfrutó mi familia —en especial mi padre y mi hermano empresario— bajo los militares. Pero como sabe asimismo que no estuve involucrado en la represión de la izquierda, me acepta con agrado y deferencia. El trato es distante, sin embargo, con Marcela. Me imagino que él, erróneamente, sospecha que ella jugó un papel en la persecución de opositores, lo que es injusto, puesto que Marcela era entonces demasiado joven e ingenua como para hacerlo. Pero la política de nuestro país la conforman sobrevivientes, fundamentalistas, renegados, conversos, oportunistas, cretinos, corruptos y también hipócritas. En fin, todos estos ejemplares y muchos más encuentran siempre lugar y espacio en círculos de correligionarios. Además, Facuse sabe que los demócratas deben tolerar simplemente las opciones de los demás, sabe que la política es sólo una forma más de ganarse el pan, como ser vendedor de seguros, maestro, malabarista o corredor de propiedades.

Le consulté por el inspector Duncan, a quien ubica a la perfección pese a que en Suecia viven cuarenta mil chilenos. Claro,

Duncan es uno de los pocos compatriotas que trabajan en la policía sueca.

—Bajo Allende tenía un cargo en el aparato de inteligencia de los socialistas —me dijo, fumando uno de sus acostumbrados puros cubanos, que a mi juicio entorpecen la adecuada cata de los vinos—. Tuvo que asilarse. Si lo detenían los militares, desaparecía. Era de los duros.

—Aún cultiva cierto aspecto de Cherchinski.

—Llegó aquí después de combatir en la guerrilla guatemalteca, aprendió sueco e ingresó a la policía civil. Exhibe una carrera de ascenso vertical y es un tipo listo. Se ha especializado en delitos vinculados con extranjeros, se la pasa viajando. ¿Cómo te lo topaste?

Se lo expliqué en detalle y también le confesé que me preocupaba que fuese a involucrarme en un asunto policial en momentos en que me proponía irme de Suecia.

—No me habías dicho que te ibas.

—Ya es hora. No sabemos aún adónde, pero nos vamos —traté de ser ambiguo, como me había sugerido Montúfar.

Pensativo, Facuse lanzó una bocanada contra el *chandelier* del salón de paredes bermejas, por cuya ventana se divisaban los tejados cubiertos de nieve de Estocolmo, y dijo:

—Aunque Duncan es un tipo discreto, le consultaré sobre el caso y tal vez me diga qué ocurrió con la polaca. Pero no debieras preocuparte —agregó—. La policía sueca es extremadamente reservada y cuidadosa.

—Me inquieta la posibilidad de que Boryena haya prestado servicios a la mafia rusa.

—No es improbable, pero no tiene por qué inquietarte. Yo hablaré con Duncan y, si quieres, te lo presento en otro ambiente, quizás aquí, tomándonos algo. Puede ser beneficioso. Siempre es bueno que la gente converse.

No quise insistir en el hecho de que yo había hablado ya con Duncan en un ambiente informal, ni que temía que fuese a mostrarse especialmente intolerante conmigo debido a mi vínculo con Montúfar. Era probable, como opinaba Marcela, que Duncan fuese un tipo vengativo y resentido.

—Debes conversar con él para irte tranquilo de Suecia —repitió Facuse mientras aspirábamos nuestros tabacos.

La eventualidad de volver a encontrar a Duncan me desagrada. Algo en sus ojos inquisidores, en su tono interrogativo, en su perpetua costumbre de indagar los pensamientos últimos de sus interlocutores, me incomoda. Quizás Marcela tenga razón, y en cierta medida el dedo acusador de ese policía y su intransigencia se nutran de resentimiento. En todo caso, es saludable contar con cierta información sobre él. Pienso emplearla en la caracterización del detective de mi novela, aunque la conjugaré con elementos de mi propia cosecha, como su capacidad para asociar el crimen de la polaca con el asesinato en Norrviken, que comete el narrador de la novela.

Me causa inquietud pensar que, de una u otra forma, estoy elaborando un manuscrito que, de ser descubierto, pueda emplearse algún día para incriminarme. Desde luego que para ello la justicia tendría que probar que cada una de mis afirmaciones es cierta y verídica, algo complicado, pues las hago en el reino de la ficción, pero cualquier esfuerzo oficial de esa naturaleza indicaría que los investigadores no están en condiciones de distinguir entre el novelista, es decir, mi persona, esta de carne y hueso que escribe ahora estas páginas, y el narrador en primera persona de la novela, el personaje de ficción que afirma escribir estas páginas, meras palabras en una hoja de papel. Una investigación de ese género implicaría que las autoridades creen a pie juntillas en la existencia de la congruencia entre realidad y ficción, algo que los dejaría mal parados, y los convertiría en el hazmerreír a nivel europeo, por lo menos. Es un juego que encierra, desde luego, riesgos considerables y tiene alcances insospechados, mas no puedo interrumpirlo, puesto que una especie de lujuria narrativa me empuja a seguir avanzando con esta trama, me induce a alimentarla con las circunstancias que me rodean, como si se tratase de una bestia hambrienta y misteriosa, que necesita engullir a diario hechos reales para crecer.

Vuelvo a casa tarde por la noche, manejando torpemente el Saab, pues he bebido más de la cuenta con el embajador, y constato que Marcela no está. Debe andar con alguna amiga o tal vez cerrando negocios, lo único que mengua sus arranques depresivos y la hace feliz.

—Antes de irnos, debemos alcanzar imperiosamente un arreglo con Markus Eliasson —me dice cuando vuelve a casa.

Estoy en el living, es muy tarde, leo una revista sentado en el sillón. La taza de té de arroz reposa tibia sobre la mesita de centro.

—¿Llegar a un arreglo con Eliasson? No te entiendo.

—Tú rara vez me entiendes, Cristóbal. Quiero decirte que no podemos dejar Suecia sin haber logrado que Markus nos asegure cierta lealtad. No nos engañemos, él sabe que liquidamos a Yashin.

—No creo que Eliasson quiera llegar a algún arreglo.

—Pues, mientras no lo logremos, no podemos marcharnos. La Interpol tarde o temprano terminará por enterarse de todo.

—Será tal vez una sugerencia de tu padre, pero no funciona. Estamos en Suecia.

—Mi padre no tiene idea de lo que ha ocurrido, por lo que mal podría haberme hablado del vecino.

—¿Y cómo te imaginas entonces que le presentaremos el asunto a Eliasson?

—Si pretende marcharse de Suecia, también él debiera preocuparse por lo que nosotros pensemos. Es cosa de que abordemos el tema en el momento preciso y le hagamos ver que nos necesitamos mutuamente.

Marcela vuelve a sorprenderme. Es una gran ajedrecista. Cuando temo que vaya a despojarme de un peón, ya está preparando el jaque mate con los caballos. Transita con rapidez del sufrimiento a la elaboración de planes fríos y detallados. Y ahora me sugiere algo que huele a chantaje, una operación que puede volcarse en contra nuestra. Sin darme el buenas noches va a acostarse y yo regreso al estudio, y me siento frente a la pantalla, con la casa en penumbras de Markus Eliasson a la vista, dispuesto una vez más a seguir alimentando a esta bestia insaciable.

VEINTINUEVE

Al fin apareció un artículo en el *Dagens Nyheter* sobre el crimen de Boryena. Lo encontré en la tienda de diarios y revistas, y no pude aguardar a volver a casa para leerlo, así que me serví un detestable café americano y comencé a devorarlo allí mismo, sentado a una mesita. Es un texto breve, una columna de apenas un cuarto de página que menciona al inspector Duncan, algo por cierto inquietante, y su sospecha de que la polaca fue asesinada por un conocido al cual ella le abrió la puerta de su apartamento, situado en el gueto de extranjeros de Rinkeby.

La descripción del hecho me agobia: Boryena recibió tres puñaladas en la espalda, entre los pulmones, cuando buscaba al parecer algo en su dormitorio, lo que permite conjeturar que existía cierto grado de confianza entre ella y el visitante. Luego del ataque, el asesino —tal vez un hombre— se cercioró de su cometido y la estranguló usando un cinturón de la víctima.

El registro practicado por la brigada de homicidios no arrojó evidencias de que el o los desconocidos robasen dinero u objetos de valor. Sí desconcierta que esa noche nadie viera merodear a sospechosos por el edificio ni escuchara algún altercado, aunque en medio del invierno, y dada le hermeticidad de las viviendas en Suecia, es comprensible que no hayan advertido algo inusual.

Duncan, afirma el *Dagens Nyheter*, trabaja sobre la base de tres hipótesis. La primera, que la víctima conocía al asesino; la segunda, que este ingresó al apartamento fingiendo la necesidad de abordar un asunto de interés comunitario, y la tercera, que se trata de un asesino experimentado, ya que, a juzgar por la ausencia de huellas, empleó guantes plásticos durante el operativo. Recordé con estremecimiento los guantes de cirujano que vi días atrás en casa del viudo, lo que me hizo sospechar que Marcela puede tener razón al suponer que es el asesino.

Desde su retrato en un recuadro, en el extremo superior de la columna, Duncan solicitaba a los vecinos de Rinkeby que le informaran a la policía si habían divisado algo sospechoso la noche del crimen. Me pareció improbable que fuese a encontrar colaboración en un gueto de extranjeros, donde los jóvenes desempleados y marginados representan el caldo de cultivo ideal para el surgimiento de la delincuencia, y nadie estima a la policía. Sin embargo, Duncan, como antiguo militante socialista, seguía confiando al parecer en la acción colectiva para llevar adelante su labor.

—Resulta evidente que Markus Eliasson es el asesino —afirmó Marcela tras apartar el diccionario sueco-español. Se había levantado de un salto de la cama cuando volví del centro de Djursholm con el diario en la mano. Más que alarmada, parecía satisfecha de que se vieran corroboradas sus suposiciones—. Vivimos junto a un tipo peligroso, por decir lo menos. Carga con dos personas en su conciencia.

—Déjate de hablar de forma tan aséptica —le reclamé—. Después de lo que pasó con el ruso…

—No sé a qué ruso te refieres.

—¿Pero qué te ocurre? ¿Vas a comenzar a actuar ahora delante mío?

—Estábamos hablando de Markus —precisó con frialdad.

Bajamos a la cocina y preparamos té y tostadas. Había algo en la seguridad de sus conclusiones que me irritaba.

—¿Cómo puedes estar segura de que Markus asesinó a Boryena? —me calenté las manos con la taza recordando que Marcela ignoraba que Markus tenía guantes de cirujano en su vivienda.

—Me basta la lógica. Él necesitaba silenciarla. Era la única persona que sabía a ciencia cierta que a María se le habían acabado las tabletas. Una palabra de ella a Duncan y todo se habría complicado para Markus. Más aún ahora que está a punto de marcharse al extranjero.

—Bueno, su caso no es muy distinto del nuestro.

—Yo te lo dije ya hace unos días.

—¿Qué?

—Que nuestros casos se parecen, pero que también hay una gran diferencia entre ambos.

—Al menos a mí no me has dicho nada al respecto.

—Tú y tu memoria —comentó exasperada—. Tú, tu memoria y tus sospechas... La diferencia radica en que él planificó hasta el último detalle su crimen, y nosotros aún estamos dando palos de ciego.

—¿Y eso qué significa?

—¿Te parece poco? Él es un criminal de verdad, un asesino. Hizo todo lo que tenía que hacer. Liquidó a su mujer para quedar libre, y a la doméstica porque pretendía denunciarlo.

Desde la sala de estar llegaban los acordes de Eric Satie sugiriendo de algún modo que el mundo no estaba del todo fracturado.

—Imposible que Boryena pensase seriamente en denunciarlo —alegué—. Su única preocupación era mantener la clientela del barrio. Debe haber sabido que un enredo de ese tipo le hubiese significado un juicio y la pérdida de sus trabajos en Djursholm.

—Hazme caso. Él la mató.

—Puede que así sea, pero entonces no entiendo bien por qué lo hizo. Ella no tenía indicios suficientes para acusar a Markus ante los tribunales.

—¿Cómo lo sabes? —me preguntó Marcela, sacando la mantequilla del refrigerador.

—Me lo habría dicho. Yo conversé mucho con ella. No pasaba más allá de una sospecha vaga, de una especulación. No puede haberlo amenazado con eso.

—Fue otra cosa que llevó a Markus a eliminarla.

—Allí ya no entiendo.

—Es sencillo. Él la liquidó porque ella se sobrepasó con el chantaje.

—¿Un chantaje?

Me vino a la memoria aquel que Marcela me propuso para silenciar a Markus.

—Efectivamente —dijo y comenzó a esparcir mantequilla sobre una tostada.

—¿Piensas que pidió demasiado?

—Exacto. Me extraña que un escritor de novelas policiales no pueda imaginar un chantaje.

Su conclusión me resultó de pronto convincente. Días antes yo había jugado también con esa posibilidad, pero la había descartado porque Markus Eliasson no podía haberse arriesgado a cometer otro crimen confiando en que volvería a salir ileso, a menos que fuese un psicópata y no lo parecía. Pero sí es cierto que la acusación de Boryena hubiese hecho trizas su sueño de recomenzar la vida lejos de Estocolmo. Escruté el rostro de Marcela y sólo me encontré con el brillo astuto de sus ojos y las bolsas azules de sus ojeras, evidencia de que sufría de insomnio, de que el asunto de Norrviken minaba su salud y la mantenía en ascuas. Todo esto lo supongo solamente, ya que días antes habíamos optado, sin drama alguno, por separar cuartos en forma definitiva. Ella seguía ocupando el antiguo dormitorio común y yo dormía ahora en la habitación contigua a mi estudio.

—Una cosa es escribir novelas y otra pronosticar la realidad —dije al rato—. Un buen policía no es un buen novelista de obras policiales, del mismo modo que un buen novelista policial no es un buen policía. Hay una cosa que se llama ficción y otra realidad —aseveré en un tono pedagógico bastante altanero.

Marcela plegó el periódico y acercó la taza a sus labios.

—Eliasson le estuvo pagando bastante tiempo a Boryena para que no lo delatara.

—No la creo capaz de haberlo chantajeado. Era muy simplona.

—Fíjate que no siguió trabajando en casa de Eliasson, porque ya no necesitaba ese dinero y las relaciones se habían deteriorado.

—Estás fantaseando más que yo en mi novela… ¿De dónde sacas todo eso?

—Los hechos lo gritan a los cuatro vientos —exclamó molesta.

—¡Esa sí que es buena! La mera especulación como técnica para descifrar crímenes. Bravo, bravo, señora Conan Doyle. Menos mal que no eres policía.

—¿Y me creerías si te dijera que Boryena también intentó chantajearme a mí?

Me dirigió una sonrisa sardónica, disfrutando de mi repentino silencio, ufana con lo que acababa de revelarme.

—¿Trató de hacerlo? —tartamudeé—. ¿Cuándo?

—Un día que me sorprendió subiendo al vehículo de Yashin. Le bastó eso y descubrir mis prendas íntimas para imaginarse el resto.

Recordé que Boryena me dijo una mañana, poco después de la muerte de María Eliasson, que la había descubierto besando a un hombre en un vehículo en Estocolmo. ¿Se había tratado efectivamente de María o era Marcela a quien había visto? Conjeturando que Boryena se burlaba de mí, pregunté:

—¿Qué le dijiste?

—Que todo cuanto yo hacía, lo hacía con tu beneplácito, así que me importaba un bledo que me chantajeara —dijo, recogiendo las migas de la mesa.

—Entonces es verdad que me engañas, que tienes amante.

—Vamos, Cristóbal, ¿es que vas a comenzar con todo el teatro de nuevo? Estamos hablando de algo grave, de un chantaje —se puso de pie con las migas en una mano y las dejó caer en la lata de basura—. No entendió mucho la pobre, pero tampoco le daba para escandalizarse.

—¿Por qué no me contaste nada?

—¿Para qué? ¿Para que te inquietases y vieses confirmadas tus sospechas?

—La debiste haber despedido.

—En casa la tenía más controlada. Le hice creer que manejaba información sobre mí y que podría utilizarla en cualquier instante en mi contra.

—Eres de una perversidad asombrosa.

—No hables payasadas. Si Boryena hubiese descubierto la botella, el vaso, el mármol o el arma, también nos habría chantajeado. Era una tipa despreciable, inescrupulosa. Por algo la liquidaron...

—Estaba ahorrando plata para la casa de sus padres...

—Déjate de romanticismos. No te fíes de las razones que entrega la gente. Analiza mejor los resultados de sus acciones y la medida en que te benefician o perjudican.

Al repasar mentalmente las conversaciones con la polaca, constaté que en ellas Boryena intentó averiguar varias veces si yo estaba efectivamente al tanto de la vida de mi mujer. Es probable que lo hiciera con el afán de chantajearme. Y como tal vez le di la impresión de tolerar las aventuras de Marcela, no se atrevió a plantearme de frente el asunto. Moví la cabeza de un lado a otro, pensativo, sintiéndome terriblemente desdichado, y dije:

—Eres demasiado lógica.

—Es que puedo imaginarme la situación. Cada vez que Markus iba a su apartamento a pagarle, Boryena elevaba el precio, hasta que un día a él se le agotó la paciencia. ¿No te ocurriría algo parecido si Markus nos chantajeara?

No le conté que ya había sentido la tentación de liquidarlo. En su lugar y mirándola a los ojos, dije:

—Me cuesta imaginar a Markus haciendo algo así.

—¿Después de lo que hicimos nosotros y de cómo seguimos fingiendo hasta hoy? Ya te lo dije, la gente decente como uno jamás comete asesinatos, Cristóbal. A nosotros simplemente nos "ocurren" cosas como esas. Nos ocurren como imponderables.

—Puede que tengas razón.

—¡Claro que la tengo! Todo es evidente: Markus acudió esa noche al apartamento a pagarle a la polaca, y esa es la razón por la cual ella abrió la puerta sin más ni más. Y por eso nadie se percató de su visita ni hubo escándalo. Él ya había acariciado la idea de asesinarla, como tú quizás has pensado en liquidarlo a él o a mí, y por eso, cuando ella le anunció un alza desmedida a cambio de mantener el silencio, Markus perdió los estribos, no tuvo otra alternativa. Ese asesinato le o-cu-rrió simplemente —dijo separando la palabra—. ¿Entiendes?

Admiro su talento para hilar tan fino. En el fondo, es la misma habilidad que despliega cuando vende muebles y cuadros hechizos, porque a estas alturas yo ya estoy completamente convencido de que mi mujer se dedica desde hace años al lucrativo negocio del arte robado y falsificado, y que su capacidad histriónica está al servicio de eso. En fin, lo perverso de la vida estriba en que siempre te enseña cuando ya es demasiado tarde. Estos temas y especulaciones deberían ir a engrosar cuanto antes la novela, pues aquello que yo imagino con esfuerzo para crear tramas, y que a la postre me enorgullece, ya que revela la intensidad de mi fantasía, se ve ahora eclipsado por esto que me ocurre a consecuencia de las singulares peripecias de mi querida mujercita.

—¿No te parece que deberíamos intervenir? —me pregunta decidida.

—¿Intervenir? ¿Y cómo?

—Piénsalo, querido. ¿Cómo lo harías?

—¿Llamando al inspector Duncan?

—Llamando a Markus, querido, anunciándole que estamos al tanto de todo lo que ha hecho y que nuestro silencio tiene precio.

TREINTA

Admito que desde hace varios años la realidad ya no me interesa. Sí, he constatado que, en lugar de atender y escuchar lo que he dado en denominar la realidad irreversible y supuestamente indubitable que parece envolvernos desde el nacimiento hasta la muerte, prefiero leer novelas, cualquier tipo de novelas, acudir al cine, escuchar música, en lo posible de compositores románticos y, por épocas, jazz, mucho jazz, pero no ese tipo experimental e irritante de John Coltrane, sino las piezas armónicas y líricas que solían interpretar Ben Webster o Coleman Hawkins, o bien admirar pinturas y fotografías ya sea en museos o en buenos libros. El resto —sí, este mundo monótono, gris y silencioso de Escandinavia, las guerras que libra Estados Unidos por doquier, el racismo que destruye la vida de los inmigrantes en Europa o la decadencia sempiterna y el desmembramiento paulatino de los Estados latinoamericanos, todo eso que nos apresuramos en calificar de realidad— poco o nada me importa.

Bueno, es cierto que ahora concitan mi atención ciertos aspectos de la realidad irreversible por lo acaecido en Norrviken, pero el hecho de que yo intente convertir todo eso en ficción, que pretenda hacer calzar los hechos conmensurables y verificables en las páginas de este relato, que trate de difuminar los deslindes entre lo real y lo imaginario, demuestra mi total indiferencia hacia la realidad. ¿Será que con los años uno se va ensimismando y aislando, como un molusco, hasta vivir sólo de la memoria y la fantasía, de la lectura de novelas, cuentos y de poesía, de las películas, la música y monólogos o diálogos imaginarios que acostumbramos a sostener? A veces supongo que la soledad me aguarda al final de este camino y que toda mi vida no ha sido más que una marcha, un prolegómeno, para alcanzar esa soledad que espera más allá del término de todo como el Geist de Hegel esperaba a la Historia con mayúscula. No, no logro tejer una teoría o hacer cuajar una respuesta definitiva para todo esto, pero hoy en la mañana, después de sopesar las cosas con detención, decidí internarme por la boca del lobo y llamé por teléfono al inspector Duncan a su oficina en la Krim, el magnífico palacio decimonónico del barrio de Kungsholmen que sirve de sede a la Rijkspolisen. Me atendió él mismo, cosa que me desconcertó, pero que tuvo al mismo tiempo la virtud de tranquilizarme. Tras un titubeo, le dije que me urgía hablar.

—Mire, en el subterráneo del Hötorget hay un restaurancito donde sirven la mejor sopa marinera de Suecia —repuso con voz grave—. Es el único local de ese tipo. No puede confundirse. Lo esperaré allí a mediodía.

Eran las diez de la mañana y el ruiseñor no había cantado aún. La primavera tardará quizás este año en llegar, pensé, aunque en el jardín vecino ya empieza a derretirse el hombre de nieve y su nariz de zanahoria yace en el suelo. Al final sólo quedará en ese lugar la estatua de Palas Atenea con aquellos cuervos que suelen posarse sobre su cabeza, como si se detuvieran allí a observar el vecindario o a reflexionar sobre asuntos que les conciernen sólo a ellos. Decidí, por lo tanto, interrumpir la escritura de la novela justo en el capítulo en que el narrador, es decir, el autor de novelas policiales que vive en Djursholm, busca, impulsado por un arranque irracional, el contacto con el policía encargado de investigar el crimen de la inmigrante polaca. Después estuve a punto de grabar la novela en disquetes y, para mayor seguridad, de borrarla del disco duro del computador y de ocultarlas en algún sitio recóndito. Me cohíbe el hecho de que a ratos Marcela lea a escondidas estos capítulos mientras yo deambulo desconcertado por Estocolmo. Siento que ella me espía a través del texto y que en la medida en que lo hace, cuestiona y relativiza mi verdad y se ubica por sobre mí. Mientras ella no vea mis líneas y no sospeche de que hablo de ella, estas tienen la facultad de convertirse en el relato y la memoria de todo cuanto ocurre, lo cual quedaría de otra forma sin dueño y en entredicho perpetuo. Lo único que deseo reiterar es que este manuscrito ahora al alcance de Marcela ya no refleja necesariamente mis reflexiones ni acciones, y puede constituir más bien una trampa, una impostura, un simulacro, un texto retocado con el fin de crear sólo una apariencia de realidad e impedir que Marcela conozca a fondo lo que ocurre y lo que pienso. Lo repito, y en cierto sentido esto representa un mensaje oblicuo o, si se quiere, una amenaza oblicua: nada de esto que aquí escribo tiene sello de garantía y, lo que es más delicado aún, puede ser y a la vez no ser verdad.

Fui, pues, como señalaba más arriba, a conversar con Duncan a sabiendas de que jugaba con fuego, porque una cosa es recibir al policía en mi hogar mientras él investiga el asunto de Boryena, o bien tolerar sin más su sorpresiva aparición y consultas en el museo Vasa, pero otra muy distinta ir en busca suya a los cuarteles centrales de Estocolmo, provocarlo en su propia guarida, llamar su atención en el edificio de la Rijkspolisen. Sospecho que adopté esa decisión impulsado por los datos que me suministró el embajador Facuse sobre Duncan. Ahora que existe la posibilidad de que pronto nos reunamos en un ambiente distendido, bebiendo un buen merlot chileno y picando aceitunas, me resulta, imagino, más fácil aproximarme a Duncan y soportar sus ojos inquisidores. Necesito averiguar de modo indirecto, desde luego, el derrotero de sus pesquisas y, algo más crucial aun, saber de una vez por todas si figuro con Marcela entre los sospechosos del crimen de Norrviken. La circunstancia de que Duncan y yo seamos compatriotas, que hayamos compartido un pasado más o menos común de persecución y exilio, aunque después la vida nos haya dispersado en términos ideológicos, me permite arriesgar un tímido acercamiento informal a su persona.

Llegué a las doce en punto a los quioscos bien surtidos y limpios del mercado de Hotörget. Era una mañana de nieve en las calles y techos, pero de cielo azul y brisa filuda como cuchillo. Bajé al subterráneo, donde me abrazó un tufo cálido y perfumado a especias, y avancé entre quesos franceses, pastas italianas, *kebabs* turcos, naranjas de Israel, fritangas chinas y *sushis*, y logré entrar finalmente, después de brindarles codazos a un árabe y a un hindú de turbante, al local donde me aguardaba Duncan vestido, como de costumbre, enteramente de negro.

No estaba yo de ánimo para saborear sopas de ningún tipo.

—Pues, es aquí donde sirven la mejor sopa marinera —dijo Duncan—, y la metodología es simple: usted coge un pozuelo, cubiertos y pan, y el cocinero le sirve sopa en la barra. Puede repetirse cuantas veces quiera. *All you can eat*, lo llaman los gringos, "mesa sueca" acá.

El aroma a salitre y algas de la sopa despertaba muertos y me recordó de inmediato las marineras del sur de Chile. El restaurante era modesto: una barra, sobre la cual descansan una gran cacerola, una lata con rebanadas de pan negro, vasos junto a toneles cerveceros, y mesitas desnudas. Nos sentamos a una de ellas.

—Usted dirá —dijo el inspector partiendo el pan con las manos, como un sacerdote honesto, y luego saboreó una cucharada.

Le expliqué que yo era amigo de Facuse y que él me había contado su historia, la que a trechos guardaba semejanzas con la mía. Duncan siguió cuchareando impertérrito, como si sus preocupaciones girasen en torno a otro asunto, y lo que yo decía fuese irrelevante. Sólo de cuando en cuando alzaba los ojos para dirigirme una mirada breve, escéptica, como para confirmar si yo seguía allí, exhortándome a que le revelara de una vez por todas el verdadero motivo de ese encuentro. Algo en el brillo chispeante de sus ojos me permitió esta vez descubrir —o quizás sólo creí que descubría— la nostalgia y el dolor que anidan en los exiliados y que ellos —o nosotros, porque también yo soy exiliado— tratan —tratamos— de disimular. De pronto me preguntó:

—¿Qué era usted, señor Pasos, en la época del golpe militar?

—Estudiaba economía en Berlín Este —dije incómodo, sorprendido por ese ataque a boca de jarro—. Tres años después me trasladé a Berlín Oeste, crucé el muro, y comencé en la Freie Universität.

—¿Y nunca más volvió al socialismo?

—Nunca más.

Supe que al admitir el carácter definitivo de aquel desplazamiento geográfico, que era asimismo político, sellaba mi suerte ante Duncan. Él no era un renegado como yo y probablemente despreciaba a los conversos, porque en Suecia sólo podía dotar de sentido a su vida —una vida afincada por siempre lejos del terruño, de su gente, sus costumbres y olores— el rescate consciente de la utopía política que había abrazado con pasión antes de Pinochet.

—No se lo reprocho. El socialismo realmente existente era muy aburrido —dijo al rato tragando un trozo de pan.

—En efecto, era demasiado monótono aquello.

—¿Fue comunista, entonces?

—Por un tiempo, usted sabe, la juventud, el Zeitgeist, el idealismo.

—No intente disculparse, señor Pasos, en Chile lo que más abunda son los conversos: comunistas arrepentidos, pinochetistas arrepentidos, terroristas arrepentidos, socialistas arrepentidos, liberales arrepentidos, centristas arrepentidos, en fin, y hasta arrepentidos de haberse arrepentido. Podríamos exportar conversos y nos convertiríamos en un país desarrollado. "Por la conversión o la fuerza", debería ser nuestro lema patrio. Y es una suerte, después de todo, de otro modo ese país hubiese estallado en pedazos. ¿Y de dónde conoce al embajador Facuse?

—Del Instituto Nacional. Estudiamos allí.

—Se lo pregunto —continuó después de carraspear y saborear la cerveza—, porque desde un comienzo me pareció que usted intenta ocultarme algo, no sé qué es exactamente, pero presiento que algo me oculta. Curioso, ¿eh?

Sonreí inquieto.

—No sé a qué se refiere con eso —dije.

Me escrutaba serio y con la desconfianza instalada bajo las cejas negras.

—¿Qué relación tiene usted con el ex coronel Montúfar?

Intuí de inmediato que me había estado siguiendo y que el encuentro en el museo Vasa no era fruto de la casualidad, sino de su celo profesional. Le expliqué el asunto de forma escueta, pero me pareció que él ya estaba al tanto de la historia y que sólo buscaba corroborarla. Lo que sí se me tornaba inaceptable es que yo hubiese perdido la iniciativa en una conversación que había solicitado con el propósito de deslizar comentarios que terminaran por involucrar a Markus en lo de Boryena.

Guardó silencio cuando terminé de hablar, se puso de pie y fue a la barra para que volvieran a llenarle el pozuelo. Se sentó frente a mí degustando aquella sopa en la que —recién ahora caía yo en la cuenta— abundaban, entre verduras y trozos de papa, masitas de arenque, salmón, róbalo, almejas y camarones, y una que otra yerba desconocida. Luego dijo que prefería no referirse a episodios recientes de la historia nacional, aunque acostumbrase a evocarla de vez en cuando para vigorizar su existencia cotidiana. Solía también, al igual que yo, leer por internet los diarios chilenos y ver el noticiario de la televisión nacional, pero a veces atravesaba por épocas en que se despercudía de todo eso y se sumergía por completo en la vida escandinava por miedo a caer en la esquizofrenia. Admitió que le había resultado imposible olvidarse de su patria y que él ya no era ni la sombra del que había sido treinta años atrás, aunque seguía defendiendo ciertos postulados iniciales, de otra forma, aclaró serio, si renegaba de todo cuanto había creído, se despeñaría por el precipicio del cinismo.

—Renuncié a la guerrilla en Guatemala —dijo encuadrándome con sus ojos fríos—, porque me pidieron que ajusticiara a un compañero a quien la dirección del movimiento consideraba traidor. La mañana que lo esperé en una esquina de Antigua de los Caballeros para *darle agua*, se me partió el alma al ver que llevaba de la mano a su hijito a la escuela. Allí mismo me dije: Oliverio, esto no va contigo, véndele a esta gente y échate a correr.

—Entiendo —comenté con alivio, pues a juzgar por la dirección que tomaba esa conversación, no abrigaba sospechas en mi contra.

—En algo hay que creer, después de todo —añadió nostálgico, resignado—. Y, si me permite ser franco, es lo que me llama la atención en usted, señor Pasos. Usted parece no creer en nada.

—Pues, se equivoca, creo en los libros que escribo.

—Hay que creer en algo que nos trascienda, señor Pasos. Algo utópico, una meta que sea algo más que lo meramente personal o material. La honestidad, el amor, el celibato, la puntualidad, qué sé yo, pero al menos en algo hay que creer.

—Lo más dañino y de consecuencias más sangrientas a lo largo de la historia han sido las utopías.

—No importa. En mi época de revolucionario —hizo un gesto con la mano que podía indicar lejanía o insignificancia— conocí a rusos de y la KGB y a cubanos de la DGI que eran capaces, como yo en el pasado, de dar la vida por la causa revolucionaria. Era gente dura, convencida, sacrificada.

—También yo he conocido a gente así en el otro bando…

—Me lo imagino —dijo con sorna, aclarándose la garganta—. Por el suegro que tiene, no me sorprende. Pero yo me refería a mis antiguos camaradas de la KGB y la DGI, a gente idealista, que ponía en peligro la vida por las ideas de Marx y del socialismo. ¿Sabe qué son hoy?

—Héroes muertos en combate.

—Capos de la mafia —afirmó cortante—. Tiraron por la borda sus convicciones cuando se acabó el socialismo y preservaron las mañas que habían conocido para defenderlo: la Kalashnikov y los procedimientos conspirativos. El resultado final es la mafia, la degeneración de los ideales, algo demasiado riesgoso para todos. Sin disciplina, y le aclaro que una utopía es un ejercicio perpetuo de disciplina y renuncia, señor Pasos, la gente desemboca en cualquier cosa.

La conversación desbordaba el cauce que yo me había propuesto. Para Duncan, sus antiguos camaradas del socialismo real habían terminado como mafiosos, y en el exilio sus ex aliados de origen burgués se habían arreglado los bigotes gracias a las remesas de sus padres o a los puestos que conseguían en organizaciones internacionales. Ahora, en la democracia chilena, estaban de nuevo en el poder como seres corcho, siempre a flote.

—Hoy aún están fuera del juego aquellos en cuyo nombre se hizo la revolución de 1970 y se recuperó la democracia en 1989

—precisó enarcando las cejas—. Y siguen en el poder los de siempre, los que estuvieron en él con Frei de 1964 a 1970, y se pasaron a la izquierda cuando calcularon que Allende ganaba, los mismos que se ubicaron en un exilio cómodo gracias a que eran ex funcionarios —nadie explicó que venían del régimen centrista anterior— de un gobierno popular de amplio prestigio en Europa. Y, como si fuera poco, son los mismos que en el extranjero se convirtieron en neoliberales de la noche a la mañana y que ahora gobiernan en el país y que mañana no tendrán asco en aliarse con la derecha para seguir timoneando. Chile expresa el dominio perfecto de una sola clase, señor Pasos, la hegemonía perfecta de la clase burguesa, por decirlo en términos gramscianos. A veces, sectores de esa clase se visten de izquierdistas, a ratos de socialdemócratas, luego de centristas y por último de derechistas. Se calzan la vestimenta que les pidan, y juran gobernar siempre en nombre de los de abajo.

Me desconcertó su andanada de reproches contra la dirigencia de izquierda. ¿No había venido yo acaso simplemente a averiguar si Duncan me consideraba entre los sospechosos del asesinato de Norrviken? ¿No había pasado por mi cabeza sugerirle que Markus asesinó también a Boryena? Ahora, en medio de esta conversación que él guía, la gran oportunidad se me escapa de entre las manos.

—Usted habla de la mafia y me imagino que se refiere a la rusa. Eso me trae a la memoria el asesinato de Boryena —digo, resignado a seguir navegando por sus aguas—. Y esto se lo pregunto porque me interesa para una novela que escribo: ¿usted cree que esa mujer fue asesinada por la mafia?

Bebió un largo sorbo de cerveza y echó una mirada hacia los arenques ahumados que colgaban en el quiosco de enfrente. Tal vez no lo convenció del todo mi aseveración de que yo necesitaba eso para una novela.

—Ignoro si Boryena fue asesinada por la mafia —dijo, arrancándome de mis cavilaciones—. Pero me alegra que toque ese tema, porque usted me ha mentido al respecto.

—¿A qué se refiere?

Percibí un leve temblor en mi voz.

—Usted me dijo que no podía entenderse con Boryena, pero tanto usted como ella estudiaron alemán...

Me ruboricé. No me quedó sino admitir que lo había engañado.

—No, no me engañó —replicó en tono filosófico—, sólo me mintió. Pero yo sé que ustedes sí podían comunicarse, y fluidamente. Boryena era graduada de marxismo de la Karl-Marx-Universität, de Leipzig, y usted cursó estudios en Berlín. Tenían que hablar alemán. Me mintió. ¿Pero por qué?

Me tenía entre sus garras, desde luego. Intuí que ahora me interrogaría sobre el ruso de Norrviken.

—Por miedo a aparecer involucrado con la mafia —repuse—. En esos días hubo un asesinato de un ruso en Norrviken y temo que estén conectados. ¿No cree?

Duncan finalizó el segundo pozuelo, yo estaba aún a medias en el primero y el hambre se me había esfumado. Se limpió con una servilleta de papel y pensó durante un rato largo fijando la vista en la cacerola de la barra. Advertí un dejo escéptico en él, como si al mismo tiempo se preguntara si valía la pena iniciar un tercer intento con la sopa marinera.

—Ese es un asunto que dejo que se resuelva por sí solo —aclaró.

—Pensé que su labor era reflotar los Vasas que oculta la gente.

—Mire, señor Pasos, el ruso portaba una Makarov de nueve milímetros, un verdadero cañón al que en Rusia llaman Estrella Roja. Esa arma, que tiene varios modelos, entre ellos uno búlgaro, otro chino y uno alemán oriental, lo comenzaron a producir los soviéticos en los cincuenta. Desde entonces lo usaban las fuerzas de seguridad de países socialistas, pero con su derrumbe pasaron a peores manos. Tal como le dije antes, esa gente se quedó sin la utopía que dignifica, pero con los recursos militares y conspirativos con que la defendían.

—¿Y qué me quiere decir con eso?

—Que detrás de esto tenemos a la mafia rusa, que en el fondo es la misma gente de la KGB que conocí en otros tiempos, pero con otros ropajes, con ropajes pragmáticos, desideologizados, como lo quiere la derecha.

—¿Gente que usted aún conoce?

—A veces, incluso converso con ellos —explicó con calma—. Claro, sólo si esos diálogos me sirven para esclarecer crímenes. Para eso me pagan los suecos, para esclarecer crímenes. Pero esto que le digo no es para su novela —advirtió serio.

—Pierda cuidado.

—El ruso de Norrviken no se llamaba Víctor Yashin, como informa la prensa, sino Volodia Bogdanov.

—¿Bogdanov?

—¿Sabe usted quién es Bogdanov?

—No tengo idea. ¿Alguien muy importante?

—Más que eso. Peligroso. Letal. Ex KGB. Directorio de operaciones especiales.

—No entiendo —tartamudeé anhelando detalles sobre mi víctima.

—Ahora va a entender: era el capo del principal grupo mafioso que opera en el Báltico. Andaba de incógnito en Estocolmo por razones que desconocemos. Pero nada de eso me inmuta. No será la Rijkspolisen la que aclare ese asunto, sino ellos mismos.

La desazón me hizo tragar saliva. Sentí que el corazón se me escapaba por la boca y que las mejillas se me encendían con virulencia, como si alguien me las hubiese frotado.

—¿Y entonces cuál va a ser su papel en todo esto? —pregunté.

—¿No se acuerda de una canción que decía "Time is on my side, yes it is…"?

—La cantaba Mick Jagger, el vocalista de Los Rolling Stones —dije recordando al flaco bocón, y volví al ataque—. Pero ¿cuál va a ser su papel, entonces?

—El único posible, señor Pasos —ahora emergía cierta condescendencia en su tono—. Voy a sentarme a esperar pacientemente a que frente a mi puerta pase el cadáver del asesino de Bogdanov —dijo enlazando las manos sobre la mesa—. Porque la mafia investiga mejor que nosotros y, a diferencia nuestra, siempre da con su enemigo.

—¿No intervendrá usted entonces?

—No vale la pena. Los ajustes de cuentas entre los mafiosos sólo contribuyen a aliviar mis tareas y a proteger la vida de mis hombres.

—¿Y usted cree que la mafia halla siempre a sus enemigos?

—Siempre —enfatizó Duncan anclando sus ojos en los míos—. Y cuando la mafia los ubica, es implacable con ellos y sus familiares. Puede pasar tiempo, señor Pasos, a veces mucho tiempo, pero la mafia siempre ubica a quien tiene que ubicar, esté dónde esté. A veces recurre incluso a los servicios de agentes policiales… un grueso fajo de billetes, la amenaza, y luego datos comprometedores que se borran o aparecen en ciertos expedientes… usted entiende. Pero como ya le dije, no me impaciento…

TREINTA Y UNO

Desperté de un sobresalto. Alguien golpeaba con insistencia y escándalo a la puerta. Era temprano. Supuse que se trataba del inspector Duncan portando la orden de detención o bien de emisarios de la mafia rusa, socios del finado Bogdanov, que llegaban a ajusticiarme. Tras lo que me había dicho Duncan en la víspera supuse que mis días estaban contados, pues la mafia castiga ejemplarmente a quienes la perjudican. Traté de incorporarme, pero me dolía la cabeza como si alguien me hubiese propinado una paliza. La noche anterior había vagado sin rumbo por las callejuelas desiertas y nevadas del Gamla Stan, entrando a uno que otro bar, bebiendo allí cerveza, *aquavit* o vino, hasta que descubrí algo inusitado y misterioso: un portón abierto frente a la catedral de la ciudad.

Me aproximé. De adentro emanaban calor, luz, música y gritos. Entré. El portón, incrustado en un arco de concreto, desembocaba en una larga escalera de piedra que descendía hacia las profundidades de un sótano. Comencé a bajarla, obedecí su curva ensordecido por la estridencia del rock y asqueado por un olor nauseabundo a humedad, alcohol, sudor y marihuana. La escalera torcía en noventa grados hacia la izquierda, entre paredes rocosas donde se mezclaban luces, sombras y el revoloteo de murciélagos. Me encontré de sopetón con un espectáculo irreal, propio de los bares intergalácticos de *Star Wars* o de las fiestas de iniciación de *Eyes wide shut*: bañados por una luz opalescente, en una gran pista de piedra, se retorcían y gritaban centenares de *punks* con sus ropas de cuero negro, cabelleras teñidas y los brazos tatuados.

Asocié de inmediato ese espectáculo con Ivar, quien no ha vuelto en estos días a la biblioteca, porque tal vez está urdiendo su venganza, y también con la rueda que formaron los *punks* en torno a la fogata la noche horrenda de Norrviken. Busco con la mirada a Ivar, pero no la hallo. Muchos —tanto muchachas como muchachos— se parecen a ella, y me espían desde las sombras mientras se contonean y ríen y beben y vociferan, pero ninguna de esas figuras es Ivar. Si Ivar estuviese aquí, supongo, se me acercaría sin titubear, me pediría dinero y *aquavit*, me trataría de *pig* y yo me vería obligado a conducirla a algún lugar apartado para convencerla de que es mejor mantener nuestro juego a espaldas de la policía. Más que bailar, esos *punks* estrellaban iracundos sus cuerpos en medio del aire viciado, como si se tratase de una fiesta diabólica. Algo simiesco hay en todos ellos y también en el grupo que desde la barra interpreta, acompañado de guitarras eléctricas y una batería, una interminable canción estridente. El grupo tiene todas las trazas de ser *Sex Pistols*, pienso y dudo de inmediato de lo que me digo, aunque después tengo la certeza de que ni las penumbras ni lo avanzado de la noche, ni los tragos que me he echado mientras caminaba por Estocolmo, ni mi vista cansada me engañan. Se trata de los *Sex Pistols*.

En verdad son cosas como estas las que me disgustan de la realidad, estas facetas que no logro ordenar en mi vida y que parecen tan oníricas que uno termina clasificándolas como simples fantasías desechadas por un libreto. Pero allí están esos seres que celebran de forma para mí inusual y para ellos placentera, están allí, inmersos en el oleaje ruidoso de lo suyo, ignorando el invierno y el orden que reinan arriba, en las calles de Estocolmo, y también mi terrible drama, habitando esta caverna que, si no fuese por la luz opalescente, un reflector enceguecedor y enloquecido y los instrumentos electrónicos, podía estar ubicada en la prehistoria. Extraños son estos suecos, me digo, siempre tan atentos, afables y distantes, siempre dispuestos a brindarme una gran sorpresa. Extraños también estos *punks*, que quieren destruir el mundo que yo pretendo habitar, y que para mí es sinónimo de esperanza. Pero estos son los hijos de la prosperidad, la abundancia y la democracia eterna, e ignoran lo que hacen, y sólo repiten a coro:

Don't be told what you want
Don't be told what you need.
There's no future
There's no future
There's no future for you...

—¿De dónde eres? —me pregunta a gritos y en inglés un muchacho que se sitúa a mi lado y que se me parece en las tinieblas a Johnny Rotten, el cantante de los *Sex Pistols*. Lleva un escote osado que me recuerda el de Ivar.

—De América del Sur —respondo sin ánimo de entrar en detalles.

—Culpa tuya, no más —grita McLaren y se aleja con una lata de cerveza en la mano, meneando la cabeza y las caderas, descartándome como interlocutor, y camina hacia la pista, donde empieza a saltar, cantar y azotar su pecho contra sus compañeros.

Los golpes renovados a la puerta de casa me traen a la realidad y me pregunto si la escena del subterráneo de la víspera fue real o sólo un sueño, un mero presagio de lo que puede aguardarme en esta mañana de Estocolmo. Me asomo temeroso al balconcito que se abre a la calle y al Báltico, y al reconocer a Markus Eliasson frente a la casa siento alivio y bajo calmado los peldaños de madera y le abro la puerta después de anudar mi bata. El sueco viste parka y botas, huele a una loción ácida y, como siempre, da la impresión de haber hecho ejercicio y de haber abandonado hace pocos minutos la ducha.

—Necesito hablarle —dijo Markus.

Lo hice pasar a la cocina, donde nos sentamos y observamos por unos instantes un rebaño de venados que cruza por el jardín y hoza en la nieve en busca de musgo. Reinaba en Djursholm, como es usual, el silencio que me sumerge en el desconsuelo y la angustia, como si la vida ya estuviese definida de antemano, predispuesta en mi contra, y pienso que Marcela duerme a pierna suelta aún en su cuarto. Eliasson se despoja de la parka mientras yo pongo a calentar la cafeterita. Ahora necesito un café doble, pues he pasado gran parte de la noche en vela escuchando el eco de la estrepitosa música *punk* y sopesando las palabras de Duncan: los aliados de Yashin o Bogdanov, el nombre da lo mismo, se encuentran ahora tras mi pista y cuando den conmigo, me liquidarán sin contemplaciones.

—Debe ser algo muy grave para venir a esta hora —comento en tono de reproche, como una maestra que regaña oblicuamente a un alumno para no agravar las cosas—. ¿Prefiere té o café?

—Discúlpeme por llegar sin aviso —repuso incómodo y no sé si el rubor de su rostro se debía al frío que reina afuera o a la vergüenza que puede causarle su arribo impertinente—, pero me urge aclarar ahora mismo algo con usted.

—¿Café entonces?

—Café. Pero escúcheme primero...

Hablar con el vecino bajo aquellas circunstancias inciertas, bajo esas amenazas que pendían sobre mí sin que nadie las hubiera manifestado de forma explícita, era, sin lugar a dudas, lo que menos me apetecía. Puse la cafeterita al fuego y me senté.

—Usted dirá...

—Hace poco vino a esta casa un policía de apellido Duncan —dijo Markus, cosa que me sorprendió. ¿Acaso nos espiaba permanentemente para estar al tanto de nuestra existencia?—. Vi el carro, no puede negarlo.

—¿Y por qué habría de hacerlo?

—Entonces Duncan estuvo aquí.

—En efecto, vino a verme. ¿Pero qué le preocupa?

—¿Usted lo llamó o vino por cuenta propia? —desoía a propósito mi consulta, su curiosidad era indisimulable.

—Vino por un asunto policial que investiga.

—Y ayer usted se reunió con él en el mercado de Hötorget. Los divisé de lejos conversando en el restaurancito, así que no puede negármelo tampoco. ¿Se suscitó a instancia suya o de Duncan ese encuentro?

Me indignó su ahora desembozada impertinencia y, con mayor razón, por el momento en que se la permitía. Los escandinavos no suelen ser indiscretos y este sí lo era, y de qué forma.

—No sé a qué viene este maldito interrogatorio —reclamé—. Dígame, Markus, ¿qué diablos le ocurre? ¿Tiene complejo de policía? Déjese de estupideces. Enfrento ya suficientes problemas como para tolerar que venga a jugar a los detectives conmigo a esta hora de la mañana.

Me puse de pie y me aboqué a la cafeterita. Los venados ya no estaban en mi jardín, y la mañana adquiría ahora, bajo la luminosidad metálica, un lóbrego aspecto de crepúsculo. A mis espaldas, Markus tamborileaba sobre la mesa simulando un galope lejano de caballos.

—Pero ¿usted lo invitó o fue iniciativa de Duncan? —insistió.

—Le repito: él apareció por aquí sin que nadie lo llamara. Investigaba, por cierto, el crimen de Boryena. ¿No habló acaso de lo mismo con usted?

—Me fue a ver hace unos días. Cree que se trató de un ajuste de cuentas y que Boryena, tal como le anticipé a usted, no era trigo muy limpio que digamos.

Pensé que si Marcela tenía razón, es decir, si Markus había asesinado a la polaca, entonces ahora le inquietaba que Boryena hubiese podido contarme detalles comprometedores sobre su vida privada, y yo los hubiese transmitido a su vez a Duncan. Era lo único que podía explicarme su ansiedad.

—Según los periódicos, Boryena se relacionaba con mafiosos —dije y saqué de un estante tazas y cucharas.

Las manos de Markus se apoderaron con ansiedad de una cuchara y comenzaron a jugar con ella. En su rostro se vislumbraba la mirada severa de las aves de rapiña.

—Mire, Cristóbal, yo estoy a punto de ordenar todos mis asuntos legales y de marcharme de Suecia —anunció—. Imagino que Boryena le contó a usted una sarta de falsedades sobre mi relación con María, todas afirmaciones gratuitas, que confío usted no haya creído a pie juntillas ni transmitido a Duncan.

—Jamás me dijo algo.

—No me mienta, Cristóbal, no me mienta.

—No miento —repuse mientras retiraba la cafeterita del fuego—, y le voy a pedir de nuevo que se calme o va a despertar a Marcela.

—¡Cómo no voy a irritarme si yo sé que Boryena habló con usted de mí! Ella misma me lo anunció, me amenazó con eso. No me mienta ahora usted.

Serví en las tacitas y dejé pasar el tiempo. Markus bebió el café sin endulzarlo, con los ojos fijos en las huellas dejadas en la nieve por los venados.

—Reconozco que la versión de Boryena sobre su matrimonio era temeraria, pero usted no tiene por qué preocuparse —dije conciliador—. Si en algún momento mi mujer y yo creímos que Boryena decía la verdad, eso ya no importa.

—¿Por qué no?

—Pues sencillamente porque Boryena fue asesinada. Y, reconózcalo, en un momento bastante propicio para usted.

Exhibí una sonrisa sardónica, que Markus debe haber interpretado en toda su profundidad, pues volvió de inmediato a la ofensiva:

—¿Le contó o no al inspector Duncan lo que decía la polaca?

—Lo veo nervioso, Markus, demasiado nervioso, relájese —susurré—. No tiene motivos para estar nervioso, en serio. Boryena se llevó consigo su secreto a la tumba.

Eliasson cruzó las manos sobre la mesa y me escrutó no del todo convencido de la veracidad de mis palabras. Aquello sólo fortalecía mis sospechas. Yo estaba definitivamente ante el asesino de Boryena y de María Eliasson. Él insistió:

—¿Le contó o no a Duncan las barbaridades que decía Boryena?

—Si así hubiese sido, ¿a qué le teme, Markus? Boryena ya no existe.

—Si lo hizo, entonces la policía tendrá suficiente motivo para sospechar de mí. ¿Es que no entiende? —elevó la voz. Perdía la compostura. Bebió un sorbo rápido.

Fingí indiferencia. Mal que mal y por razones obvias carezco de autoridad para erigirme en juez en este y cualquier otro asunto similar.

—Yo en su caso conservaría la calma, Markus —puntualicé—. Nadie tocó aquí nada delicado.

—Se lo agradezco. No sabe lo que eso me alivia.

—Pero alguien podría hablar un día —anunció de pronto la voz de Marcela a mis espaldas o al menos así creo recordarlo, porque a partir de ese momento, y tal como me ocurrió la noche aquella de Norrviken, las cosas se me confunden y entreveran. Vale decir, los hechos de la realidad se me mezclan no sólo con los hechos que almacena mi memoria, sino también con las descripciones que yo he elaborado en este relato, que a veces constituyen un simulacro para desorientar a Marcela, que bien puede estar espiando mis textos a través de la pantalla cuando yo salgo de casa.

Admito además que esa escena tan repentina me pareció haberla presenciado en alguna telenovela mexicana, porque constituía obviamente algo que no calzaba con la imagen que uno se hace de las cosas que han de acaecer o acaecen. Confesémoslo: uno tiene una idea normada de las cosas que pueden ocurrir, una idea que descarta las sorpresas. Lo concreto es que Marcela estaba ahora allí, frente a nosotros como si hubiese descendido del cielo, y ni Markus ni yo habíamos escuchado sus pasos en la escalera. O tal vez nos espiaba desde hacía rato. Ahora estaba en el dintel de la puerta, envuelta en su bata holgada, el cabello suelto, hermosa como un ángel, pero a la vez tensa y desafiante como un demonio, con una sonrisa vil, con algo de víbora o vampiresa, con una mirada que mostraba a las claras su voluntad de tomar la iniciativa en el curso de los acontecimientos que ninguno de nosotros acertaba a modificar.

—¿Qué me quiere decir con eso de que alguien podría hablar un día? —inquirió Eliasson repentinamente lívido o, en rigor, más pálido que de costumbre.

—Que Duncan sí podría enterarse de lo que sabemos sobre usted —repuso Marcela con la tranquilidad con que un vendedor despliega una alfombra persa ante los ojos de un cliente.

—¿Me está chantajeando?

—Si usted prefiere catalogarlo así, es cosa suya, pero no creerá que vamos a callarnos y a convertirnos en cómplices suyos por nada.

El silencio, mejor dicho un silencio mucho más profundo y estremecedor que el habitual, se apoderó de la cocina, de toda la vivienda, diría yo, y me hizo recordar los instantes de mayor tensión en el teatro. Markus posó los ojos sobre su tacita medio vacía y yo dirigí mi vista hacia el jardín, donde habían reaparecido los venados, hambrientos los pobres en medio de la mañana de invierno con aspecto de atardecer; me avergoncé por la conducta de Marcela, que no habíamos acordado de antemano, y que Markus consideraba con seguridad un acto coordinado. Porque una cosa es pensar que el vecino cometió uno o dos crímenes y otra distinta tener la certeza de que ello ocurrió, y algo peor es pretender utilizar esa suposición como chantaje.

Pero en medio del silencio, que parecía comprimir el tiempo, no tardé en convencerme de que el vecino se merecía el trato que mi mujer le brindaba. Sí, probablemente Marcela tenía razón y estábamos ante un homicida doble, aunque fuese casi imposible demostrarlo. Por ello sólo existía una forma de castigarlo: a través de la amenaza. De ese modo nos convertiríamos en una especie de castigo divino, lo que Eliasson, deicida declarado, no podría pasar por alto ni perdonar. Marcela estaba en lo correcto al actuar en forma ruda, constituía el único modo de librarnos por siempre de un eventual chantaje de Markus a causa de lo ocurrido en la casa de Norrviken.

No recuerdo si Markus preguntó qué pedíamos a cambio de nuestro silencio o si Marcela puso el precio con desenfado sobre la mesa, porque los nervios me traicionaron a la hora de registrar cuanto ocurría, y también lo hace mi memoria ahora que intento recordar aquello para que calce dentro de esta ficción mayor. Pero sí recuerdo con absoluta nitidez que Markus, tras ponerse de pie, calarse las manos en los bolsillos del pantalón y acercarse a la ventana que da al jardín, pronunció sin señal de abatimiento alguno unas palabras que sólo puedo repetir en forma aproximada:

—Si quieren llevar los asuntos a ese extremo, es conveniente que sepan que tengo en mi poder el vaso y la botella de whisky de la casa de Norrviken…

Su mensaje me estremeció hasta la médula. En los ojos de Markus, que ahora nos escrutaban vacíos ya de la aparente ingenuidad sueca, flameaba una suerte de éxtasis alimentado por nuestro asombro. Marcela abandonó presurosa la cocina, bajó de dos en dos los peldaños al sótano, trasteó con escándalo entre botellas y cajas, todo lo cual escuchamos, y regresó a paso lento, desanimada, cargando en sus manos con el trozo de mármol rojizo de la lámpara que rompimos en la casa de Norrviken. Se sentó a mi lado, cabizbaja, y cruzó las manos sobre la mesa.

—No debió haberse molestado en bajar, Marcela. También la Makarov está conmigo —aclaró Markus cínicamente—. Sólo les dejé el mármol como recuerdo.

—¡Ándate a la mierda! —gritó mi mujer.

Todo aquello ya no me parecía una telenovela mexicana, sino una de esas escenas finales de las películas del cine negro en que todo se aclara y los sucesos calzan entre sí como si cada filme tuviese la obligación de entregar una visión articulada y razonable de lo ocurrido, como si sus directores temieran el final abierto y la vida nos suministrase siempre la explicación y el sentido completos, su moraleja impecable, antes de proyectar el letrerito de *The End*.

—Fue providencial que yo sacara a pasear al perro la noche en que ustedes regresaban de Norrviken —dijo Eliasson. Por unos instantes sus ojos, o mejor dicho, la mirada fiera y provocadora de sus ojos claros, me recordaron los de Rotten en el subterráneo de los *punk*—. Los vi tan nerviosos que en cuanto supe que la policía buscaba un vaso, una botella, un trozo de mármol y un arma, intuí que ustedes eran los asesinos. Además, la peluca que llevaba Marcela me pareció bastante sospechosa. No celebramos Halloween en Suecia, mis amigos.

—¿Y cómo se apoderó de todo? —pregunté mientras me aproximaba a Marcela y tomaba de sus manos el mármol frío, pesado y de bordes puntiagudos.

—Muy simple: entré a la casa ayer, mientras Marcela dormía la siesta y usted intentaba convencer en el Hötorget a su compatriota para que me eche el guante.

—Usted ha enloquecido —sollozó Marcela—. Cristóbal nunca ha intentado perjudicarlo. Y eso que tenemos pruebas de lo que ha hecho.

—¿Pruebas?

—Sí, pruebas contundentes.

Acaricié el mármol por su parte lisa con mis yemas y el contacto me hizo evocar la noche de Norrviken en que el ruso se desplomó incrédulo y ensangrentado sobre la alfombra. Supe que si le asestaba un solo golpe a Markus con aquella piedra, nuestro problema estaría resuelto y nos liberaríamos de forma inmediata del chantajista.

—¿Y por qué sienten tanta compasión por mí y no las presentan a la policía? —preguntó Markus.

—No queremos hacerle daño, Markus. ¿No nos cree, acaso? —dijo Marcela.

—¿Piensan que soy idiota? —preguntó, alzando la voz y los brazos en gesto histriónico. Me acerqué a él—. No me han denunciado sólo porque estamos en igualdad de condiciones. Si ustedes me denuncian, los denuncio yo; si callan, me callo. Pero ustedes deciden, estimados vecinos.

Recuerdo, aunque en forma nebulosa, que permanecimos largo rato inmóviles en el silencio de la cocina, con la sensación de que las luces se iban apagando gradualmente en aquel escenario mientras nosotros, los protagonistas de esta obra, estudiábamos una y otra vez la situación y repasábamos los detalles antes de admitir con perplejidad el aciago empate que describía el sueco. *There's no future*, pensé y me convencí de que lo del subterráneo había sido un presagio cruel de la realidad o de mis sueños, pero un presagio cruel al fin y al cabo. Markus cogió de pronto su tacita, la llevó hasta el lavaplatos, donde la colocó con ademanes precisos de viudo que domina la rutina doméstica, y se marchó sin decir palabra ni soltar portazo, como un verdadero sueco afable y reservado.

Dejé caer el mármol y subí corriendo y resollando las escaleras seguido de Marcela hasta mi estudio. Necesitaba espiar a Markus por entre los visillos de la ventana. Lo vimos recorrer la calle sin volver la vista atrás y entrar a su jardín nevado. El cuervo que descansaba sobre la cabeza de Afrodita echó a volar tornando la mañana aun más desolada y silenciosa. Tras subir las escalinatas y quitarse la nieve de sus botas, Eliasson ingresó a su casa, esa casa roja de marcos blancos y techo combeado que se alza serena frente a este Báltico que, por fin, parece dispuesto a descongelarse.

TREINTA Y DOS

Albufeira, Portugal, verano de 2001

Y como temí que Markus Eliasson violara el pacto de silencio acordado en nuestra cocina la mañana fatídica en que Marcela bajó las escalinatas sin que la escuchásemos e hiciera oír su voluntad mientras los venados escarbaban junto a los arbustos desnudos, mi estada en Suecia se tornó una pesadilla, un plazo marcado por la incertidumbre y las tinieblas invernales de Djursholm, por el peligro de que en cualquier momento golpeasen a nuestra puerta agentes de la policía con el vaso, la botella y el arma del crimen en la mano, o bien un par de siniestros rusos de sombrero y abrigos de cuero.

Por eso, ahora que en una caja de cartón olvidada acabo de encontrar parte de lo que empaqué a la carrera en la casa de Djursholm, di por casualidad con el disquete en que grabé la novela, esa novela que en realidad terminó describiendo todo cuanto me acaecía: mi pasada existencia en las afueras de Estocolmo, la ajetreada vida con Marcela, el fatal episodio de Norrviken y los calculados crímenes de Eliasson. Todo eso se me presenta ahora envuelto en contornos imprecisos, en una bruma como la que envuelve a San Francisco. Aquí está el disquete, en el fondo de la caja, junto a restos de una vajilla de plata, que Marcela decía perteneció a la princesa Faucigny Lucinge, y una misteriosa brújula con signos indescifrables y una aguja que late nerviosa, como una golondrina herida. Y me pregunto ahora si aquello que encierra este disquete fue todo cierto o mera imaginación mía. ¿O aquello sólo adquirió consistencia mediante la escritura y porque elaboré un texto en el que creo a pie juntillas como los lectores en sus novelas predilectas?

Ahora que vivo en Albufeira, aquí en la costa sur del Algarve, territorio árido, de acantilados oscuros donde se habla un portugués más dulce que el de Lisboa, mi pasado frente al Báltico se difumina, y sólo sobrevive en este disquete que ha resistido el ataque de la humedad y del tiempo, y que testimonia que todo aquello sí ocurrió o al menos permanece como sucedido en mi recuerdo.

Y esa es, en esencia, toda la historia o, al menos, la historia que yo recuerdo y puedo relatar y he relatado. No es una gran historia, desde luego, pues termina de modo abrupto, en un momento inesperado, como si yo la privase de un desenlace *in crescendo*, del clímax que todo lector anhela. Pero esto se debe a que me he propuesto una novela no tradicional, a que me he plegado conscientemente, quizás a trechos en exceso, a lo que recuerdo como realidad, con todas las ventajas y desventuras que eso implica, incluso corriendo el peligro de que las cosas que narro carezcan de sentido y no se ajusten a orden lógico alguno, como a menudo acaece en nuestras vidas. Queda claro, en todo caso, cuando releo estas páginas en la pantalla del *notebook*, que la realidad no se manifiesta necesariamente en la sucesión lógica, trepidante y apretada que hallamos en novelas y películas, sino en forma azarosa y anárquica, como si el caos fuera la regla y el orden su excepción, y todo pudiese ser de una forma o bien de otra. Es cierto que si los destinos humanos tuviesen sentido recto e inequívoco, cosa, por cierto, falsa, el mundo estaría gobernado por un orden estable y el maniqueísmo justificado. Sin embargo, en la vida las cosas ocurren definitivamente de otra forma, como si Dios hubiese muerto, como si se hubiese rendido ante el mal o estuviese extenuado, como si el devenir del planeta hubiese quedado en las manos nada rigurosas del azar o bien en las pérfidas del demonio. De otro modo no me explico, ahora que vivo solo en Albufeira, sin saber qué fue de Marcela ni de Montúfar, condenado a no publicar libros bajo mi verdadero nombre porque soy un fugitivo aunque nadie me persigue, no me explico, reitero, por qué me ha sucedido tanto mal y no distingo ya "dicha de quebranto". Pero es cierto, en la vida a menudo acontecen cosas sin ton ni son —engaños, alegrías, infidelidades, abusos, crímenes, estafas—, un caos que prueba que Dios, siguiendo el razonamiento nietzscheano de Markus Eliasson, murió hace mucho, dejando el guión universal inconcluso y, lo que es peor, permitiendo que lo completasen los ángeles del mal. Por todo ello quiero advertir que no es legítimo ni conduce a parte alguna aplicar criterios propios de la ficción al análisis de esta historia que narro y finalizo hoy aquí, en Albufeira.

Pero deseo aclarar algo antes del epílogo: fue ya hace años que con Marcela nos marchamos de Estocolmo. Nos fuimos en cuanto consolidamos —sin mucha palabra, insisto, sólo basados en gestos y silencios que ratificaban nuestra complicidad— el pacto perpetuo con Markus Eliasson, tarea ardua, que demandó confianza ciega de nuestra parte y de la suya, y que por lo mismo nos significó interminables conversaciones que desembocaban en la madrugada. Noches de insomnio en que a veces, cuando oíamos que Markus llegaba a deshoras a su casa, nos levantábamos angustiados temiendo que hubiese ido a denunciarnos a la policía y no conciliábamos el sueño hasta que las luces se apagaban en su casa. Pero supongo que a él le ocurría otro tanto cada vez que arribábamos a Estocolmo. No permanecí junto a Marcela. Por el contrario, nos separamos en el mismo aeropuerto de Arlanda, donde cada uno tomó un avión con destino diferente, desconocido, y con el juramento de no perjudicar jamás al otro ni de brindar pistas que pudiesen contribuir a identificar nuestros paraderos. De ese modo quedaron momentáneamente en el olvido no sólo mis celos, esos que nunca pude comprobar en forma fehaciente, mis dudas sobre la máscara última de Marcela, sobre sus deseos y fantasías, sobre sus amantes reales o por mí imaginados, sobre el grado de complicidad que mantenía con su padre, sino también esas prendas íntimas que ella jamás vistió para mi deleite, y que quizás pertenecían a una de sus amigas. También cayeron en el pozo del olvido sus resentimientos nutridos por mi infidelidad con la bailarina, el destino final de lo que en un comienzo fue su indudable amor por mí, y los detalles relacionados con la muerte de Bogdanov, Boryena y María Eliasson.

En fin, no quiero extraviarme en detalles, pero todo esto, además de demostrar lo que ya sabemos, que la vida no se rige por lógica alguna ni persigue objetivo alguno, prueba que existe el crimen perfecto. Los nuestros —los de Markus, Marcela y mío— lo son, y supongo que esto se debe a que ninguno de nosotros integramos el mundo del crimen, sino que, por el contrario, parecemos ciudadanos comunes, carentes de prontuario delictual, que vivíamos libres de sospecha e incriminación, y que en el instante preciso neutralizamos a los eventuales denunciantes.

Quiero reiterarlo una vez más. No me considero ni me siento un criminal, nunca preparé ni premedité lo que ocurrió en Norrviken, me sucedió como un accidente, así como solía explicarlo Marcela con tanta vehemencia. Es llamativo, de todos modos, que Duncan jamás haya vuelto a interrogarme, y confieso que en ciertas ocasiones, mientras contemplo los reflejos plateados de esta ciudad alba y de techos rojos en el mar nocturno, y saboreo sardinas fritas acompañadas de un vino verde, he supuesto que el embajador Facuse, a quien a veces veo a través de diarios electrónicos inaugurando exposiciones de arte o conferencias académicas, o bien brindando recepciones a políticos o empresarios, siempre, desde luego, a buen recaudo bajo el alero del poder, intercedió de algún modo en mi favor ante Duncan. Es posible que lo haya hecho y también que no haya hecho nada, porque en el fondo él es un político y los políticos no ponen las manos al fuego por nadie. O tal vez simplemente Markus Eliasson tenía razón cuando supuso que si bien el inspector no nos consideraba trigo limpio y abrigaba sospechas con respecto a nosotros, carecía de pruebas suficientes para ordenar y justificar nuestro arraigo en Suecia.

En fin, ya todo eso carece de relevancia y sólo titila de vez en cuando, intranquilizándome, en la memoria. Markus se marchó de Djursholm con sus niños poco antes que nosotros hiciéramos lo mismo. Se iba, según me anunció, aunque quizás me mentía, a Florida, Estados Unidos. Ignoro si lo acompañaba su estupenda y joven amante, aquella que divisé una mañana en un local del centro de Estocolmo, pero es probable que así haya sido y hoy disfrute la felicidad que no conoció junto a su primera mujer y víctima. Cuando vimos el camión con el enorme contenedor detenido ante su casa y, poco después, divisamos a Markus entre los hombres de la mudanza cargando maletas y bolsas, supimos que era la última vez que lo teníamos frente a frente y que con su partida se desvanecían nuestras posibilidades de exigirle dinero a cambio de silencio y también las suyas de denunciarnos. Sabemos que se llevó la botella, el vaso y el arma, trastos que oscilarán *per sécula* como una suerte de espada de Damocles sobre nuestras cabezas.

De cuando en cuando, al navegar por internet desde esta cabaña que mira al Atlántico, este Atlántico con sabor a Mediterráneo, me detengo en las informaciones sobre Suecia con el fin de averiguar en qué terminó lo de Norrviken y el asesinato de Boryena, pues lo de María Eliasson parecen haberlo archivado de forma definitiva, según me anunció hace tiempo, en nuestra última conversación en Estocolmo, el embajador Facuse. Cierta vez creí entender que la policía le había echado el guante en Malmö a un inmigrante kosovar en el caso de la polaca, y circulaban rumores de que Bogdanov fue ultimado por una prostituta lituana, de aquellas que operan por temporadas en Occidente y luego regresan a las profundidades inescrutables del antiguo Imperio soviético, donde desaparecen para siempre. A pesar de que la pintura falsa de Wilfredo Lam, la misma que Marcela vendió al ruso, fue pintada, aseveran los periódicos, por un artista cubano que se dedica al lucrativo negocio de los cuadros falsificados, nunca ha podido establecerse cómo llegó ella a poder del mafioso ruso, y las pistas de la policía sueca, al mando de Duncan, parecen esfumarse en las fragantes y cálidas noches de La Habana o quizás simplemente encallaron en las gavetas de alguna cancillería.

Yo modifiqué mis planes en cuanto me despedí en Arlanda de Marcela, y no me refugié en la isla de Chiloé, como se lo había insinuado, sino aquí, en Albufeira, esta bella caleta de pescadores del sur de Portugal, donde gracias al nada despreciable monto que obtuve con el retiro de la sociedad comercial que formé con Marcela y su padre, adquirí un terreno costero y construí seis cabañas de veraneo, que alquilo a turistas europeos y norteamericanos. Aquí, en la cabaña que sirve como recibo del conjunto y que me ofrece la magnífica vista sobre el mar, las casitas de muros de cal y tejado bermejo, y las callejuelas que trepan despreocupadas por las colinas, paso los días dedicado a mi negocio, frecuentando los cafés y restaurantes que aún visitan los lugareños y escribiendo novelas que nunca publicaré, pues su mera aparición serviría para atraer a Markus, a Marcela o a algún otro investigador hasta mi tranquilo y aislado refugio.

No prosperó en verdad la novela a la que di inicio en Djursholm con cierta indiferencia inicial, pero que continué con inusitado apasionamiento en la medida en que se suscitaban los hechos gatillados por mis celos y las acciones de gente de carne y hueso. Fue por eso que, antes de venderle en Estocolmo mi viejo *notebook* al insistente Pepe Cristal, borré el manuscrito autoincriminador que guardaba en su disco duro y arrojé este disquete que ahora poseo a la basura, o creí haberlo arrojado a la basura, porque si bien me estimulaba un loco afán por retocar y afinar ese texto, siempre intuí que nunca lo convertiría en una novela que fuese de mi agrado y del todo inocente. Por eso, como ya lo apunté más arriba, me estremecí sobremanera al encontrarlo hace poco en el grueso volumen sobre la pintura de Artemisa y Omero Gentileschi, de propiedad de Marcela, que ella introdujo seguro por equivocación en una de mis cajas. La sorpresiva reaparición de la historia que en Suecia me propuse olvidar me indica a las claras que ella, la historia, se resiste a morir, a ser devorada por el olvido, y exige atención y tal vez, pese al tiempo que ha transcurrido y a su supuesta intrascendencia a estas alturas, puede que merezca ser releída y pulida. Todas estas circunstancias, que se tornan confusas en mi memoria, de suerte que no logro distinguir lo ocurrido de lo relatado, me inducen a creer además que quizás era cierto lo que en Estocolmo temí en un momento: que Marcela conocía la clave de acceso a mi programa y espiaba en secreto todo cuanto yo escribía, regocijándose a costa de mis angustias, disfrutando ver descritos mis celos con minucia y detalle, sonriendo complacida al comprobar la ingenua ignorancia que confieso frente a esa suerte de espejo en que se convierte al final toda página que uno escribe. Pero no debo descartar asimismo que la reaparición de ese disquete entre las pinturas de Artemisa pueda representar una simple casualidad y que tal vez mi ex mujer jamás descubrió que yo escribía la crónica de nuestra relación, una relación estremecedora y frustrada a la vez.

Y el día en que instalé el disquete en el *notebook* de la cabaña y, arrellanado en mi sillón, y escuchando el rumor nocturno de Albufeira, comencé por fin a releer los capítulos en la pantalla, me dije con cierta nostalgia que quizás fui yo quien jamás arrojó ese disquete a la basura. Eso bien pudo haberme ocurrido porque en aquellos días previos a la partida de Estocolmo viví en sobresalto y agobio permanentes, temiendo que de pronto llegase hasta casa Ivar exigiendo su dinero o bien Duncan al mando de policías. O quizás simplemente me desentendí del disquete porque se aferraba con demasiada fidelidad a las personas y circunstancias reales que yo había enfrentado y prefería olvidar, y que este trozo de plástico y metal se empeña en rescatar del olvido. Me alienta en todo caso imaginar que Marcela, la bella e indomable mujer de quien aún estoy enamorado y que un día dejó de quererme por razones que ignoro y que ella jamás me explicitó, haya podido salvar, quizás sin proponérselo, este texto del olvido para leerlo un día en el sitio que ahora habita muy lejos o muy cerca de aquí, tal vez en el pueblo próximo, frente a este mar quieto y grave, sereno y perfumado, en esta costa que se extiende llena de cicatrices bajo el cielo sin nubes del Algarve.

Al inspector Duncan, sabueso impertérrito y nostálgico lobo de mar, no lo vi nunca más desde aquel almuerzo en el mercado de Hötorget, donde paladeé la sopa marinera que si bien no era tan exquisita como él afirmaba, nos brindó el marco para hablar de cosas que de otra forma no hubiésemos abordado y para que yo tomara conciencia de la amenaza que representaba para mí la muerte de Bogdanov. Extraño a aquel policía chileno y sueco, exiliado atípico, que no había terminado trabajando para la Cheka de la revolución de Allende, sino para el aparato policial del Estado socialdemócrata más anticomunista del mundo. Raro aquel espécimen de ojos negros y cejas espesas, de hablar pausado y carente de humor, siempre a medio camino entre la realidad del trabajo cotidiano y las ficciones de las novelas que solía leer con fruición. Nunca antes había encontrado a un policía que se explayara sobre el canto del ruiseñor, y soñara con escribir una novela, gozase con el arte y albergase anhelos sociales de carácter utópico.

No lo vi más, nunca más, bueno, en realidad, hasta esta tarde, cuando su figura fornida y recia, con algunos kilos de más, emergió sudando en el umbral del recibo con una mochila verde olivo a la espalda. Lo reconocí de inmediato. Habían pasado varios años desde nuestro almuerzo en el Hötorget y el tiempo plasmaba su impronta sólo en su barba, ahora completamente cana. Vestía jeans y una polera que hacía juego con la mochila, y lo acompañaba una mujer de edad mediana, pelo negro y ensortijado, probablemente oficial chilena de la Krim, a quien me presentó como su compañera. Recordé de inmediato y con escalofríos que él, al igual que la temida mafia rusa, era capaz de alcanzar a los criminales hasta en el último confín del mundo. Ahora estábamos frente a frente en el último confín del oeste europeo, junto a la inmensidad del Atlántico, cinco años más viejos, más lentos, menos vitales, con más ideales podados y más temores en flor, y Duncan, finalmente, me había atrapado.

—¡La Tierra es un pañuelo! —dijo sin expresar emoción alguna mientras estrechaba mi mano. Luego se registró en el libro que yace sobre el mesón—. No me va a creer, pero tenía deseos de verlo, señor Pasos.

—Para no creerlo, inspector —dije simulando, no sé por qué motivo, que me alegraba—. Ayer nomás nos despedimos en Estocolmo y hoy nos saludamos en Albufeira. Es cierto que para usted no hay distancia que valga. ¡Oliverio Duncan en persona en Albufeira!

—¿Y la señora? —preguntó tras levantar la vista del libro.

Yo a esas alturas había adoptado una decisión drástica: simular. Si Duncan aún no me detenía, sólo podía deberse a que esperaba trámites de la policía portuguesa, conocida por su lentitud y burocracia.

—Nos separamos hace mucho.

—¿Al salir de Estocolmo?

—Al salir de Estocolmo.

—¿Y dónde está ella ahora?

—No tengo idea, nunca nos escribimos.

—Vaya, qué lastima.

—Sí, es una lástima, pero fue mejor para ambos...

—Y yo que los consideraba una pareja modelo, eterna.

—No hay nada eterno, inspector. Usted lo sabe. Pero me va bien aquí.

No me puedo quejar, pensé sin atreverme a decírselo. Hasta ahora la vida aquí ha sido la más plena que jamás he experimentado: clima cálido, playas limpias, mariscos y pescados de primera, vino, sardinas y caracoles, gente silenciosa y afable, mujeres frágiles y oliváceas, de intenso pelo negro y ojos moros, hablar sensual y miradas furtivas, que al hacer el amor se te pegan al cuerpo con sus caderas menudas y sus senos de ciruela como una lapa del Pacífico a las rocas. Ha sido una existencia grata que, debo ser honesto, en parte debo a la nueva identidad que me entregó el coronel Montúfar años atrás, antes de que disolviésemos la sociedad, nos separáramos para siempre y nos jurásemos que la amnesia inundaría nuestro pasado común.

—¿Pero Marcela se dedicará todavía a las antigüedades? —inquiere el inspector y suelta después un resoplido mientras unas gotas de sudor se deslizan por su frente y se sumergen en su barba que cultiva con un aire de descuido deliberado.

—Me imagino.

—Para mí que está actuando en algún teatro de Nueva York, Londres o París a esta hora. Quizás su vocación verdadera era la de actuar y no la de comerciar con arte y antigüedades. Me la imagino en un teatro de esos.

—O a lo mejor en uno de Managua, Tegucigalpa o San José —digo con sarcasmo. Ya no tengo ánimo para humoradas. Estoy en sus manos y sólo puedo aspirar a que no averigüe a través mío el paradero de Marcela, algo que, por lo demás, ignoro—. ¿Y usted? ¿Cruzó al fin el Atlántico en velero hasta el Caribe?

Meneó la cabeza sin decir palabra y ahuecó las manos para encender un cigarrillo. Después agregó:

—Aún no. Pero ya lo haré. Delo por hecho.

—¿Y entonces?

—Sigo viviendo en Arlanda. ¿Se acuerda de Arlanda?

—¡Cómo no! Está cerca del aeropuerto, rodeado de bosques de abedules…

—Así es. Tiene buena memoria —reconoció soltando el humo por la nariz.

—Para ciertas cosas...

—Viajo todas las mañanas por carretera a Estocolmo y continúo allá redactando actas e informes, informes y actas. Nada que pueda atraer a un escritor de su talla. ¿No es cierto?

Desde el mar, al otro lado de la calle, soplando suave, desarticulada por los quitasoles bajo los que retozan los bañistas, llega una brisa que mengua en parte el calor. Sólo nos acompaña el zumbido del ventilador en el techo y el tintineo de las sonajeras que cuelgan del dintel de la puerta. Duncan reclina la espalda contra el mesón y apoya los codos sobre su superficie en un gesto que me recuerda la mañana en que me abordó en el museo Vasa.

—¿Sabe una cosa, señor Pasos? —dice al rato. Su mujer, con algo ya propio de la nostálgica actitud de las suecas, camina ahora descalza y solitaria en dirección a la playa, y Duncan la sigue complacido con la vista—. No lo va a creer, pero me pasaron una novela suya —agrega Duncan.

—No me diga —siento un alivio indescriptible, infundado, por cuanto si está aquí, sólo puede deberse a que me busca. Pero si desea hablar de literatura conmigo, es porque no me busca y este encuentro es casual. Su viaje, entonces, puedo atribuirlo a razones fortuitas, y hasta cabe suponer que ignora mi nueva identidad.

Si la situación es efectivamente como él la pinta, es decir, que está aquí porque anda de vacaciones, al atardecer acudiré, como es mi hábito, a tomarme el oporto en la terraza del café Océano, el acogedor local de dos pisos, pintado de blanco, desde el cual se domina la plaza empedrada del mercado y la caleta con los botes de los pescadores. Allí suelo leer los diarios que abandonan los turistas con la esperanza de hallar noticias sobre Estocolmo, allí hojeo libros usados, que la dueña, una norteamericana que huyó de Maryland por algún asunto turbio y que ahora vende especialidades del mar, sangría y caracoles de tierra, pone gratuitamente a disposición de sus clientes.

—¿Y cuál novela le pasaron? —pregunto picado por la curiosidad, porque no publico desde antes de salir de Estocolmo y las novelas que he escrito desde entonces las guardo para cuando puedan circular con mi nombre verdadero.

De lejos llega por los aires una balada triste de Cesaria Évora entreverada con los graznidos de gaviotas.

—Me pasaron una que no tiene título —dice Duncan dejando escapar de nuevo el humo por la nariz con la vista fija en el bote que ahora los pescadores vuelcan sobre la arena. El mar cabrillea travieso mientras imagino que los ojos del inspector, ocultos detrás de los cristales oscuros, se aferran como garfios a mis gestos.

—Raro, porque todas mis novelas tienen título —comento.

—Pues la que yo tengo, no.

—¿Le falta la portada acaso?

—No.

—Explíqueme, entonces.

—Fue por casualidad —aclara con tono profesional—. Usted, antes de irse de Estocolmo, le vendió su computadora a Pepe

Cristal, ex camarada mío, y no es que él ame demasiado la literatura, pero en el disco duro encontró un archivo en que se me mencionaba y me lo pasó...

—¿Ah, sí? —su arremetida me produce un extraño vértigo. Los recuerdos se me confunden como me ocurre en toda situación embarazosa. Hasta el momento he estado convencido de que antes de vender el antiguo *notebook* a Pepe Cristal borré la memoria completa del disco duro. No es posible que haya sobrevivido una copia de la crónica de mis días en Suecia.

—Sí. Y era su novela, una que se inicia en Estocolmo, en Djursholm: "Hace una semana murió la mujer de mi vecino y recién ahora…".

Supe que todo estaba perdido y adopté la única decisión posible. En la gaveta de la barra guardaba mi pistola. El inspector, ajeno a mis intenciones, continúa con la vista inmersa en la lejanía enceguecedora que ofrece el espejeo del mar. Su mujer entra lentamente al agua, sin despojarse de los pantalones ni la mochila, embrujada por las caricias que le prodigan las olas.

—¿Y qué le pareció? —pregunto a sabiendas de que me encuentro en una situación tan irreal como delicada, acusado por mi propia escritura.

Se vuelve hacia mí con lentitud, carraspea varias veces, se acaricia con displicencia la barba, y dice:

—La verdad es que la aparté para leerla recién estas vacaciones. Pero no se haga ilusiones, recuerde que no soy literato —admite esbozando una sonrisa gélida, que delata cierta incomodidad—, así que no espere una crítica profesional. Sigo siendo, como usted sabe, sólo un inspector de la brigada de homicidios de Estocolmo, un hombre que lleva una existencia demasiado monótona entre pesquisas, interrogatorios y actas.

ACTA FINAL

Arlanda, Suecia, abril de 2003.

Cristóbal Pasos fracasó en su intento de convertir el pequeño paraíso de Albufeira en su refugio perpetuo.

Después de conversar aquella noche con él en la cabaña que servía de recibo al pequeño complejo turístico, fui a la terraza del segundo piso del café Océano, una casona antigua de piedra y paredes rayadas con mensajes de clientes, que se alza frente a la caleta, donde me aguardaba Leonor. Allí, bajo un cielo atestado de estrellas, cenamos gambas a la parrilla acompañadas de vino verde mientras por los parlantes llegaban como en sordina las melancólicas canciones de Cesaria Évora, que me contagiaron de tristeza. Tras despachar dos botellas de vino, varias sambucas y sendos cafés, le dije a mi compañera que me aguardara, pues me ausentaría por unos instantes. Crucé entonces tambaleante la plaza y me interné por las callejuelas hasta avistar la cabaña de Cristóbal Pasos. Aclaro que fui a visitarlo sólo para que bebiera unas copas con nosotros, intento quijotesco por rescatar nuestra prehistoria política común y conocer los motivos verdaderos que lo condujeron a cerrar una especie de pacto con el coronel Montúfar. Mi intuición me soplaba al oído que detrás de su máscara de escritor y bisoño empresario turístico, palpitaba, agazapado, un Cristóbal pletórico de arrepentimientos y contradicciones, de historias, proyectos y sueños frustrados.

No me equivoqué. En la salita donde recibía pasajeros y escribía, giraba aún silencioso el ventilador en el cielo, se lamentaban las sonajeras desde una ventana abierta, la pantalla del notebook mostraba una pradera africana con leones y elefantes, y Cristóbal Pasos yacía en el piso de espaldas, con un balazo en la boca. La sangre manchaba la pistola y se confundía con el tono bermejo de las baldosas. Supe de inmediato que aquel suicidio se emparentaba de algún modo conmigo y con el pasado aventurero del muerto, por lo que no trepidé en apoderarme del disquete instalado en el ordenador. En él, como constataría meses más tarde, Pasos revisaba esta novela sin título. Sólo después corrí a dar la voz de alarma.

Su extraña muerte amenazó con arruinar mis vacaciones, por lo que me trasladé con mi mujer a un incómodo hotelito algo sucio y a trasmano de la ciudad de Faro, donde al menos podía tratar de olvidar el drama y fingir que mis vacaciones continuaban como si nada hubiese ocurrido. Nunca nadie me creerá que sólo la casualidad, o quizás el destino, me había arrastrado hasta allí como las olas arrastran al náufrago hacia la playa. Por eso guardé silencio y dejé que la investigación del suicidio quedara en manos de mis simpáticos aunque ineficientes colegas portugueses, los que, me temo, jamás lograrán esclarecer algo. Durante los días en Algarve me fue imposible leer, desde luego, esa novela convertida, tanto por la mano de Cristóbal como por mi intervención casual, en póstuma y, agobiado ante lo acaecido, retorné con Leonor a Arlanda anticipadamente.

Sólo durante el invierno siguiente hallé la calma y el tiempo necesarios para sumergirme también en la obra que descubrió Pepe Cristal en el disco duro del computador, y que coincidía a grandes rasgos —pero no en su integridad— con la que almacenaba en Albufeira el disquete de Cristóbal Pasos, ahora en mi poder. Esta última, si se quiere, es una versión más completa y elaborada que la original, escrita en el disco duro, y que nunca salió de Estocolmo. Y esto lo afirmo con la autoridad que me confiere el hecho de haberlas leído y cotejado con paciencia. Pero sólo al terminar de examinar ambas versiones me di cuenta de que se trataba de una confesión y entonces, traicionando por primera vez mi juramento policial, me tomé la libertad de no poner a disposición de la Krim lo que había caído en mis manos y empecé a investigar por mi cuenta y de modo discreto tanto los acontecimientos que acaecían en la realidad de Djursholm como la fantasía desbordante del escritor y las especulaciones algo rebuscadas de su narrador. La tarea que me propuse revestía una trascendencia nada despreciable, puesto que, mal que mal, comprendía tres muertes no aclaradas y el suicidio de Pasos.

Me llevó cuarenta días exactos, que pudieron haber sido muchos más si no hubiese contado con el apoyo de mis amigos en la Interpol, ubicar el paradero de Marcela, un paradero aproximado, vago e indefinido, si se quiere, pero bastante útil para alguien que no operaba en este caso como inspector de la policía sueca, sino temporalmente como mero corrector de pruebas de una novela inconclusa. Pude reconstruir de su trayectoria lo siguiente: cuando se marchó de Estocolmo, Marcela lo hizo hacia Centroamérica, donde sus huellas se pierden. En la Interpol me informaron que vivió en San Pedro Sula, Honduras, dedicada a la compra y venta de madera tropical, aunque también se rumorea que residió en Panajachel, pueblo guatemalteco a orillas del lago Atitlán, usando una identidad falsa que consiguió con ayuda de un coronel que años atrás, durante la dictadura chilena, se desempeñó como diplomático en Santiago. Otras fuentes policiales, que también merecen credibilidad, afirman que esa no es Marcela, la ex esposa de Pasos, que la verdadera viajó de Estocolmo a la selva del Petén, donde dirigió un asilo para niños huérfanos de la guerra civil y fue ejecutada como informante del ejército por una columna guerrillera del ERP. Aunque allí se acaban las pistas de Marcela, yo abrigo otra teoría, más osada si se quiere, y que no tardaré en detallar.

Ha resultado menos complicado averiguar el destino, aproximado también, desde luego, de Markus Eliasson, pues un día desapareció en la pequeña avioneta que pilotaba entre Miami e islas Caimán, sin que jamás se hallaran sus restos. Por fortuna, no viajaban con él sus hijos, quienes cobraron un seguro millonario.

Nunca he podido confirmar a ciencia cierta la existencia de Anika, la supuesta amante que describe Cristóbal, y a trechos supongo que pudo haberse tratado de un fruto de la fantasía del narrador, cosa poco sorprendente si pienso que él se presentaba como escritor de éxito en circunstancias de que en su país sólo se autopublicaba en tiradas mínimas y no jugaba papel alguno en la literatura nacional. Sin embargo, un agente del FBI de origen cubano me dijo que ciertas pesquisas sugerían que Eliasson no estaba muerto, que sólo fingió el accidente para evadir la persecución policial por algo que tenía pendiente en Estocolmo, cobrar el seguro a través de sus hijos y recomenzar más tarde una vida anónima en una solitaria isla frente a Cartagena de Indias. Esto me parece plausible, aunque los cubanos, tanto los del exilio como los del régimen, no son muy de fiar, pues a menudo interpretan como realidad cosas ficticias y como ficción cosas verídicas. Pero no descarto de plano la posibilidad de que Eliasson esté vivito y coleando en otro lugar por cuanto en el texto de Pasos es fácil constatar que a Markus le fastidiaba la vida en el mundo civilizado. La simulación de su muerte constituyó su mejor treta para eludir definitivamente a la Interpol y también un eventual chantaje de Pasos. Admito, eso sí, porque pretendo ser honesto, que nunca sospeché de la pareja Pasos en el crimen de Norrviken y que ambos me engañaron a plenitud, a pesar de que tanto el parentesco político de Cristóbal como el sanguíneo de Marcela sólo me infundían desprecio. Pero subrayo asimismo algo que adquiere el dulce sabor de la venganza: Cristóbal, según lo que concluyo de su manuscrito, nunca descubrió quién era el amante de Marcela.

Tras varios meses de consultas electrónicas a policías amigos, pude establecer también todo lo referente a las víctimas del trío, y allí me encontré con sorpresas: el inmigrante kosovar detenido como principal sospechoso por el asesinato de Boryena confesó al final la autoría del crimen, lo que liberó de responsabilidad a Eliasson. El kosovar admitió el crimen aduciendo que la polaca pretendía acusarlo a la policía de integrar una banda de narcotraficantes en Rinkeby. Sin embargo, conjeturo que el tipo se autoinculpó a cambio de un dinero entregado a su familia en Albania, operación que podría verse corroborada por cuanto por esa misma fecha Eliasson viajó a Tirana y retiró allá un abultado monto de dólares en efectivo, una verdadera fortuna en Albania, de su tarjeta American Express dorada.

De todo esto, lo que más me abruma es que aún recuerdo que la polaca, en un intento tan torpe como desesperado, pero ahora del todo comprensible, me abordó una tarde en la plaza del Kungstradgarden, en Estocolmo, mientras yo patinaba por la pista de hielo. Entonces fui brusco y desconsiderado, y le dije que como yo estaba disfrutando mi tiempo libre, lo más indicado era que me visitase, como correspondía, en el cuartel general de la institución. Ignoraba yo que ella no podía acudir allí por las amenazas de los mafiosos, y que intentaba aprovechar la única y casual oportunidad que se le ofrecía para estampar la denuncia y salvar su vida.

El crimen de Norrviken nunca ha podido ser aclarado y persiste la hipótesis de que una prostituta lituana asesinó a Bogdanov, y que como regresó a su patria, fue imposible interrogarla. No se descarta tampoco que haya muerto de sida, una sobredosis de droga o en los usuales ajustes de cuentas entre mafiosos. Lo que nadie sabe, y que constituye un capítulo que me llevaré a la tumba, es que yo conocí a Bogdanov en los años setenta en un curso de inteligencia que la KGB dictó en Moscú a revolucionarios de América Latina. Eran cursos que buscaban contrarrestar la acción represiva de la policía chilena, que actuaba con respaldo de la CIA y los servicios secretos de Argentina, Paraguay y Uruguay. Entonces Bogdanov era un muchacho deportista, risueño y alegre, destacado militante del Komsomol, un galán a lo Alain Delon con mucha demanda, un Volga negro a su disposición, un hombre lleno de vitalidad, dispuesto siempre a ofrendar su vida en la guerra contra los enemigos del socialismo.

Yo conservé celosamente toda esta información, algo que viola los estatutos y el juramento institucional, desde luego, pero así es la vida, como decía Cristóbal Pasos, uno se compromete a hacer una cosa y las circunstancias imponen otra. Sin embargo, el hecho tiene atenuantes. Estas confesiones carecen de valor jurídico por ser un texto literario, y no se debe confundir al narrador de la historia con Cristóbal Pasos. Este texto no se convierte en realidad, aunque yo me aproxime a él con los ojos de un lector de ficciones, de alguien dispuesto a disfrutar simulacros, a aceptar la ficción como realidad, a jugar el juego y a seguirle el amén al escritor. El Cristóbal que escribió estas líneas, que tuve la insolencia de retocar levemente para tornarlas más verosímiles, y el Cristóbal personaje de esta novela que leo ahora por última vez, son dos seres diferentes que habitan mundos distintos, y por ello la confesión del crimen de uno no puede, desde luego, comprometer al otro, por lo mismo que la confesión de un personaje literario no puede perjudicar a una persona de carne y hueso. Pero aunque la confesión de la novela fuese auténtica, no logra convencerme.

A trechos pienso más bien que Cristóbal Pasos, el escritor de carne y hueso, añadió demasiadas interpretaciones a la realidad, creando así un palimpsesto, algo nuevo, ambiguo y etéreo. Pude descubrir en documentos policiales, por ejemplo, que María Eliasson murió efectivamente de una sobredosis de calmantes, y que Markus no tuvo nada que ver con esa muerte, pues él no llegó a su casa la noche en que ella falleció. Por alguna razón desconocida, Boryena le mintió a Pasos sobre este detalle clave, aunque también es posible que Boryena nunca haya conversado mucho con él ni mencionado nada sobre el supuesto crimen de Markus, y que todo eso sea una simple patraña o ficción de Pasos, el escritor de la novela, que terminó por hacer suya Pasos, el narrador de la misma. Es improbable además que Markus haya asesinado a Boryena. Tal vez eso fue obra del kosovar, como lo muestra la investigación, y todo lo demás sea producto de la mente afiebrada de Pasos, el protagonista.

Hay algo más, bastante significativo, que no puedo silenciar: quizás ni Cristóbal ni Marcela tuvieron algo que ver con el asesinato del ruso, y todo aquello fue inventado por Pasos, el escritor, para desarrollar una trama y cumplir su primer contrato con una editorial de cierto renombre —Planeta, Mondadori o Alfaguara, no recuerdo con exactitud— y nada más. En verdad me cuesta aceptar que Pasos, un hombre esmirriado, pálido y torpe de movimientos, haya sido capaz de asestarle a Bogdanov los golpes que describe, y más dudoso me resulta que el ruso, hombre clave en la jerarquía de la mafia, se haya desplazado por Estocolmo sin guardaespaldas. Me inclino a suponer que Marcela nunca llegó a la casa de Norrviken, o que si lo hizo fue en compañía de Pasos, y que se retiraron de allí después de haber discutido con el ruso sobre los cuadros falsos. Pero si bien es de dominio público que Bogdanov fue liquidado la noche en que lo refiere el texto, es probable que el asesino haya sido uno de sus guardaespaldas y que el crimen se produjera después que Marcela y Pasos se hubieron retirado. Tiendo a pensar que tal vez el mafioso había vendido demasiados cuadros falsos a gente influyente en Rusia, y que eso terminó por condenarlo. Es posible, entonces, que el relato al respecto haya constituido simplemente una gran mentira de Pasos, el escritor.

Lo que no logro entender es por qué Pasos se suicidó cuando llegué a Albufeira. Tal vez creyó que yo andaba tras su pista, que lo había descubierto y conocía su nueva identidad y que en Suecia lo esperaba la cadena perpetua, a diferencia del destino que corrió su ex suegro, quien murió libre de polvo y paja, como un venerable jubilado suizo, aunque pasó sus últimos años más bien circunscrito a círculos militares, temiendo un atentado en su contra, y sin que su única hija, la niña de sus ojos, Marcela, pudiese visitarlo en su lecho de muerte o asistir a su funeral por razones que recién ahora, al leer estas líneas, me resultan obvias. No, no he cometido delito al conservar esta información para mí y ocultarla ante la policía, no hay nada que hacer, las aguas ya se calmaron, mucha gente está muerta y nunca sabremos si todo esto ocurrió o no, si la novela es confesión real o ficción, pero da lo mismo porque nada tiene ya la fuerza para cambiar el curso de los acontecimientos. Los vivos seguirán vivos y los muertos ya están muertos.

Por último, después de leer y corregir estas actas constato algunas cuestiones adicionales: primero, que todo se inscribe desde luego en la teoría de Pasos de que la vida está ya formateada previamente en la literatura, porque Cristóbal, el escritor, se suicida al igual que el Crisóstomo que aparece en el *Don Quijote*, decisión que adopta —como el Crisóstomo cervantino— al comprobar que no es correspondido por Marcela Montúfar, quien equivale a Marcela, la pastora rebelde, antecesora del feminismo contemporáneo, en la magna obra. Constato también que estas actas no pueden reflejar fielmente lo ocurrido no sólo por cuanto yo he modificado aspectos de las mismas por mi apego a lo verosímil, sino también porque su autor, cuando descubre que el manuscrito está siendo leído a hurtadillas por su mujer, decide retocarlo para fraguar de una vez el simulacro y abortar su estilo realista y evitar así que Marcela, la actriz consumada, accediera a la verdad última de lo que él en un inicio se propuso escribir. La duda que prevalece ahora en este sentido es si las deformaciones del relato comienzan en el momento, ya tardío, en que Cristóbal cree descubrir el ojo espía de su mujer adúltera y amenaza desembozadamente con retocar los datos, o si bien esas alteraciones inundan a posteriori la totalidad del texto, de modo que incluso la aseveración de que se propone un relato fidedigno, un reflejo prístino y mimético de los hechos, el apareamiento perfecto y en pleno vuelo entre ficción y realidad, constituye ya la impostura, el simulacro que desvirtúa el propósito inicial y anula la posibilidad de cualquier lectura inocente y bien intencionada de las actas.

No obstante, lo crucial es que a través de la relectura puedo entrever algo a mi juicio evidente y jamás constatado por Cristóbal Pasos o que —al amparo de su deformación consciente del texto— fingió ignorar: que el amante de Marcela Montúfar no era otro que Markus Eliasson. Extraigo esto de cuidadosas relecturas de la obra, del hecho de que aun cuando Markus y Cristóbal no se conocían, el vecino supiera ya el nombre de Marcela, y también de la extraña circunstancia de que Markus hubiese visto desde su jardín —algo que, comprobé, es imposible— los cuadros que colgaban en el living de la casa de Pasos, y que además hubiese intentado sonsacarle a Cristóbal si Marcela le era fiel o no, consulta que pudo deberse al hecho de que Markus sentía una atracción fatal por Marcela y temía que esa relación constituyese para ella sin embargo sólo una aventura. No hay que olvidar tampoco que durante la discusión del trío —Marcela, Markus y Pasos—, ella pierde los estribos e insulta al sueco tuteándolo, diciéndole "ándate a la mierda", en lugar de mantener el adecuado "usted" que empleaba hasta ese momento. Y en este contexto subrayo un dato que nunca será destacado lo suficiente: Marcela Montúfar estudió actuación, lo que le posibilitaba simular sin mayor esfuerzo. No olvidemos que como actriz de talento también sufría de una asombrosa tendencia al exhibicionismo, que Cristóbal se encargó de plasmar con plasticidad en algunos capítulos, aunque a ratos temo que ellos se deban a su simple imaginación de escritor, ya que Marcela parecía en verdad una mujer pragmática e introvertida. Esto lo sostengo porque el día en que visité a Paloma en su mansión de Lidingö —ya había enviudado de su esposo millonario— me dijo que no creía que su amiga hubiese sido infiel y que jamás había advertido trazos de exhibicionismo en ella, por lo que aquello debía surgir de una visión maliciosa y afiebrada, típica de escritores.

Pero existen además otros indicios que sugieren que eran amantes: el hecho de que Markus haya aparecido en casa de Pasos precisamente poco después de que Marcela convenciera a su esposo de que era urgente llegar a un acuerdo con el sueco y que este se hubiese apoderado con tanta facilidad de las pruebas del crimen mientras Marcela dormía. O la circunstancia de que Markus Eliasson se confundiera y no recordara si había estado con anterioridad en la casa de Pasos, lo que sólo puede atribuirse a que la había visitado cuando Cristóbal se hallaba fuera, por lo que ahora él —Markus— temía que la memoria lo estuviese traicionando. También resulta llamativo, por calificarlo de algún modo, la casualidad de que el compromiso fuese el único mecanismo que le permitía a Marcela cambiar de caballo sobre la marcha y quedar exenta de un chantaje futuro por parte de Cristóbal. Ese arreglo le protegió sus espaldas: ninguno de esos hombres podría un día presionarla. Y es probable que Marcela y Markus, los amantes de Estocolmo, vivan hoy juntos, premunidos de falsas identidades, en algún lugar de Florida, el Caribe o el Mediterráneo, donde una historia semejante a la que acabo de leer —ahora sí por última vez— esté agazapada y en plena ebullición, acechándolos nuevamente.

Para bien o para mal, he modificado todo lo que me pareció vago, accesorio e insuficiente, tolerado ciertas imprecisiones en la descripción de Estocolmo y añadido datos a mi juicio útiles para la correcta comprensión del texto, autoridad que me confiere el simple hecho de haber sobrevivido a Cristóbal Pasos. La novela tuvo la singular virtud de llevarme al borde de la renuncia al cargo de inspector de la Krim y a constatar que allí mi oficio consiste en verdad sólo en observar, asociar y retocar ciertos acontecimientos para que emerjan de las penumbras como lo hizo el Vasa de las aguas, algo que dista mucho de la actividad creadora que ejerció Cristóbal Pasos. Pero ¿qué le voy a hacer?, ya es demasiado tarde para renunciar a mi nueva utopía, a esta utopía de luchar a diario por restituir el orden y la justicia en este alejado rincón del mundo, porque, como un día le dije a Bogdanov durante un encuentro conspirativo en el metro de Moscú y a Pasos en el Hötorget de Estocolmo, en algo hay que creer en esta puta vida.

Hoy por la mañana, antes de volver a sentarme frente a la pantalla para imprimir estas actas y guardarlas bajo llave con el fin de que sólo se publiquen una vez que mis cenizas hayan sido esparcidas por ese Caribe que sueño con recorrer en velero, actas que carecen de título y que se convertirán en el libro póstumo de Cristóbal Pasos, regresé a Djursholm. Necesitaba pasear frente al Báltico, caminar junto a los troncos albos de los abedules que flanquean las calles del barrio aletargado, contemplar a mis anchas la casa bermeja que ocuparon los Eliasson —allí donde expiró la misteriosa María, y Boryena urdió conspiraciones—, también la modesta y acogedora construcción amarilla que ocupó el matrimonio Pasos-Montúfar, allí donde Cristóbal escribió todo esto que ahora me concierne, involucra y esclaviza. Me urgía detenerme aunque fuese por un instante en las escalinatas de concreto donde se sentó la muerte desdentada, anhelaba lanzar un vistazo al garaje donde Marcela se apeó del vehículo la fatídica noche de Norrviken con los objetos inculpadores en sus manos, y palpar los arbustos por entre los cuales, cual fantasma shakespeareano, emergió Markus Eliasson acompañado de su perro. Y estaba inmerso en eso, en contemplar ese magnífico paisaje, con el cuello del abrigo en ristre, las manos ancladas con firmeza en los bolsillos, experimentando el frío como una lacerante plancha de acero adosada contra las mejillas, cuando de pronto me alcanzó desde la distancia el canto delicado, prístino y sostenido del ruiseñor...

Oliverio Duncan